Collection Matagot

Eli Esseriam

APOCALYPSIS

CAVALIER NOIR : MAXIMILIAN

NOUVEL ANGLE

à Edwige & Jean Delacour
et leur marmaille.

à Bénédicte Gounaud,
Alexandre Sergeant & Maëlle Bitsch.

Et lorsque je m'abandonnais au repos de ma troisième nuit, mon Créateur revint me parler en songes :

« En ces temps troublés qui signeront le déclin de ce Monde, l'Homme ne saura plus distinguer le Bien du Mal. Nombreux seront les faux prophètes et les adorateurs de Baal. Ils tiendront des discours enjôleurs et malins pour mieux ravir les possessions et les âmes. Rares seront ceux qui ne se laisseront point éblouir par ce qui brille mais se révèle sans valeur. Heureux ces esprits purs, car mon troisième Être ne leur fera point de mal lorsque Je l'enverrai parmi eux.

Je l'ai choisi pour être le plus beau d'entre tous mais nul ne verra son vrai visage. Je lui ai fait des dons que les insensés s'empresseront de lui envier : le pouvoir, l'argent et tous les charmes. On ne pourra l'ignorer, ni l'oublier. Il est celui que l'on voit entre mille hommes. J'ai offert à ses yeux l'aspect du verre dans lequel tous viendront se contempler. Ils y liront les désirs muets de leurs cœurs corrompus, les aspirations de leurs esprits fourvoyés. Ils y trouveront la folie, le chagrin et leur propre perte.

Il sera le plus entouré et le plus seul. Le plus envié et le moins aimé. J'ai posé le sceau de la Fin comme un collier à son cou, pour qu'il soit reconnu comme Mien lorsqu'il prendra tous les visages des Hommes et même celui du Malheur.

Il sera le troisième. Son frère en duplicité est Judas Iscariote. Son frère en orgueil est Caïn. Son frère en usurpation est Jacob.

Il sera la manipulation, la séduction et la dissimulation. Il sera le miroir des âmes et révèlera la splendeur et la laideur. Retiens Mes paroles, Saul, car elles se réaliseront. »

Saul de Tarse dans *Les Prophéties des Songes*, retrouvées sous l'Église San Paolo alla Regola à Rome.

Ω

PARTIE 1

Cavalier noir : Maximilian

« Quand il ouvrit le troisième sceau, j'entendis le troisième être vivant qui disait : Viens. Je regardais, et voici, parut un cheval noir. Celui qui le montait tenait une balance dans sa main. »

Apocalypse 6, verset 5

***

Raël

Fondateur du Mouvement Raëlien.
Alias Claude Vorilhon,
Chanteur et auteur de (entre autres) « sacrée sale gueule », « Madam'Pipi », « Mon amour Patricia ». Auteur de (entre autres) « les extraterrestres m'ont emmené sur leur planète », « La méditation sensuelle », « accueillir les extraterrestres ».

***

– Pardonnez-moi mon Père, car j'ai pêché…

– Le Seigneur vous écoute, mon fils. Parlez sans crainte.

– Je suis égaré. Je n'ai plus goût à la vie. Chaque jour ressemble au précédent : fade, terne, désespérant… Si je n'aimais pas autant Jésus-Christ, je crois que je commettrais l'irréparable.

– Votre volonté de vivre vous honore et sera récompensée, mon enfant. Dites-moi la cause de votre chagrin.

– L'amour, mon Père. Je nourris depuis des semaines, des mois peut-être, des sentiments secrets pour un être qui surpasse en beauté, intelligence et bonté le plus doux des anges. Mais je sais que cette personne ne pourra me rendre cette affection. Elle ne la partage pas, et vivre sans être aimé d'elle me condamne à l'errance.

– Comment garantir que cette affection n'est pas réciproque ? Seul Dieu connaît les cœurs de chacun et les noms qui y sont inscrits.

– Hélas, mon Père, cela me semble plus qu'évident… La personne dont je parle est… par tous les saints, j'ai si honte…

– Je ne vous jugerai pas, mon enfant. Notre Seigneur non plus. Il est plein de miséricorde et de bonté pour les humbles de cœur.

– C'est un ecclésiastique !

– Comment ?…

– Oui… C'est un prêtre… C'est… c'est vous, père Uwe ! Je vous aime ! Le jour, la nuit, entre les deux, je rêve de vous, de votre sourire si charmant, de vos mains dont je devine la douceur, de… Je sais bien que votre sermon sur Marie-Madeleine, la pécheresse, la dévoyée, la repentie, m'était adressé à moi et rien qu'à moi mais…

– Enfin, mon fils, vous avez perdu le sens commun ! La folie vous égare ! Je ne saurais…

– Ah ah ah ah ah !…

– Mais… Max ? Max c'est toi ?

– Bonjour cher oncle ! Comment allez-vous ?

– Il n'y a donc rien en ce bas monde qui soit sacré à tes yeux ?

– Bien sûr que si ! Mon Amex titanium…

– Désespérant…

– Allons allons… C'était pour vous divertir un peu. Cela doit vous changer des confessions ennuyeuses des mémés bigotes et des servants de messe. « J'ai tripoté Jessica dans les vestiaires », « J'ai pas rendu toute la monnaie à madame Florence », « Je me suis levé dans la nuit pour dévorer la moitié d'un saucisson sec »… Tout ceci sent le scandale, le souffre et l'huile de massage pailletée, en effet. Excusez-moi d'avoir voulu agrémenter votre après-midi !

– Max, tu n'as rien de plus constructif à faire de ton temps libre ? J'ai toujours apprécié ton caractère taquin, mais tu sais qu'il y a des choses avec lesquelles on ne plaisante pas.

– Si l'on ne peut plus rire de la religion, de la politique, des perversions sexuelles, des pauvres et des handicapés, que reste-t-il ? Je connais peu d'histoires drôles sur les endives et les tables de chevet…

– Je ne vais pas entamer un débat dans mon confessionnal. Sors d'ici. Il y a des gens aux repentirs sincères qui attendent leur tour. D'ailleurs, cela ne t'aurait pas fait de mal de venir déposer tes péchés au pied de la Croix…

– Voyons, oncle Uwe, si je me déleste des boulets que j'ai sur la conscience, je risque de m'envoler comme un ballon d'hélium… Et puis, je ne suis pas venu gratuitement. Vous n'êtes pas sans savoir que pour moi, le temps, c'est de l'argent. Je suis missionné. Mère m'envoie vous inviter à dîner demain soir.

– Elle ne pouvait pas me téléphoner ?

– Elle dit qu'elle a essayé. À plusieurs reprises aussi vaines et infructueuses les unes que les autres. Elle vous aurait même laissé des messages que vous avez soigneusement ignorés.

– …

– Existe-t-il une raison particulière à votre absence prolongée ces derniers temps ?

– J'ai beaucoup de travail. Entre mes obligations à Sainte-Praxède et mes devoirs paroissiaux, je manque de loisir.

– Je dois donc décliner son invitation et vous excuser auprès d'elle ? Elle en sera fort peinée. Votre compagnie lui manque : vous êtes le seul adulte aimable à sa table. Face à mon père si odieux, Gretchen qui est de plus en plus insupportable et moi qui, il faut bien le reconnaître, brille par mon ignominie, Silke et elle ne font pas le poids. Non, vraiment, il s'agit de resserrer les rangs, soldat du Christ !

– Si tu as conscience du problème, pourquoi ne pas t'efforcer d'améliorer ta conduite, Max ?

– Ma conduite n'est pas un problème. La mienne, au moins, ne me tient pas éloigné de ma famille…

– Je viendrai. Tu as gagné. Tu es passé maître dans l'art de culpabiliser, je te félicite.

– Je vous remercie. Je tiens cela de maman, j'imagine. Allez, je file. Je suis certain que vous frétillez d'entendre ce que monsieur Lermenier a à vous dire…

– Lermenier ? Il est ici ?

– Eh oui. Et il a son air tourmenté des grands jours…

– Oh merde…

– Que Dieu soit avec vous, mon oncle. Et avec votre esprit !

– Très spirituel ! Vraiment !

– N'est-ce pas ? Je dirai à maman que vous avez expressément manifesté l'envie d'avoir une religieuse pour le dessert. Luxure et gourmandise… On ne vous tient plus, tonton !

– Salue tes parents pour moi, Max. Et tes sœurs. Oh et, dis à Silke que j'étais dans la salle durant son audition. Elle était magnifique.

– Silke est toujours magnifique.

Je prenais mon temps pour sortir de cette merveille d'architecture qu'est l'église de la Sainte-Trinité. De toutes les églises de la ville, que je connais par cœur pour y avoir été traîné depuis l'enfance, Sainte-Trinité est, de loin, ma favorite. Je ne suis pas dévot, juste amateur de belles choses. Sur sa façade sont présentées les fameuses quatre vertus cardinales. Prudence, tempérance, force et justice. Tout y est magnifique : les piliers, les colonnes, le chœur, les chapelles annexes. Ma préférence va à la représentation d'une scène de l'Apocalypse, au fond, au-dessus du grand-orgue. J'avais hâte de me retrouver assis sur le siège en cuir véritable de ma Bentley de collection et de voir le fier édifice devenir de plus en plus petit derrière moi. Quand je dis « ma », il faut entendre « celle de la famille Von Abbetz ». Je n'ai pas de permis de conduire. Je n'envisage pas de le passer. À quoi cela me servirait-il de détenir un bout de papier rose cochon lorsque je peux posséder cette trouvaille de technologie qu'est Sergueï. Sergueï ne se plie pas pour dormir dans mon portefeuille. Il est toujours ponctuel, aimable et prudent, d'humeur égale. Il est très bien payé pour ça, cela dit. De plus, il est la preuve vivante de l'humour de mon père. Et de sa profonde cruauté également. En effet, Sergueï, comme ne le dit pas son prénom, est sénégalais. Mais papa trouvait que cela faisait moins sérieux, moins riche qu'un bon chauffeur russe au regard froid et à la mâchoire carnassière. Je lui ai suggéré d'engager un véritable slave, afin de parfaire le stéréotype. Il s'est exclamé que c'était hors de question : tout le monde connaît le penchant malsain des ruskov pour la bouteille et il était hors de question qu'il arrive quoi que ce soit à ses bébés. Par bébés, il faut comprendre ses voitures. Gretchen, Silke et moi sommes, à ses yeux, certainement plus facilement remplaçables.

Sergueï était donc là, fidèle au poste, dans son costume austère de parfait larbin. Il m'attendait sous la pluie pour m'ouvrir la portière. Oui, nous, gosses de riches, ignorons tout de la manipulation d'une poignée de porte, de la façon de tenir un parapluie ou de l'art de jongler avec deux robinets afin d'obtenir un bain tiède. Nous sommes des assistés, de véritables handicapés de la vie ordinaire et, il faut bien l'admettre, nous adorons cela.

– Dis-moi Sergueï, quel est ton véritable prénom ?

– Boubakar, monsieur Maximilian.

– Oui… Effectivement, je crois que Sergueï est plus approprié. Tu es d'accord avec moi, n'est-ce pas ?

– Bien sûr, monsieur Maximilian.

Voilà. Peu importe la jungle épaisse dans laquelle mon père a déniché Sergueï, celui-ci a vite compris où était son intérêt. Il est payé pour nous idolâtrer et, tant qu'il s'applique à cette dévotion rémunérée en étant un minimum convaincant, nous vivons en bonne concorde. Dans le même esprit, toutes mes nourrices portaient des prénoms tirés de la petite bourgeoisie anglaise alors qu'elles venaient de Roumanie, Hongrie, Portugal ou Pologne. Bref, tous les employés de maison acceptent, de bonne ou mauvaise grâce, de se faire rebaptiser par mon papal papa. Mon père est l'homme le plus malsain et cruel qu'il m'ait été donné de ne pas connaître. Car oui, évidemment, nous nous connaissons peu. C'est pour cela que le vouvoiement, de rigueur chez les Von Abbetz, ne nous choque guère. Quand j'étais enfant, je me demandais parfois qui était ce monsieur très élégant qui venait de temps à autre souper avec nous. Ce devait être un invité : il ne nous posait que quelques questions polies sur notre scolarité ou nos hobbies et complimentait ma mère sur ses tenues, en parfait convive occasionnel. Un soir, avant d'aller me coucher, j'étais allé lui serrer la main en lui disant « au revoir monsieur ». Il avait eu cette sorte de crispation des mâchoires qui n'est jamais le signe avant-coureur d'une belle étreinte paternelle.

– Margaret, vous donnerez une correction à l'enfant en punition de son insolence.

– Si Monsieur me permet : je ne crois pas que Maximilian voulait être intentionnellement effronté. Monsieur n'est pas souvent à la maison et à cet âge, un enf…

– Après cette correction, vous réunirez vos effets personnels et quitterez la propriété.

– Excusez-moi, je ne voulais pas…

– Je n'ai pas de conseils à recevoir d'une bonniche. Mon épouse vous fera un chèque, évidemment.

Il était inutile de protester, pour Margaret comme pour moi. J'eus ma fessée, elle se fit virer et je restais inconsolable, en dépit de la succession pétillante des Bridget, Eleanor, Mary, Grace, Paula, Tabitha and co. Ah… délices de l'enfance.

Je suppose que, d'un point de vue extérieur, il semble enviable d'appartenir à la dynastie des Von Abbetz. Ma famille est liée à celle des Habsbourg, autrement dit, une des lignées royales les plus influentes de toute l'Histoire. Même la ménagère de base connaît Sissi. Eh bien, disons que c'est une vieille tante. Il y a une multitude de choses qui rassemblent la noblesse et les culs terreurs des petits villages reculés. La consanguinité, pour commencer. On trouvait effectivement très commode de se marier entre cousins au premier degré. Certainement dans l'espoir que le sang reste d'un beau bleu roi. Bon, si au passage naissaient quelques nains, hémophiles ou crétins légers auxquels il manquait un quart d'heure de cuisson, peu importait. On avait alors les moyens de cacher les monstruosités commises par erreur par Dame Nature.

Ils étaient également férus de chasse, vénéraient leurs chiens et vouaient une affection sans bornes à l'absinthe. Le caractère volage, la cuisse légère et les aventures homosexuelles en sous-main étaient également de la partie. Comme quoi, la noblesse est davantage une idée qu'un mode de vie.

Mais, si c'était tout ce que nous trouvions à déplorer dans notre lignée, je crois que ce serait encore par trop léger. Nous ne nous sommes jamais contentés de la médiocrité de base. Quand les Von Abbetz font quelque chose, ils s'attèlent à la tâche avec faste et démesure ou s'abstiennent de toute entreprise.

Nous avons traversé l'Histoire en nous mettant invariablement du côté obscur de la Force. C'est ainsi que nous devons une belle partie de la fortune familiale actuelle au passé collaborationniste de mon grand-père Volker.

Viennois contemporain d'Hitler, il n'avait aucun goût particulier pour la politique mais un nez de limier pour flairer la belle occasion de se faire de l'argent. En jouant les banquiers et notaires pour les juifs déportés, il parvint à amasser un petit pécule appréciable, en s'appropriant des propriétés entières, des meubles de collection, des toiles de maîtres, des bijoux anciens, de l'or et de l'argent en espèce. Pour ce faire, il n'hésitait pas à demander expressément que l'on s'assure que ses « clients » ne puissent revenir réclamer leurs biens. Je suppose que la plupart des bien-pensants croient en l'adage qui veut que « bien mal acquis ne profite jamais » et qu'une sorte de justice karmique intervient toujours pour punir les méchants et récompenser les gentils. Mais il serait temps de cesser de croire que le cinéma hollywoodien est autre chose que de la fiction. Grand-père Volker a survécu à un triple pontage, une greffe de foie et se prélasse actuellement dans une de ses nombreuses résidences en compagnie d'une de ses nombreuses épouses. Qu'on ne me demande pas quelle résidence, je n'ai aucune mémoire pour la géographie. Qu'on ne me demande pas quelle épouse, je n'ai aucune mémoire pour la pornographie.

Mon père, Wolfgang Von Abbetz, possède plus d'entreprises, de banques et d'hôtels qu'on pourrait en mettre sur le tapis de jeu du Monopoly. Il est toujours dans un avion ou un hélicoptère, entre deux rendez-vous expressément importants. Depuis quelques années, il verse même dans la politique, ce qui est assez inéluctable. Lorsque l'on a des relations et de l'argent, on sombre immanquablement dans la mégalomanie la plus sordide. Tout ça, ce n'est jamais que magouilles, combines et traquenards en cols blancs. Père a les mains aussi propres qu'un mécanicien. L'âme aussi pure qu'un enfant qui viendrait de naître… mais qui serait la réincarnation de Gilles de Raie, Hitler et Emile Louis. Je le déteste tout en sachant que j'incarne son clone fidèle et assumé, son digne fils, héritier de son karma pourri et successeur de tout ce qu'il a mal fait et fait de mal. Je suis souvent tenté de lui conseiller de s'acheter un petit pays insignifiant pour jouer un peu et soulager ainsi les états importants de ses idées saugrenues. Je le verrais très bien roi du Lichtenstein ou empereur de Sicile. Il pourrait instaurer le droit de cuissage et assouvir ses velléités de toute-puissance sans (attention : vulgarité) faire chier le monde. Mais non, il s'acharne.

Ma mère, Edeltraut Gottlieb, est une allemande de noble lignage. Son pedigree n'a rien de pâle. (Notons que j'ai deux passions dans la vie : l'omnipotence et les jeux de mots abscons). Elle est un hommage incarné à la culture teutonne : un physique à la Marlène Dietrich, une sensibilité à la Ernst Lubitsch et un pessimisme à la Arthur Schopenhauer. Son intelligence rare n'empêche pas mon père de la traiter comme une ravissante idiote à vocation de bibelot raffiné et / ou de cintre élégant le suivant dans ses mondanités. Sa beauté exceptionnelle ne retient pas Wolfgang de la tromper allègrement, sans pudeur aucune, avec tout ce qui porte jupon et omet de mettre une culotte. Son désespoir si flagrant ne freine nullement mon père, qui persévère à la mépriser du haut de son indifférence et répond à ses tentatives de dialogue par une injonction à notre médecin de famille de prescrire une dose plus élevée d'antidépresseurs et autres hypnotiques. Mère est aussi versée sur la nourriture biologique et la phytothérapie qu'un poulet aux hormones.

Je dois avouer nourrir pour elle une tendre pitié. Elle me peine, souvent. Je la regarde se débattre avec ses idées noires, dans sa cage toute dorée et je me dis qu'elle aurait certainement pu être heureuse sans lui. Sans nous. Pour se distraire un peu et éviter la case « tête dans le four », elle a monté sa propre maison de couture « Edeltraut Von A. », qui connaît un succès certain. Cela lui rapporte ce que Père, dans son mépris habituel, qualifie d'argent de poche. Deux millions d'euros mensuels, pour lui, c'est certainement ce que l'on devrait donner à son fils de treize ans pour se payer quelques CD et ses tickets de bus, j'imagine. De temps à autre, elle joue aussi à Lady Di, en visitant des malades en phase terminale ou en donnant la béquée à deux trois enfants noirs d'une maigreur à rendre jalouses ses mannequins. Cela semble lui faire du bien. Elle doit avoir besoin de tout ce folklore pour se consoler et se dire qu'elle n'est pas la personne la plus malheureuse de la Terre.

Mère est fille unique. Père a un seul frère, cadet, mon oncle Uwe. Je suppose que dans toute famille aisée il faut un dévot ou un martyr qui compensera et absoudra par sa conduite irréprochable les comportements déviants de toutes les générations précédentes. C'est ce que l'on observe par ailleurs de temps en temps dans les fratries de truands irlandais ou les mafias italiennes. Des tas de salauds et un curé. Pauvre tonton Uwe : j'ignore combien de *Notre Père* et *Je vous salue Marie* il lui faudra réciter pour faire pardonner les péchés commis par notre nom. Je ne sais rien de ce qui a pu le pousser vers la prêtrise. Comme le laisse penser la présentation ci-dessus, l'avis de Dieu n'est pas une franche préoccupation de mes parents.

Passons à ma sœur aînée, Gretchen. Il faut savoir, en préambule, que Silke et moi sommes jumeaux et avons débarqué dix mois après la naissance de Gretchen. J'en conclus par là que nous détenons ici la seule preuve que mes parents ont partagé la même couche deux fois. Ce qui semble tout à fait surréaliste pour qui les connaît un minimum. Dans le but affiché de perpétuer la race et désireux de s'épargner indéfiniment les inconforts d'une promiscuité, ils optèrent pour le tir groupé. Genre « on se débarrasse de la corvée tout de suite et on se détend après ». Je pense que Mère attend toujours pour se détendre… Je ne crois pas que mes parents aient jamais été amoureux l'un de l'autre. L'idée même de l'amour est par trop romantique pour nous autres, austro-allemands. Il n'y a guère que Goethe ou Schiller pour faire croire au Monde que nous avons un cœur. L'Histoire s'est efforcée de son côté de démontrer le contraire par ailleurs.

Gretchen, donc, a hérité d'une certaine beauté, bien que son comportement totalement abject l'enlaidisse de façon surprenante. Elle suinte le mépris, la concupiscence et le matérialisme. Elle est un parfait ersatz de Volker : elle vendrait père et mère pour quelques piécettes supplémentaires. Elle n'a jamais fourni le moindre effort pour se cultiver ou s'ouvrir au monde. Elle sait que son inculture ne l'empêchera pas d'être riche. Son seul objectif est de trouver un parti à sa hauteur. Cinq phrases, voilà tout ce qu'il faut pour résumer mon aînée.

Ma jumelle, Silke, est tout à fait différente. Elle est d'une beauté inouïe, rehaussée j'imagine par son aura quasi divine. Je crois que lorsque les foudres de l'ignominie, de la méchanceté et de la veulerie se sont abattues sur les Von Abbetz, nous avons tous fait paratonnerre. La seule rescapée de cette orageuse malédiction fut Silke. Étant son jumeau, je peux même mathématiquement déduire que nous nous sommes tout partagé dans une équité parfaite. Comme le yin et le yang, le noir et le blanc, le corbeau et le renard, nous sommes opposés, inverses et complémentaires. Dans une justice céleste incontestable et une logique astrale édifiante, elle a reçu toutes les qualités, moi tous les défauts et nous avons su respectivement faire fructifier ce pécule de base qu'est l'hérédité. Je n'étais pas fait pour la gentillesse et la noblesse de cœur tout comme elle aurait été très mauvaise dans les démonstrations de fourberie et de cruauté.

Même dans les contes que me lisaient Margaret / Bridget / Eleanor / Mary / Grace / Paula / Tabitha / etc, aucune princesse, fée ou sirène n'égalait la beauté, la grâce et la pureté de Silke. Ce qui me semble par ailleurs tout à fait évident. Aucun Grimm, Perrault ou Andersen n'aurait pu inventer cette perfection faite femme qu'est ma sœur. Elle se montre toujours d'humeur constante, c'est-à-dire adorable, enjouée et prévenante. Elle est d'une douceur à faire paraître le miel acide. Elle est tout ce que nous ne sommes pas : généreuse, humble, ouverte d'esprit. Elle sait quand parler et trouver les mots adéquats mais aussi se taire avec amour et compréhension. On ne voit qu'elle et pourtant, elle sait rendre sa présence légère, évanescente, éthérée. À chaque fois qu'elle quitte la pièce dans laquelle je me trouve, j'ai la sensation que le soleil meurt. Il n'existe aucun être humain comme Silke. Il n'existe aucun ange comme Silke.

Et bien sûr, il y a moi. Maximilian Von Abbetz. Max. Un jeune homme de 17 ans richissime qui déambule avec une nonchalance affectée dans un monde qui lui appartient, avec ce sentiment de toute-puissance qui irrite, à juste titre, tous ceux qui le croisent. Blasé, amer, indifférent, indolent et cruel sont quelques-uns des qualificatifs qui semblent adéquats pour me décrire. Je suis un post-adolescent qui a déjà tout essayé, tout vu, qui s'est offert tous les luxes et les plaisirs éphémères imaginables. Un môme capricieux et vaniteux, adepte des plaisirs de la chair en tous genres, de liquides enivrants et de substances illicites. Un type borderline qui n'aime rien davantage que les transgressions, monnaye les interdits et rachète les territoires pour repousser les limites. Autrement dit : un sale con.

Il ne faut pas croire que, de temps à autre, cela ne me titille pas dans les coins. J'ai une conscience. Elle a même un prénom : Savas. Savas est mon assistant/conseiller en communication/majordome/lèche-bottes. Il n'est jamais bien loin. Disons à une longueur de laisse de moi. Il attend sagement dans la voiture ou joue les ombres humaines. Un vrai scout : toujours prêt. Chaque Von Abbetz jouit de ce coquet privilège qu'est la possession d'un esclave moderne. Si l'on prête oreille aux élucubrations du mien, il se dira meilleur représentant de l'Asie mineure, élite de l'empire ottoman. Certes, je ne peux le réduire à un gros moustachu en marcel, qui sent le graillon et garnit des kebabs de ses doigts velus imprégnés d'urine. De là à faire de lui le fils spirituel de Soliman le Magnifique, il y a un monde.

Savas veille sur moi avec une attention obsessionnelle de mère juive Sépharade. Il irait jusqu'à faire don d'un peu de moelle osseuse ou d'un rein si j'en avais besoin. Plus pour s'assurer de la pérennité de son salaire de ministre que par amour fusionnel, je ne suis pas dupe. Mais quelle relation, de nos jours, est totalement désintéressée ? Il jouit donc d'une chambre douillette attenante à mes appartements. (Oui, si l'on considère les six pièces qui me sont réservées, je pense que l'appellation d'appartement n'est pas usurpée). Savas est chargé de souffler sur mon expresso pour qu'il ne brûle pas mes précieuses lèvres, choisir mes vêtements avec goût (goût qui n'a rien de naturel, Mère l'ayant formé au préalable afin de m'éviter d'être attifé à la dernière mode d'Izmir) et tenir mon agenda à jour. Si je le lui demandais, il couperait ma pomme en forme d'animaux ou me réveillerait en dansant le twist. Je le sais car je le lui ai déjà demandé. Après tout, à quoi sert l'argent si ce n'est à s'offrir la dignité d'autrui ? De plus, je ne culpabilise pas le moins du monde. Moi, j'ai eu le respect de l'autoriser à conserver son véritable prénom. Oui, je trouve cela bien plus commode pour avilir quelqu'un en profondeur, jusque dans son identité culturelle.

Néanmoins, je me suis attaché à ce brave petit Savas. Il ressemble à s'y méprendre à un lémurien et, j'ignore pourquoi, j'éprouve la plus vive sympathie pour ces petites bêtes-là. Je lui permets, deux semaines par an, de rendre visite à sa famille en Turquie. Je n'aime guère cela : je me sens alors comme véritablement privé de deux bras et deux jambes et contraint d'user des miens. Cela me permet de réaliser brièvement que ce doit être tout bonnement éreintant, la pauvreté. Je préfère donc laisser cela aux autres. Oui, je suis aussi extrêmement porté sur l'humour…

De temps à autre, ce cher Jiminy Cricket de fortune m'est utile pour m'aider à discerner le bien du mal. Il faut dire qu'être entouré en permanence de tout ce qui brille peut gêner la vision et la rendre floue. Une sorte de cataracte psychique très invalidante à certains points de vue. Je lui concède quelques bonnes actions afin de valoriser ses compétences et son statut. Il faut toujours veiller à ce que le petit personnel ait l'illusion de participer à l'élévation de l'Univers si l'on souhaite qu'il continue de vous couper les ongles des orteils et blanchir votre argent avec application et rectitude. Et puis, je n'oublie pas que Savas est un époux, un père de famille. Un homme encombré, donc. De ce fait, j'ai pour lui le plus grand respect. Dont je sois capable… Et je n'hésite pas à lui confier des missions de la plus haute importance.

– Savas, j'ai la désagréable impression d'avoir marché dans une matière fécale d'origine canine. Règle-moi ce problème, veux-tu.

– Tout de suite, Monsieur. Je permets de rappeler à Monsieur qu'il a un examen d'Histoire demain matin et que Monsieur n'a pas encore entamé ses révisions.

-Oui. Je verrai cela quand nous serons arrivés. Rappelle-moi qui nous recevons à souper ce soir. Je crois me souvenir que Père a encore lancé des invitations à des costards trois pièces chiants à en crever, voire à une famille de culs bénis…

– Les Cobourg viennent dîner. Richard, Hortense et leurs deux filles, Helena et Louise.

– Je ne me souviens pas… J'en ai baisé une, dis-moi ?

– Les deux, Monsieur.

– Ah. Voilà. Nous parlons bien des filles, n'est-ce pas ? Et pas de la mère, Savas ?

– Nous parlons des filles, Monsieur. Je ne crois pas que Monsieur ait, jusqu'à présent, entrepris Madame Cobourg…

– « jusqu'à présent »… Tu es drôle Savas. Tu le sais ?

– Monsieur me le répète souvent. Surtout lorsque je lui demande congé…

– Pourquoi diable voudrais-tu des congés ? Tu ne vas pas me dire que tu as une vie en dehors de moi et de mon charisme rayonnant, si ?

– Non, assurément Monsieur, je ne vais pas vous le dire.

Ω

Chaque fois que notre véhicule amorce la petite montée qui mène aux grilles de la propriété familiale, je suis tenté de m'exclamer « Bienvenue dans notre humble gargote ! ». Avec 5 000m2 habitables, Mère craint que l'on se sente quelque peu à l'étroit lorsque nous recevons… N'oublions pas qu'elle a grandi dans l'immensité bavaroise et non dans une chambre de bonne exigüe coincée au-dessus d'une baraque à nems du quartier chinois. 150 pièces environs, 9 mètres de hauteur sous plafond, une salle de projection digne du plus moderne multiplex de la ville, trois bars ouverts toute la nuit et deux restaurants en sous-sol. Très pratique si une envie de médaillons de veau aux griottes nous prend sur les coups de trois heures. Ajoutons à cela une bibliothèque impressionnante pour qui n'aime que Boule et Bill, comme moi, et un hammam, of course.

Pour prendre l'air, au cas où la promiscuité nous incommoderait, un parc à l'anglaise où nous pouvons à loisir nous ébrouer, tels de jeunes marcassins frivoles. Dans la mesure où nous ne souillons pas nos vêtements de luxe. Quoique, nos dressings n'ont rien à envier au stock d'un magasin d'usine. Aspect pratique, un parking pouvant recevoir soixante-dix véhicules, ou trente autos et un hélicoptère. Aspect ludique, deux piscines, un court de tennis et, derrière notre forêt, un parcours de golf. Modeste mais fort divertissant tout de même. Je ferai l'impasse sur les tapis d'orient, les lustres et candélabres, les toiles de maîtres, la vaisselle fine. J'y suis aussi sensible que s'il s'agissait de paillassons, lampes à huile, posters expliquant les douze différences entre une femme et une bière, verres à moutarde et consort. Je sais que je vis dans un endroit que même les occupants du Vatican ou de la Villa Médicis jalousent. Mais de nos jours, un domicile aux proportions sympathiques est à la portée du moindre rappeur au goût prononcé pour les bijoux tape-à-l'œil en or massif. L'immobilier ne souffre pas de la crise. S'il se dévalue, c'est uniquement à cause des nouveaux riches et de leurs goûts détestables en décoration d'intérieur.

– Bonsoir Monsieur. Nous espérons que Monsieur a passé une agréable j…

– Oui, c'est assez. Qu'on m'apporte un verre d'eau. Immédiatement. Pétillante. Bulles très fines. Que ce soit subtil. Hier j'ai eu le hoquet pendant presque quatre minutes. Vous avez frôlé le licenciement pour faute grave, mon vieux.

– Monsieur m'en voit confus, une telle erreur ne se reproduira plus. Je présente à Monsieur toutes mes…

– C'est bon, Olaf. Je plaisantais. Quand diable monsieur mon père se décidera-t-il à mettre l'humour à l'index dans ses critères de recrutement du personnel de maison ? Comme si l'on ne s'ennuyait pas suffisamment ici…

– J'ai justement une histoire drôle à te raconter, Max. En privé.

La différence entre un chien écrasé et un arabe écrasé ? Les aventures de Flap-Flap la girafe ? Non, attendez, laissez-moi réfléchir Père : Toto trouve quelque chose dans son nez ? Dans les séries télévisuelles, lorsque le garçon rentre du collège, il se verse un verre de lait dans lequel tremper les délicieux cookies faits maison encore bien chauds et moelleux. Il est rejoint dans la cuisine américaine par un père aux dents blanches, aux épaules robustes et aux paroles valorisantes. Ils ont alors un dialogue sain, teinté de tendresse et d'affection. Parfois, ils s'ébouriffent les cheveux ou se font quelque bourrade bien virile. C'est chaleureux et totalement surréaliste. Dans la vraie vie, si tant est que l'on puisse qualifier mon mode d'existence de « vrai », les occasions de se retrouver en tête à tête avec mon géniteur sont aussi rares que celles de rencontrer une femme qui n'aime pas les diamants. Soit, quasi nulles. Les quelques entretiens de ce genre à être répertoriés sont immanquablement liés à un souvenir douloureux. Pour moi, j'entends. Pas pour lui.

– Dans mon bureau. *Sofort*[1].

---

[1] *Immédiatement.*

Utilisation d'interjections et d'adverbes allemands : le ton formel militaire était donc donné. Sans me départir de mon flegme, mains dans les poches et menton insolent, je règle mon pas sur celui de mon père, non sans une envie fugace de l'attraper par derrière pour l'étrangler avec un fil de nylon. Facétie des habitudes de vie : on ne pense jamais à garder de quoi étouffer un parent en toute discrétion dans une poche de son pantalon à pinces Armani. Je tente d'anticiper la conversation en passant en revue mes dernières frasques. Quelle faute gravissime ai-je pu commettre qui ait eu le don quasi divin d'attirer l'attention paternelle sur la ridicule vermine invisible que je suis à ses yeux ? Voyons… Aurait-il eu vent de mon penchant pour la poudreuse ? Je ne parle bien évidemment pas de celle qui couvre les toits bucoliques des chalets suisses. Peut-être les nombreux va-et-vient des non moins nombreuses « petites amies professionnelles » finissent-ils par troubler la quiétude de son rythme de sommeil. À moins que mes combats à mort organisés au vélodrome ne le contrarient. C'est effectivement agaçant de constater que je gagne un salaire mensuel de sénateur en ayant simplement à prendre à ma charge l'huile pour graisser la patte de quelques-uns, l'eau servant à nettoyer le parquet en fin de soirée et l'acide pour dissoudre les restes. Mais non. Ce ne peut être tout ceci. Père se moque parfaitement de ce qu'il appelle mes « loisirs ». Alors quoi ? Quel est l'objet du jour de son irritation si palpable…

– Assis.

Ô le doux phrasé guttural et impératif si cher aux amateurs de films sur la guerre 39-45. Qu'elle est mélodieuse à l'oreille, la diction nazie ! Vraiment, on en redemanderait presque. (Note pour plus tard : explorer l'idée de commercialiser des musiques d'ambiance à partir des chants des jeunesses hitlériennes.) Père prend place derrière son bureau en beau marbre noir. Une véritable pierre tombale. Tout est lisse, droit, plane, dans cette pièce. Exceptée la mine froissée de mon paternel, évidemment. Il fait désordre. Je suis tenté de le lui faire remarquer mais quelque chose m'empêche de le verbaliser tout haut. Je ne sais pas quoi... Ah oui : la lâcheté. Il va encore me falloir faire le beau, donner la papatte et attendre mon sucre.

– Cela ne va pas du tout, Maximilian.

– Je suis désolé de l'apprendre. En quoi puis-je vous aider ?

– Ne sois pas insolent. Les rapports sur ta scolarité que me font tes professeurs sont désolants. Médiocres. Minables. *Unverschämt*[1]. Quelle explication as-tu à me fournir ?

– Conditions d'enseignement précaires. Surpopulation des classes. Manque de matériel scolaire. Absentéisme des enseignants et arrêts maladie abusifs. Puberté. Fascination morbide et passion pour le gothique. Découverte du punch coco. Concours nocturnes hypnotiques de Tétris. Que sais-je moi ? Je ne suis ni sociologue ni pédopsychiatre.

– Tu te crois certainement très intelligent. Il est fort dommage que tes bulletins démontrent le contraire. Sache que je ne tolèrerai plus longtemps que tu ternisses ainsi notre réputation. Tu as un nom à honorer !

– Je m'acquitte de cette tâche aussi bien que vous. Vous qui organisez des colloques de travail qui virent en orgies romaines, qui confondez « sortir à l'opéra » et « rentrer

---

[1] *Honteux.*

dans les danseuses ». Vous que vos compagnons de l'Université surnommaient « la grande distillerie ». Vous qu'on a retrouvé le pantalon sur les chevilles en train de trousser les bonnes tellement de fois que je m'étonne que ce ne soit pas le cas en ce moment même. Je ne suis encore qu'un petit apprenti sur le long parcours qui mène à votre inconduite mais je m'efforce, Père, je m'efforce.

Crispation des mâchoires, jointures des doigts qui blanchissent. Le dessert approche et, assurément, Max ne pourra pas refiler sa part au chien… J'étais peut-être allé un peu loin. Quoique. Il allait certainement enchaîner, l'air de rien, sur un interminable laïus à propos du prestige de Sainte-Praxède et la difficulté de gérer une telle institution pour notre famille étrangère et blablabla.

– Tu n'es pas sans savoir que Sainte-Praxède jouit d'un énorme prestige, ce qui n'est pas aisé si l'on considère le caractère frileux de l'élite française à confier l'éducation des dépositaires de l'avenir de la Patrie à une famille étrangère. De ce fait, il est intolérable que l'héritier des fondateurs de cette institution, et accessoirement le neveu du Directeur, soit un cancre notoire, un trublion vulgaire, revêche et insupportable. Entends-tu ? *Es ist unannehmbar*[1], Maximilian. Pense un instant à ton cher Oncle Uwe, contraint de subir les railleries à peine voilées du corps enseignant ou…

Je n'écoutais plus. C'est plus fort que moi : au-delà de trois adjectifs clairement hostiles, je m'éteins. Mon intérêt est retenu uniquement par les éloges grandiloquents, les flatteries emphatiques et autres louanges dithyrambiques. Je ne suis absolument pas sensible aux critiques. « La bave

[1] *C'est inacceptable.*

du crapaud, etc etc ». Lorsque je me fais vilipender, ce qui m'arrive tout de même fort peu souvent, fortune oblige, mes idées préfèrent vaquer à d'autres occupations plus plaisantes. Je veux une cour ou la solitude. L'entre-deux n'est pas à mon goût. En l'occurrence, je laissais mon esprit fomenter le projet d'ouvrir une agence de paris. Après tout, j'avais parfaitement deviné le monologue paternel. Parfois, tandis que ce bon vieux Wolfgang se gargarise de ses discours pontifiants, je fais basculer ma tête dans une position propice à la sieste et je me laisse bercer, habité par sa transformation imaginaire. Raie de côté soudaine, petite moustache sous le nez apparaissant progressivement, mêmes traits durs et agacés. En dictateur allemand, Père aurait fait Führer… (Petit rappel : omnipotence et jeux de mots abscons pour seules passions.)

– Tu n'as aucune excuse.

– Je n'en cherche pas une seule.

– Ressaisis-toi. Immédiatement. So…

– *Sofort*[1], je sais. En revanche, petite rectification linguistique, *mein lieber*[2] Papa : vous auriez dû dire « saisis-toi ». Le « re » sous-entend que j'ai déjà eu un comportement digne de vos attentes par le passé. Or, nous savons tous deux qu'il n'en est rien. N'ai-je pas été toute ma vie une déception pour vous ? *Nur ein Enttaüschung, oder*[3] ?

– Maximilian, tu es la personne la plus immature du monde entier.

– C'est stupide de dire cela. Vous ne connaissez pas le monde entier, voyons.

Décidément, je n'étais guère amusant aux yeux de mon père. Il avait mon humour en horreur comme d'autres

[1] *Immédiatement.*
[2] *Mon cher Papa.*
[3] *Seulement une déception, n'est-ce pas ?*

éprouvent une aversion irrépressible pour la viande de mouton ou la vue des coléoptères.

– Ne pourrais-tu pas simplement être un peu plus comme Silke ? Ou comme n'importe quel élève un tant soit peu reconnaissant des privilèges de sa condition et désireux de prouver sa gratitude par un comportement irréprochable ? Tous les jours, je vois des jeunes hommes brillants et je soupire en pensant combien j'aimerais que tu leur ressembles.

– Citez m'en un seul pour voir. Je suis très curieux d'apprendre le nom d'un de vos nouveaux héros, Père.

– Elias Land.

– Elias Land ?

– Elias Land. Tiens.

Il m'avait jeté un journal replié de telle façon qu'il mettait en valeur un article qui, sans ce soin particulier, serait passé tout à fait inaperçu. On y lisait qu'un lycéen d'un bahut quelconque venait de se distinguer pour ses aptitudes en Sciences pour lesquelles il avait décroché une bourse ou prix ou récompense. Misérable et symbolique, évidemment. Il y avait aussi une photo. Le cliché en noir et blanc laissait deviner un teint blafard, un regard joyeux de chien mouillé laissé sous la pluie par un maître abandonnique. Des épaules étroites, un torse androgyne, un visage à peine pubère. Non, vraiment, mon physique exquis n'avait rien à envier à ce garçon. Il me paraissait semblable à ces étonnantes confiseries que feu grand-mère Genoveva nous distribuait lorsque nous étions enfants. L'aspect extérieur était déconcertant, une simili fiente de mouton. L'intérieur avait beau être un réel régal, je ne parvenais à surmonter le dégoût que la présentation m'inspirait. Contrairement à mes sœurs qui n'en étaient pas troublées le moins du monde. Pour Silke, cela reste très compréhensible. Mais même Gretchen, qui ne tarde jamais à se dire « écœurée » au plus petit prétexte, ingurgitait goulûment ces friandises. Voilà ce qu'était Elias Land pour moi : une sucrerie d'*Oma*[1] Genoveva qui me faisait plisser le nez et irritait ma vue.

– Adoptez-le. Je suis certain qu'il est suffisamment en manque d'argent pour croire faire une belle affaire. Quoi de plus logique pour un aspirant docteur Faust que de vendre son âme au Diable ?

– Je suis heureux de constater que tu as retenu au moins une chose de tes cours de littérature. Pour ta gouverne, sache que j'ai déjà pris soin de faire une donation pour offrir à ce lycée de nouveaux équipements afin de moderniser les laboratoires et salles de travaux pratiques. Mais je te remercie de ta suggestion, même si je n'ai pas besoin de toi pour faire preuve de générosité.

– Une générosité déductible des impôts et qui fera mentir vos détracteurs. Non, Wolfgang Von Abbetz n'est pas un magnat de la finance qui aime détendre ses voûtes plantaires fragilisées par le port de chaussures en cuir italiennes en marchant sur les cadavres fumants de ses concurrents ! Regardez, il subventionne des petits lycées de banlieues, remplis de petites gens qui deviendront peut-être, s'ils réussissent dans la vie, des petits esclaves bien obséquieux et dociles pour l'immense, grandiose et géniale V/Abbetz Kompanie ! « Générosité »… Père, c'est chagrin de constater qu'après tant d'années en France, vous usez encore de termes dont le sens vous échappe tout à fait.

---

[1] Mamie / grand-mère.

– J'admets ne pas maîtriser la langue française aussi habilement que tu la possèdes, Max. En revanche, je connais pertinemment le sens de l'expression « couper les vivres ».

– Je me permets de vous annoncer que je suis moi-même une sorte de chef d'entreprises florissantes et prospères, bien que moyennement légales, je le concède. Ceci étant, mes « affaires » m'autorisent à m'émanciper de votre autorité et, de ce fait, de votre chantage prévisible et faiblard, papa. Je suis curieux de voir quelle carte vous allez sortir de votre manche pour vous tirer de ce mauvais jeu. Un joker peut-être ?

– Inutile. J'ai tous tes as en une seule : Savas. Il est mon employé, engagé par mes soins dans le cadre d'un contrat plus verrouillé que la salle du trésor de Buckingham Palace. Il tient tes comptes, gère tes portefeuilles d'actions et, pardonne-moi cette expression française dont le sens m'échappe peut-être : te tient par les couilles.

– Vous ne pouvez pas licencier Savas.

– Qui parle de licenciement ? Je lui trouverai un autre poste, où ses compétences seront utilisées à leurs justes mesures et valeurs, et non plus pour exécuter les caprices abracadabrants d'une publicité vivante pour l'avortement.

– Savas n'est pas qu'un employé à mes yeux. Vous n'oserez pas me priver de sa compagnie.

– Je n'en ferai rien. Si cela devait arriver, tu en serais le seul responsable. Je te laisse un mois pour avoir des retours favorables sur ton comportement et tes résultats. Un mois pour inverser la tendance en créant la surprise et le contentement. Un mois, Max. Tic tac tic tac.

Force était de constater que j'étais pris au piège. Ma foi, s'il fallait signer reddition, autant que ce soit avec panache et orgueil.

– *Perfekt*[1]. Vous excuserez donc mon absence au dîner de ce soir. J'ai un examen d'Histoire à préparer. Vous comprendrez aisément que je préfère me priver de la compagnie, fort charmante pourtant, des demoiselles Cobourg plutôt que de celle de mon cher Savas.

– Je dirai que tu es souffrant. Une diarrhée soudaine et épouvantable. Ne t'inquiète pas : je te remplacerai auprès des demoiselles Cobourg, comme je l'ai déjà souvent fait par le passé…

Voilà. C'était cela, mon père. Un immonde salaud aux mains fines et au sourire enjôleur. Un esprit renard dans le corps souple et sublime d'un faon. Un jour prochain, le cor de chasse me donnera l'alerte. Et je l'abattrai. Après tout, c'est très freudien de vouloir tuer le père pour se libérer, s'émanciper et vivre enfin. Sigmund, un compatriote de mon cher papa. Comme quoi, on est toujours trahi par les siens.

Ω

Sainte-Praxède est un lycée inaccessible à qui n'a pas reçu en cadeau de baptême une chaîne d'hôtels quatre étoiles. Fils de riches industriels, de grands entrepreneurs, d'hommes politiques aiguisés. Parfois aussi, de starlettes argentées et favoris temporaires du vedettariat qui tentent de faire oublier leur propre existence dissolue en imposant à leur progéniture une éducation excessivement rigoriste. Aux niveaux architectural et disciplinaire, il est la version

[1] *Parfait.*

française, mixte et catholique de l'ultra sélectif Trinity College dublinois. Bien que nous ne comptions dans notre promotion aucun Samuel Beckett et pas le moindre Oscar Wilde, Ste Prax' est le terreau des fleurs du mal de demain. Par mal, j'entends l'éclosion prochaine des germes de l'avarice, la concupiscence, l'avidité et l'arrivisme. Oh, et du matérialisme, bien sûr. Toutes ces belles graines ont été semées dès la procréation. Et ce genre de mauvaises herbes est plus que tenace. Résolument increvable.

Ici, place à l'érudition et au savoir. On se tait, on écoute et on s'efforce de paraître intelligent quand on ne l'est pas. La piété est également de circonstance. Chaque salle d'étude porte le nom d'un homme d'Église et des citations parfaitement dévotes surplombent le moindre encadrement de porte. Avant le déjeuner, en guise de mise en bouche, un sermon nous est admonesté et le bénédicité est naturellement un incontournable. Tout est noble dans cette institution : la sculpture des boiseries, les livres reliés, la qualité des intervenants et enseignants. Le mobilier n'a rien de commun avec les tables en formica et autres chaises rembourrées de mousse du service public. Tout est superbe. En apparence. L'uniforme y est pour beaucoup. Tandis que souvent, il sert à effacer les différences et inégalités sociales, ici, il permet simplement de mettre encore davantage à l'index notre supériorité pourtant déjà tellement évidente. Costume d'un bel anthracite, chemise noire, cravate noire portant l'écusson de l'Institut (une croix avec, à chaque extrémité, un bleuet, symbole de l'humilité de notre chère sainte et véritable farce au regard de l'absence de la nôtre) et mocassins en daim, toujours noirs, pour les messieurs.

Les demoiselles portent la version féminine, c'est-à-dire le même accoutrement folklorique hormis la sempiternelle jupe droite qui tombe pile sous le genou. Un interstice de peau de deux centimètres à peine est visible, au-dessus des chaussettes montantes à losanges gris et noirs. Triste, triste arlequin.

C'est toujours édifiant de constater l'habileté de l'ingénieux esprit humain quand il s'agit de contourner une difficulté. L'uniforme est obligatoire ? Faisons donc parler notre individualité à travers les accessoires, le maquillage, les bijoux. Entre extrêmement riche et riche de base, il y a un éventail de nuances. Distinguer les richouilles des richissimes est un réflexe naturel pour qui a le regard aiguisé et l'expérience des rallyes, dîners mondains ou défilés haute-couture. Ce n'est pas parce que les glands sont identiques que nous chaussons tous la même pointure. Je parle des mocassins, bien sûr. Une montre de belle facture ou un camée ancien suffit à définir et résumer la qualité de la personne en présence. Une chevalière ou une pierre précieuse nous résument mieux qu'un arbre généalogique. Nous sommes tous des experts en orfèvrerie qui s'ignorent. Mais, ne nous y trompons pas, entre ces murs règnent les mêmes médiocrité, sottise et vulgarité que partout ailleurs. Prenons une bande d'adolescents congestionnés par les changements de leurs corps ingrats, coinçons dans leurs poches des liasses de billets et déguisons-les, ils resteront tout de même des adultes en devenir hésitants, pataudes et laids. Quoique moi, je ne suis pas laid. Mais médiocre, sot et vulgaire, absolument. Hésitant et pataud aussi, bien que je parvienne, la plupart du temps, à le dissimuler facilement.

– Hey, Von A, ce soir 23h00, soirée privée au Depraved. Toi, du Campart, moi, quelques danseuses, cocktails à volonté et une table de black jack. Je compte bien récupérer mon Hummer. Te voir le gagner était si violent que je me réveille en nage, toutes les nuits, en hurlant « vroum vroum ! Hummy ? Huuuuummyyyy !! »… Tu es mon homme ?

Côme Bakarian, compagnon de fortune et gouailleur incomparable. Son père, descendant de la famille royale hongroise et, de ce fait, une sorte de lointain cousin de mon père, tire sa colossale richesse de ses investissements dans les cabarets où l'effeuillage burlesque décroche les mâchoires de tous les papas de l'école. Mais aussi, suite logique de tout ceci, en finançant la recherche, et trouvaille, d'une crème anti-herpétique mi-ra-cu-leuse. Je peux le garantir pour avoir bénéficié personnellement de ses vertus curatives. Et en plus, elle sent bon la noix du Brésil. Lui et Valère du Campart sont un peu le bœuf et l'âne gris de ma crèche personnalisée. Valère, quant à lui, est issu d'une des plus honorables et anciennes familles françaises. Son arrière-grand-mère aurait fricoté avec un des Napoléon. Un indice ? Le meilleur, celui qui fait encore parler de lui aujourd'hui. Et pour qui connaît un peu Valère, il y a fort à parier qu'on parlera toujours de sa petite personne dans quelques centaines d'années. Il se destine aux sciences politiques et je ne doute pas un instant qu'un jour, il fera frémir une belle part de l'électorat de gauche. Beaux amis que les miens. Bien qu'à mon sens, l'amitié est une chose très surfaite. Tout juste bonne à tirer quelques larmes aux femelles hystériques pourtant capables de s'entre-déchirer pour un serre-tête strassé. Et, depuis *Brokeback Moun-*

tain, nous autres, jeunes hommes victimes d'une guerre hormonale sans pitié, préférons éviter toute ambiguïté et respectons ainsi une distance polie et heureuse.

– Je ne suis l'homme de personne en ce moment. Tu m'en vois désolé. Disons que je suis assigné à résidence jusqu'à nouvel ordre.

– Nouvel ordre de qui ?! J'ignorais que le grand Max se laissait dicter les règles du jeu…

– Preuve que tu ne sais pas tout. Je veux continuer à pouvoir faire joujou, justement. Et je n'aimerais pas qu'on me prive de mes petites voitures, mes jolies poupées et mes marionnettes, tout ça tout ça.

– Mmmmh… Tu sens cette odeur ?

– Quoi ? Quelle odeur ? Non, je ne sens rien… Hormis cette haleine d'anisette assez admirable chez un lycéen à 8h00 du matin.

– Non, autre chose encore… Attends, j'ai déjà senti ça par le passé, c'est… Rha, ça m'échappe… Ah ! Mais si, bien sûr : l'odieux parfum du chantage parental !

– On peut dire que tu as du nez, Bak.

– Les termes de l'accord ?

– Bonnes notes et conduite irréprochable en échange de la garde exclusive de Savas.

– Je vois. Tu as fait vérifier le contrat par ton avocat ?

– Très drôle. Vraiment.

– Oui, je sais. Si j'avais été un immigré, j'aurais eu un certain succès au Jamel Comedy Club. Le regret de ma vie… Du coup, je suis contraint de me consoler à coups d'achats compulsifs de grosses cylindrés et de voiliers imposants. C'est tragique.

– Qui a dit que l'argent n'achetait pas le bonheur ?

– Un pauvre quelconque, certainement. Moi, rien ne me réjouit plus que les roulades dans des grosses coupures. Le papier euro absorbe mes larmes mieux que du coton hydrophile. C'est époustouflant. Enfin, adieu adrénaline procurée par l'enjeu malsain de sommes folles, bonjour pyjama party et beauf attitude, avec en guise de canapés des chips goût barbecue et des mini saucisses cocktail. Mille milliards de mille dollars, tout fout le camp, c'est la débandade…

Côme est, de loin, le garçon le plus cruel et drôle que je connaisse. Il est tellement politiquement incorrect que j'en arrive à en concevoir quelque jalousie. Je suis abject mais tellement moins que lui. Chaque jour, je le regarde, que dis-je : le contemple, et travaille à faire diminuer la distance de monstruosité qui nous sépare. Les gens l'envient autant qu'ils le détestent. On le croit raciste, misogyne, vicieux, mais c'est la personne la plus égalitaire et impartiale qu'il m'ait été donné de rencontrer. Il méprise tout le monde, indifféremment. Et comme le veut l'adage : qui se ressemble, s'assemble…

– Ne reste pas dans mes pattes, Bakarian !

Tous les jours, c'est le même sketch abrutissant que nous propose ce clown de Germano Saramaniego. J'ai oublié depuis longtemps la bagatelle à l'origine de la scission entre eux. Ici, comme partout ailleurs, nous assistons à d'interminables remakes pitoyables de guerres de religion séculaires. Pourtant, nous sommes tous catholiques. Mais il y a autant de types de cathos que de prêtres pédophiles. C'est dire. Entre les traditions orthodoxe, gallicane, apostolique ou anglicane, on finit par y perdre son latin. Et ce n'est pas oncle Uwe qui fera taire ces infatigables chercheurs de noises avec son œcuménisme de salon, ses « aimez-vous les uns les autres » et autres bienveillances mièvres.

– Holà, qué tal mon amigo futur vendeur de fajitas? Tu es joli en uniforme… ça doit te changer de ton poncho du dimanche.

– Je t'emmerde.

– Quoi ?! Alors, comme ça, d'un coup, on ne s'aime plus ? Tu as déjà oublié ces couronnes de fleurs que tu tressais pour moi quand nous courions, nus, dans les prés ? Ô bel ange, parle-moi encore…

– À part pour te dire qu'il paraît que ton père frôle la faillite à force d'épuiser ses stocks pour son usage personnel, je ne vois pas. On murmure qu'il utilise un pot de son baume magique par jour.

– J'avoue que tu dis vrai, ma petite tortilla. Mais, c'est surtout parce que l'hygiène intime de ta maman laisse à désirer.

Oui. Une autre règle universelle veut que, quel que soit le niveau social, l'érudition ou le bagage intellectuel, lorsque deux partis veulent s'égratigner l'ego, ils finissent immanquablement par remettre en doute la probité des mœurs maternels. Une variante policée et en demi-teinte du célébrissime mais trop explicite « ta mère la pute ». Nous préfèrerons, personnellement, le sous-entendre, voire le prouver… Si possible, dans un couloir passant et jusqu'à ce qu'un attroupement se forme pour ponctuer d'interjections choquées les dires des adversaires. Ce n'est pas que je ne sois point friand de ces ateliers d'improvisation artisanaux, mais n'étant pas en odeur de sainteté, je préférais pour cette fois étouffer le feu plutôt qu'y jeter de l'huile.

– C'est bon, messieurs, vous êtes tous deux redoutables, intimidants, et je suis persuadé que si vous vous retiriez en quelque lieu secret afin de mesurer vos pénis, ils seraient certes grandioses mais équivalents, cela dit…

– Non, Max, permets-moi de te corriger. Il est évident que Germano peut se targuer de posséder un condor devant lequel mon moineau rougirait, puisqu'en bon latino reproducteur et décérébré, il a atteint la terminale à l'âge de 34 ans.

– Espèce de petit enc…

– Pardon, j'ai commis une erreur impardonnable. 33. Attention, c'est un âge qui n'a pas réussi à ton petit « Rés-souss ». Je ne parle pas là d'un oncle ayant fait carrière dans le tatouage carcéral, mais de notre Seigneur Jésus-Christ, piñata.

Je me suis interposé, sentant le poing rageur de notre ami hispanique se serrer dangereusement. J'ai toujours adoré me donner en spectacle, mais les occasions de jouer le pacificateur étaient relativement occasionnelles. J'étais plus coutumier du rôle de trublion, d'ordinaire.

– Ne te mêle pas de ça, Maximilian.

– Écoute, ça ne vaut vraiment pas le coup de se mettre dans des états pareils. Suis mon conseil et passe ton chemin.

– D'accord. Mais parce que c'est toi qui me le demande, Hori.

Il m'a regardé et c'était réellement l'expression faciale la plus perturbante qu'il m'ait été donné de découvrir sur le visage d'un de mes camarades. J'y lisais de la tendresse. De la tristesse aussi. C'était totalement inattendu et, de ce fait, parfaitement dérangeant. Un silence gêné s'est installé tranquillement et a duré le temps de la contemplation affectueuse de ce cher ibérique. Quand il a tourné les talons, j'en ai été extraordinairement soulagé.

– Merde alors, Maxou, t'as fait une touche ! Toi, à Noël prochain, tu vas recevoir une belle panoplie de toréador, avec le fuseau moule-boules et le gilet à paillettes ! Évite de porter du rouge, les prochains temps… Olé !

– Merci de confirmer que je ne suis pas victime d'hallucinations…

– Toi non, mais lui, j'en suis moins sûr…

– Tu as entendu : il m'a appelé Hori. C'est qui ça, Hori ?

– Mais tu vis dans un bunker, Von A ? Tout le monde sait qui est Hori. Cette histoire a défrayé la chronique il y a deux ans à peine.

– Je devais être à Rome, je suppose. Ou aux Émirats. Peu importe. Raconte.

– Hori, alias Horacio Saramaniego a été enlevé par des terroristes ou fêlés approchants. Une sombre affaire d'influence politique, d'enjeu financier, tu connais la chanson…

– Oui, comme d'habitude. Mais comment est-ce encore possible ? On bénéficie tous de gardes du corps et d'ingénieux systèmes pour que l'on puisse nous suivre à la trace ! C'est à peine si l'on ne nous implante pas une puce GPS dans une dent creuse…

– C'était lors d'une sortie ordinaire. En pleine rue, plusieurs hommes armés ont tiré sur les hommes de Saramaniego et ont embarqué Horacio. Il avait huit ans. Ils l'ont exécuté comme un chien. Une balle derrière la nuque, le tout sur vidéo pour que la famille puisse avoir un souvenir des dernières vacances de junior. On peut dire ce qu'on veut : les terroristes ont le sens du petit cadeau qui fait plaisir.

– Ils ont retrouvé les responsables ?

– Nada, hombre. Mais il paraît que depuis, en France, ils ont voté une loi pour interdire l'abattage non régulé des ressortissants étrangers. Bon, ce n'est toujours pas un crime. Heureusement. On s'ennuierait horriblement les longues soirées d'hiver, devant la cheminée, si on ne pouvait y jeter les corps de nos correspondants portugais ou de nos employés de maison bulgares pour alimenter le feu…

– Tu es parfaitement ignoble.

– Comment ?! Tu veux dire que je viens de perdre mon passeport pour Amourland, où le « non » est interdit, où l'hymne national est une chanson de Lara Fabian et la devise patriotique « une journée sans sourire est une journée de perdue » ? Oh. Flûte alors. Un long travail de deuil m'attend.

– Sérieusement, Côme, tu admettras que c'est troublant, qu'il m'ait appelé comme ça.

– Qu'est-ce que tu en as à foutre au juste ? Tu parles du représentant d'une nation qui adore Ricky Martin ! Il est juste loca ! Ou loco ! Loca ou loco ?! Mon Dieu, cette question va me hanter : vite vite, je dois téléphoner à Juanita, femme de ménage numéro 11 et élucider ce mystère…

Sa tape vigoureuse et amicale assénée derrière ma nuque en coup de soleil brûlant chassa instantanément cette question. Effectivement, pourquoi me soucier d'un lapsus anodin? Je plaignais néanmoins sincèrement Germano: rien ne me serait plus douloureux et insurmontable que la mort d'une sœur. Rectification : rien ne me serait plus blablabla que la mort de Silke. Gretchen, qu'on la prenne à loisirs. Pour elle, j'aurais doublé le prix de la rançon en puisant dans mes devises personnelles afin qu'on ne nous la rende pas. Mais l'idée seule qu'on nous ôte Silke suffisait à faire enfler une boule d'angoisse qui suppliciait mes organes internes. Elle avait déjà suffisamment souffert. Si quoi que ce soit devait la menacer encore à l'avenir, je m'interposerais. Mais cette fois, ce ne serait pas par narcissisme.

Ω

– Alors, Uwe, as-tu noté quelques changements chez notre Max ?

– Père, vos réprimandes datent d'hier. Vous comprendrez qu'en une journée, la métamorphose ne peut être transcendante.

– Non, non, Maximilian. Mon frère a raison de poser la question. Pour te répondre, très cher, je dois souligner que ton fils ne s'est distingué par aucun méfait aujourd'hui. On ne peut en dire autant de ses fréquentions, malheureusement.

– Bakarian ou du Campart ?

– Le célèbre Côme.

– Évidemment.

– Je dois dire que ce jeune homme a un talent naturel pour se rendre détestable auprès de tous. Il sait fédérer et créer l'unanimité, au moins. Tout le monde le trouve insupportable. Moi y compris, je le confesse.

– Il ne vous a pourtant jamais fait montre d'insolence ou d'irrespect, tonton.

– C'était donc un gage d'admiration de me traiter d'eunuque ? Admettons.

Grâce à Côme et son inconduite, nous étions parvenus à meubler trois belles minutes de ce souper silencieux et interminable. Oublions l'inter, gardons le minable. Si le bruit des couverts sur la porcelaine et le son des mastications n'étaient venus heurter mon ouïe, j'aurais pu croire aisément en une surdité soudaine. Disons-le franchement : nous nous emmerdions admirablement. Une tension dont je ne m'expliquais la cause maintenait un embarras perceptible. Mère n'avait jamais semblé plus lointaine et effacée. Elle lançait de temps à autre un regard oblique et désespéré à Uwe qui faisait mine de ne pas s'en apercevoir. Père, quant à lui, était certainement en grand dialogue intérieur avec lui-même, c'est-à-dire la personne la plus importante à ses yeux. Gretchen, c'était difficile à dire : faisait-elle la gueule ou rêvassait-elle à une quelconque paire d'escarpins ? Il faut dire que, comme toute personne à l'intellect limité, elle possède un registre très restreint de rictus et mimiques. En fait, elle possède un registre très retreint d'idées, de goûts, d'émotions et de qualités. Silke était évanescente comme à l'ordinaire. J'enviais tout à coup les familles plus populaires, qui rotent à table, rient grassement, croquent dans le saucisson et s'insultent volontiers, un œil sur la télé qui hurle en fond et une main sur la tête d'un chien crasseux dont les pattes dégoûtantes agrippent la nappe dans l'espoir d'avoir sa part.

– Uwe m'a raconté une blague irrésistible, l'autre jour. Une histoire d'endive et de table de chevet, si je ne m'abuse… N'est-ce pas cher oncle ?

Échec cuisant. Les gens se demandent certainement pourquoi, dans les tablées gastronomiques, l'on sert des assiettes au contenu si frugal, presque symbolique. La réponse est pourtant évidente : en une dizaine de bouchées, le repas complet est ingurgité et l'on peut prendre congé les uns des autres sans manquer de correction. L'ennui et la mauvaise compagnie sont les pères fondateurs de la cuisine prétentieuse et de la maigreur prisée par les femmes galantes. Un adage indien dit que les gens gros sont heureux. Je ne peux statuer quant à la véracité de cet énoncé mais je peux dire que je connais beaucoup de gens sveltes fort tristes et emmerdants à souhait. Le menton pointu et la côte apparente, ils ne m'ont jamais fait penser qu'à des lévriers afghans. À leur vue, je sens toujours poindre en moi l'envie de devenir vétérinaire et de les piquer afin de mettre un terme à une vie de souffrance affichée.

Je me demandais bien pourquoi Mère tenait tant à la présence d'Uwe. Il n'ajoutait rien de gai ou de léger à l'équation. Il n'ôtait rien non plus, il faut le reconnaître. Sans doute laissait-elle s'exprimer ainsi sa part de sadisme : infliger cette torture à une personne qui aurait pu en être épargnée, c'était assez retors. Pourtant, je me souvenais que, fut un temps, les choses étaient sensiblement différentes. Mère était plus présente. Pas physiquement. En esprit, j'entends. Elle ne feignait pas de s'intéresser à nous, de nous trouver d'agréable compagnie ou dignes de son attention. Elle le faisait vraiment. Nous l'étions vraiment. Depuis quelques années, un sourire artificiel et rigide s'est englué sur ses lèvres et ne les quitte plus jamais. Je crois qu'elle pourrait désormais se cogner le pied dans un coin de table ou apprendre la mort de l'un d'entre nous sans pouvoir s'en départir. Maman est aussi spontanée et vivante qu'une couverture sur papier glacé d'un magazine people. Selon mon humeur, je trouve cela tour à tour tragique, inquiétant, pitoyable ou risible.

– Silke, j'espère que ton frère t'a répété à quel point je t'ai trouvée merveilleuse durant ton audition.

Oups. Disons que je n'aurais pas fait un excellent messager du Roi, voilà tout.

– Oui, bien sûr. J'en suis très flattée mon oncle.

Ma chère siamoise… Toujours prompte à venir à ma rescousse pour me sauver de moi-même.

– Silke a fait d'étonnants progrès à la harpe, c'est vrai. Qui sait tout ce qu'elle aurait pu accomplir si… enfin, si au lieu de… bref. Je ne voulais pas… mais c'est juste que… ach, comment dire ? Venez à mon aide, chérie !

Mère agita la main comme pour éloigner une mauvaise odeur, signifiant ainsi à mon père que prendre sa défense serait pure perte. Il était si peu délicat que c'en était parfois indécent. Elle en avait pris son parti quand ces comportements étaient dirigés contre sa personne mais se montrait toujours clairement irritée lorsque c'était susceptible d'atteindre ses enfants. Depuis leur mariage, Dieu sait que Mère avait plus d'une fois essuyé des humiliations cuisantes. Les infidélités qu'il ne prenait même pas le soin de dissimuler, sa façon constante de la rabaisser et ce geste unique, index relevé vers elle, pour la réduire au silence si elle s'avisait de prendre la parole dans un moment qu'il jugeait inadéquat. Edeltraut était définitivement devenue un signe extérieur de richesse que mon père brandissait, au même titre qu'une belle montre ou une voiture de collection. Elle n'était pas son alter ego, encore moins sa moitié, tout juste son épouse.

– Papa, je vous rassure, ma cécité ne me prive pas d'une certaine clairvoyance. Et je « vois » parfaitement ce que vous voulez dire. Je ne vous en veux pas. Je ne puis certes pas l'affirmer mais je crois sincèrement que si j'avais conservé la vue, j'aurais fait sensiblement les mêmes choix.

Silke n'est pas née aveugle. Elle l'est devenue, lorsque nous avions six ans, sans que l'on puisse réellement expliquer ce phénomène. Nous étions allés nous promener au jardin botanique. Parce que je le voulais. J'avais insisté, tant et tant que nos nourrices avaient fini par céder. Nul ne résiste bien longtemps aux caprices du petit Monsieur. Silke ne souhaitait pas m'accompagner, ce jour-là. Je m'en souviens parfaitement parce que je lui avais arraché sa poupée Liselotte des mains en lui disant que je ne la lui rendrais qu'à notre retour. Elle n'avait pas crié ni pleuré pour la réclamer. Elle avait juste émis un petit soupir, dans son sourire déjà charmant et m'avait fixé de son regard bleu pâle avec clémence et attendrissement. Une fois au jardin, nous nous étions séparés en courant pour se précipiter dans les rosiers odorants. Elle dit que la dernière chose qu'elle a vue est une rose thé. Et que c'est une belle image. Après cela, sans qu'elle puisse se souvenir avec exactitude de cet instant, l'obscurité. Les ténèbres. À jamais.

Pourtant, Silke a été examinée par les meilleurs spécialistes, les plus éminents professeurs, docteurs, experts. Père l'a conduite aux quatre coins du globe, la soumettant même, dans le doute, aux vertus de médecines parallèles, herboristes et rebouteux. Mais cela, il l'a tu à son frère. Ce n'est guère approuvé par l'Église officielle. Il a tout tenté : homéopathie, acupuncture, raïki, vaudou, désenvoûtements farfelus... Toutes ces entreprises se sont soldées par le même échec implacable. Double frustration pour Wolfgang Von Abbetz qui n'est guère coutumier de la sensation d'impuissance et de frustration. Il n'est effectivement pas le genre d'hommes auquel l'on dit « non ». La Vie lui a ainsi rappelé qu'il y a encore des choses qui ne s'achètent pas. Certains pourraient voir dans cet acharnement une preuve d'un amour paternel immense. Pour qui connaît le personnage, nulle illusion à avoir : un petit handicapé fait tâche sur les photos de famille. Pourquoi pas un manchot ou un trisomique, tant que nous y sommes. Non : chez les Von Abbetz, on est redoutable, brillant, beau et pétant de santé. La faiblesse, même génétique, n'est pas admissible.

Du coup, pour décharger sa colère, Père licencia toutes les nounous présentes ce jour-là, obtint le rachat du Jardin botanique pour faire s'élever par-dessus les roses thé un building immense qui défigure le paysage et crève le ciel. Je ne peux m'empêcher d'être soulagé que Silke soit épargnée de ce spectacle visuel d'une laideur sans pareille.

Je me souviens que tout a changé de façon très perceptible, à partir de là. Je n'ai plus jamais perturbé la quiétude de ma douce jumelle avec mon comportement de tyran en herbe. J'avais beau clamer partout qu'elle était toujours une personne normale, je la traitais comme une petite chose diminuée et faible. Miraculeusement, sa joie de vivre et son heureuse nature ont eu raison d'une belle part de ma culpabilité et de mes angoisses. Lorsqu'elle est d'humeur particulièrement taquine, il lui arrive encore de se glisser comme une ombre dans ma chambre, en pleine nuit. Elle ne fait pas le plus petit bruit, ne heurte aucun meuble, ne trébuche jamais. La pénombre est son univers. La nuit tombée, Silke devient tellement plus à l'aise et habile que moi… Elle fait courir ses doigts fins dans ma nuque, en araignée chatouilleuse.

– Et c'est moi l'aveugle, hein ?

– Je t'ai entendu. Je faisais semblant pour te faire plaisir.

– Oh, tu es sûr de ça ?

– Certain !

En dépit de nos dix-sept ans, cela se termine toujours par une farouche partie de chatouillade, jusqu'à ce que l'un supplie l'autre de cesser et se rende à l'ennemi. Ce sont les seuls moments où je m'autorise à être enfant. Les seuls moments heureux, de fait. Nous restons allongés côte à côte, à laisser s'évanouir nos rires, doucement, à reprendre une respiration tranquille. Et nous discutons alors. De ce qui ne va pas dans ce tableau hors de prix qu'est l'apparence de notre vie. Silke n'est pas élève à Ste Prax'. Elle a été retirée de l'enseignement en collectivité dès sa cécité. Elle reste à la maison, jour après jour, heure après heure et reçoit les professeurs qui se succèdent invariablement. Des pontes et des références sérieuses qui ont cela de commun de ne pas avoir moins de cinquante ans. Ma sœur ne fréquente aucune personne de son âge. Elle n'a d'autre ami que moi et, tandis que beaucoup pensent certainement que je suis tout pour elle, je tiens à dire que c'est elle, qui est tout pour moi. Celui des deux à guider l'autre, le soutenir et le supporter n'est pas celui que l'on croit. Je n'ai pas besoin d'un confesseur, même si c'était oncle Uwe, ou d'une croix pour déposer mes péchés. Silke suffit à tout cela. Si Savas est ma conscience, ma sœur, elle, est mon âme.

– Raconte-moi encore, Max. Décris-moi le réfectoire et la salle de biologie. Parle-moi des filles, de leur façon de se vêtir, de parler entre elles, de glousser ou de ricaner. Dis-moi tout sur tout, s'il te plait !

Quand la réalité n'est pas assez intéressante, j'invente. Des histoires qui n'ont pas eu lieu, des souvenirs inventés, des anecdotes qui n'existent pas. Silke écoute patiemment, sans jamais m'interrompre autrement que par un petit rire approbateur ou un soupir consterné, une interjection outrée. Vient ensuite un silence lourd des mille questions qu'elle se pose sur son propre avenir. Elle ne me demande pas « crois-tu que je me marierai un jour ? » ou « j'aurai des enfants, tu penses ? », voire « est-ce que je resterai dans cette maison toute ma vie ? ». Elle fait taire toutes ces interrogations. Excepté une. Une seule, qui survit à son silence acharné.

– Max, tu m'emmèneras, n'est-ce pas ?

– Où ça ?

– Peu importe. Là où tu iras… Tu ne me laisseras pas derrière toi ?

– Bien sûr que non, Silke. Je ne vais nulle part sans toi. Toi et moi sommes arrivés dans ce drôle de monde ensemble. Je ne peux partir seul, où que ce soit.

L'émotion est toujours très prégnante, dans ces moments. Je sens les paupières de ma sœur papillonner, des larmes prêtes à s'envoler de ses iris en lagon. C'est pour cela, je ne peux pas m'en empêcher ni faire autrement.

– D'ailleurs, j'ai grandement envie de pisser. Viens, on y va !

– Quoi ?! Tu es complètement fou, Max !

– On a dit que je ne vais nulle part sans toi, alors hop ! Allez, tu n'auras même pas à fermer les yeux !

– Monstre, va !

Je suis un monstre, c'est vrai. Mais, à bien y regarder, nous sommes tous le monstre de quelqu'un. Moi, je veux bien être celui de Silke. Le seul. Cela signifierait que personne d'autre ne peut l'atteindre ou la terrifier. La faire souffrir. De toute façon, quiconque s'aviserait de tenter de le faire se heurterait à moi. Même mon père et ses propos inadéquats.

– Ah la la, Père, qui sait ce que vous auriez pu accomplir si… enfin, si au lieu de… bref. Je ne voulais pas… mais c'est juste que… si vous n'étiez point né atrophié du cœur et réséqué des sentiments, je veux dire.

Silence, toujours. Mais différent celui-ci. Même s'il est une chose invisible, l'on perçoit clairement les changements de sa couleur. Mon père s'épongea les lèvres d'un coin de sa serviette en lin, avant de la jeter avec une fausse négligence sur la table. Il se leva, ferma son veston et m'intima l'ordre de le suivre. Cela faisait longtemps, ma foi, que je n'avais eu le délice de goûter au dessert paternel.

– Wolfgang je vous en supplie, je…

Index levé vers Mère.

– Voyons, à la niche maman ! Notre dresseur a parlé, sa volonté doit s'exécuter. Mais je vous remercie, votre tentative me touche au plus haut point.

Je saisissais au passage la main fine et si douce de ma mère pour la porter à mes lèvres. N'est pas gentleman qui veut. Je suivis mon père jusque dans son dressing. Je connaissais le rituel par cœur et pris l'initiative de me diriger directement vers le placard réservé aux ceintures. Je choisis celle dont la boucle était la plus lourde et saillante. Un sursaut d'orgueil et de défi, sans doute. Dans les minutes qui suivront, mon père me fera mettre torse nu et me frappera les flancs et les côtes avec cet accessoire de marque. Pour en laisser d'autres, un peu partout, dont les couleurs, ma foi, s'harmoniseront parfaitement à mon uniforme scolaire. Je tiendrai bon, je serai digne et étoufferai mes plaintes. Mon challenge personnel étant qu'il se fatigue avant moi. Il gémit plus volontiers que moi, les bras endoloris par l'effort et la vigueur qu'il place dans ses gestes. Cent coups. Telle sera ma peine. Telle est ma peine depuis toujours. Debout, les bras calés sur le chambranle de la porte qui sépare son salon privé de son bureau, je me mets à compter. Un, deux… vingt-huit… quarante-quatre… soixante-deux… Je me suis un jour demandé pourquoi mon père, si prompt à déléguer la plus petite peccadille et répugnant à la moindre activité physique, se chargeait avec assiduité de ces corrections. C'était sans compter sur son sadisme naturel que j'ai tardé, non pas à voir, mais à admettre.

J'imagine Mère ne pas retenir ses larmes et les laisser infuser dans son thé du soir. J'entends Silke jouer une mélopée triste et douce pour hurler en musique. Je sens Uwe prier pour obtenir le pardon divin de ne pas trouver le courage de s'opposer à son frère aîné. À quoi cela servirait de s'interposer, de toute façon ? Père est maître en sa demeure. Et sa demeure est vaste, elle ne se limite malheureusement pas à des murs ou des grilles.

Je sais aussi que plus tard, quand un autre silence, couleur nuit et sommeil cette fois, se sera emparé des esprits de chacun, Mère viendra gratter à ma porte comme un chat perdu. À pas feutrés, elle s'approchera de mon secrétaire, devant lequel je finirai ma rédaction. La punition de père comprend toujours une sorte de devoir écrit sur un thème facétieux qu'il choisit en fonction de son humeur. Ce soir, ce sera l'éloge de sa personne et le décompte de ses nombreuses qualités… Ô cynisme. Elle soulèvera délicatement ma chemise et commencera précautionneusement à étaler sur ma peau rudoyée un baume apaisant. Je n'entendrai rien d'autre que ses sanglots refoulés péniblement.

– Ne vous mettez pas dans des états pareils, Mère. Je suis accoutumé, à présent.

– Je te demande pardon. J'aurais dû choisir un meilleur père pour toi.

Je me retournais, ce soir, pour lui faire face et la prendre dans mes bras. Après tout, j'avais été frappé, mais elle subissait continuellement les attaques de mon père. Une autre forme de violence mais une violence tout de même. L'indifférence est une arme plus subtile. Mais plus sûre. J'aimais la façon qu'elle avait d'empaumer mon visage, de caresser mes joues de ses pouces, de poser son front las contre le mien, après l'avoir dégagé de mes cheveux. Pour la première fois depuis longtemps, je la sentais là, concernée, investie, présente. Elle me regardait intensément et j'étais désireux de lui plaire, de lui faire honneur, comme rarement par le passé. J'eus la sensation fugace et assez désagréable, il faut bien l'avouer, que son regard changeait de nature. Comme si nous n'étions plus un fils face à sa mère mais un homme s'adressant à une femme.

C'était flou et insaisissable, comme impression. Comme moment.

– Je suis désolé de ne pas être conforme à vos espérances… J'ai pleine conscience d'être pour vous une éternelle source de déception et je…

– Ne dis pas ça, Himmel[1] ! Tu as toujours été plein de dignité et d'abnégation. Je ne te reprocherai jamais ton choix, même s'il nous condamne tous les deux à une vie quelque peu sinistre…

– De quel choix parlez-vous ?

– Tu sais, je donnerais tout, tout de ce que j'ai actuellement, je sacrifierais jusqu'à ma famille, pour un seul instant auprès de toi… Je n'oublierai jamais nos vœux secrets, à la cathédrale Saint-Gilles. Je ne peux m'empêcher d'y retourner, chaque année, en pèlerinage de notre affection mutuelle si sainte. Et je prie alors pour toi, mon amour, avec une dévotion que je ne me connais pas habituellement.

– Saint-Gilles ? À Édimbourg ?

– Bien sûr ! Où ailleurs ?… Te rappelles-tu comme nous étions heureux ? Pleinement, vraiment heureux, Himmel ?

– Je ne suis jamais allé à Édimbourg !

Elle avait eu un petit rire effervescent. Un rire de folle. Puis elle a repris son massage en fredonnant un air que je n'avais plus entendu depuis des années. Un refrain qu'elle ânonnait avec douceur lorsqu'enfant, je la regardais se préparer pour une réception. Elle fardait ses yeux couleur Silke, couleur Max aussi. Les rendait lumineux, pénétrants, en égayant de ses notes joyeuses le silence cérémonieux. Je la trouvais plus belle que jamais. Je contemplais

[1] *Ciel.*

cette femme sublime et je suintais de fierté qu'elle soit l'auteure de mes jours.

"Of all the boys I've known and I've known some
Until I first met you I was lonesome
And when you came in sight, dear my heart grew light…"

Le refrain, en allemand, reprend le titre de la chanson : *"Bei mir bist du schön…*[1]". Grand-père Volker m'avoua un jour détester ce chant qui, pourtant, propagea un peu la langue germanique dans les oreilles les plus sourdes à la culture teutonne. Quand je demandais pourquoi, il m'expliqua qu'à l'origine, c'était un air yiddish populaire. Écrit en 1932 pour une comédie musicale, quel affront ! Par des prénommés Jacob et Sholom, s'il vous plait ! Volker s'était empressé d'ajouter, dans un ricanement parfaitement nauséabond, que l'année suivante Hitler devint chancelier et leur coupa vite l'envie de chanter.

Bercé par la voix de Mère, la tendresse de ses caresses sur mon dos endolori, je me risquais à une question. C'est parfois plus simple d'être sincère sans avoir planté dans ses yeux le regard de l'autre.

– Maman, vous ne m'avez jamais appelé Himmel…

Je sentis ses doigts se raidir et s'immobiliser soudain. Elle inspira deux ou trois fois avant de me répondre, d'une voix qu'elle s'appliquait à rendre calme et claire.

– Comment, Max ? Qui t'a parlé de cela ?

– Mais vous ! À l'instant, vous m'avez surnommé ainsi. Vous avez également mentionné la cathédrale d'Édimbourg et…

---

[1] *Pour moi, tu es beau.*

– Je ne trouve pas cela drôle du tout ! As-tu fouillé dans mes effets personnels, Max ? Est-ce ton père qui t'aurait… Non, c'est impossible, mais…

Elle s'était relevée et semblait véritablement paniquée, en proie à un désarroi incompréhensible. Ses sourcils se fronçaient et laissaient deviner qu'elle réfléchissait intensément et à grande allure.

– Mère, tout va bien. Calmez-vous. Reprenez-vous, s'il vous plait.

– Max, je… je ne sais pas comment tu… ou pourquoi je… Je t'en supplie, garde tout ceci pour toi. Je t'en prie.

– Mais garder quoi ?

– Rien. Enfin, ma maladresse. Tu sais, ces traitements ne me réussissent guère. Ils jouent des tours à ma mémoire et à… ma perception des choses, parfois. Il m'arrive véritablement de dire n'importe quoi. Je suis désolée, profondément désolée. Pardonne-moi… Je crois que je perds la tête…

– Ce n'est rien Maman. Je suis là. Tout va bien.

Je ne pouvais m'empêcher de ressentir une crainte sourde et confuse. Comme l'anticipation qu'un danger imminent viendrait sous peu fondre sur moi et les miens. Il est vrai que Mère avait souvent « déraillé » mais cela ne s'était jamais manifesté ainsi. Les dosages hasardeux de ses médicaments la conduisaient parfois à être somnolente ou anormalement, et artificiellement, enjouée. Jamais encore elle ne s'était mise à divaguer de la sorte, en s'inventant des interlocuteurs imaginaires, des souvenirs tronqués, des visites ou voyages improbables. J'avais peur en cet instant de la perdre, de ne serrer contre moi qu'une enveloppe vide qui ne contenait plus l'essence si rare d'Edeltraut Gottlieb. Cette femme d'une blondeur toute angélique, lovée contre moi comme si elle avait été l'enfant et moi le parent, portait le parfum de ma mère, parlait de sa voix et présentait une apparence conforme à la sienne. Pourtant, imperceptiblement et sans que je puisse me l'expliquer, je sentais que quelque chose d'elle venait de m'échapper.

Pour la première fois, j'envisageais la perspective de ne pas la connaître tout à fait. Je commençais à croire qu'il puisse exister en elle une autre, inconnue, étrangère à mes sens et repères. Peut-être est-ce une chose qui arrive à tout enfant lorsqu'il pose l'index sur la part secrète de la vie de sa mère. Il me faudrait creuser l'affaire, fouiller, déblayer les souvenirs pour exhumer ce qui avait causé tant de souffrance apparente chez elle.

– Venez immédiatement vous coucher, chérie.

La silhouette sombre et longiligne de mon père se découpait dans l'embrasure de la porte de ma salle d'étude privative. Il restait à bonne distance, pas par crainte ou délicatesse de ne vouloir s'immiscer dans un moment privilégié dont il était exclu. Non. Tout simplement parce qu'un maître ne court pas après son chien. Il le siffle et attend qu'il se précipite à sa botte. Mère se détacha de moi, péniblement et avec lenteur. Elle s'éloigna pour rejoindre Père avec une impatience et un enthousiasme similaires à ceux d'Anne Boleyn lorsqu'elle quitta la tour de Londres pour retrouver son bourreau.

Mon géniteur la laissa passer devant lui puis prit quelques secondes pour me défier de son regard froid et dominateur.

– Ce fut un plaisir de passer ces instants en ta compagnie, fils.

Salaud.

– Plaisir partagé, Père.

Je lui adressais mon sourire le plus carnassier et méprisant. Subir une défaite, certes. Cela arrive aux meilleurs. Mais l'essuyer avec style et superbe peut donner la sensation dérangeante et frustrante au vainqueur qu'il n'a pas totalement gagné la partie. Dans l'esprit du jeu, du moins. La victoire symbolique me revenait et nous le savions tous deux. Cette certitude me suffisait pour le moment. De toute façon, n'ayant guère d'autre satisfaction à tirer de tout cela pour l'instant, je tâchais de faire contre mauvaise fortune bon cœur.

Je reprenais place à ma table d'écriture pour poursuivre la rédaction diplomate et romanesque des vertus paternelles. Cette prose relèverait véritablement de la fiction la plus imaginaire. Je tâchais de dissimuler ma haine si profondément enracinée, dont j'étais convaincu qu'elle serait lisible sur mon ADN. Voyons. Que dire. Wolfgang Von Abbetz est très proche de la nature, des animaux. En effet, tout comme eux, il est dépourvu d'âme et… Non. Hors sujet. Wolfgang est un père dévoué à ses enfants, il n'hésite d'ailleurs jamais à leur donner un coup de main. Un coup de pied. Un coup de… Toujours pas. C'était un défi impossible à relever. Je rangeais donc tout ceci et décidais qu'une correction paternelle supplémentaire était largement plus supportable que s'abjurer de la sorte. Je décidais, avec une fierté bien casse-gueule, de rendre page blanche afin de signifier à mon père la nature de mes sentiments à son endroit.

Himmel. Qui que soit cette personne, ce surnom magnifique laissait présager de la beauté du lien qui le rattachait à ma mère. Elle avait donc aimé quelqu'un. Je sais que j'aurais probablement dû en ressentir quelque contrariété ou sentiment de trahison, de jalousie peut-être. Mais au lieu de cela, j'en étais heureux pour elle. Profondément, intrinsèquement heureux. Elle avait frôlé le bonheur au moins une fois. Tout cela, cette existence triste et interminable, n'aura donc pas totalement été vide de sens. J'imaginais aisément qu'allongée contre le corps hostile de mon père, ces souvenirs devaient la réconforter. Quel que soit le plafond au-dessus de sa tête, Mère s'endormait en toute probabilité sous un autre ciel. Un Himmel bien plus beau que tous ceux que Père aurait à lui faire contempler.

Ω

Une fois n'étant pas coutume, c'est moi qui me glissais furtivement dans les appartements de Silke. Elle était encore assise sur sa méridienne, les doigts posés sur les pages en braille d'un des nombreux livres de sa bibliothèque personnelle. Je restais un moment dissimulé, pour mémoriser son portrait. C'était un instant d'une beauté inouïe, comme nombre de ceux appartenant à ma sœur.

– Entre donc, Max.

Vive l'incognito. Pour sûr, ma discrétion tenait plus des SS lors de la nuit de cristal que d'un assaut de Sioux. Mais il fallait bien, après tout, que mon origine germaniste s'exprime d'une façon ou d'une autre. Et, venant d'un peuple qui place la bière au-dessus de toute autre boisson et n'ingurgite de viande qu'une fois saucissonnée dans un boyau intestinal, nous ne pouvons espérer beaucoup de subtilité ou de délicatesse.

– Je ne voulais pas t'importuner.

– Tu ne m'importunes jamais. Sauf, peut-être, les rares fois où tu m'espionnes durant de longues minutes sans te décider à m'interrompre. Être observé est très incommodant.

– Comment le sais-tu ?

– Je sens les regards sur moi. Constamment. Je peux presque entendre les questions qui les accompagnent immanquablement. Même parmi nos domestiques. Qui pourrait croire qu'une jeune fille de mon rang ait des désirs si… simples.

– Quel genre ?

– Me maquiller moi-même. Choisir mes tenues. Aller au cinéma et voir ce qui se passe à l'écran sans avoir à fournir un effort d'imagination. Connaître mon visage. Connaître ton visage.

– Crois-moi : pour cette dernière chose, il vaut presque mieux que tu sois aveugle…

– Je suis certaine que tu es très beau, Max.

– Ah oui, certes. Je parlais de toi, en vérité…

Éclat de rire de Silke. Éclat de Silke. Chaque écho valant pour un coup de ceinture, je serais vite totalement guéri.

– Père n'y est pas allé de main morte, ce soir, n'est-ce-pas ? J'entends à ta respiration que tu as mal, que ton visage se crispe, que ta mâchoire se contracte au rythme de tes mouvements.

– Tu vois dans le noir et traduis jusqu'au silence. J'ai hâte que tu te mettes à ressusciter les morts et à changer l'eau en vin.

– Ça viendra. Tu restes dormir avec moi ce soir ?

– Uniquement si tu me racontes.

– Te raconter quoi ?

– Des choses. N'importe quoi.

– Tu es bien placé pour savoir que je n'ai rien à raconter de bien intéressant.

– Alors, dis-moi des choses ennuyeuses. Je ferai semblant de trouver cela passionnant. Je suis devenu expert en cela, à force de dîner en compagnie de Père et ses comparses.

– Tu es trop dur avec lui Max.

– Ce n'est pas exactement la sensation que sa ceinture m'a laissée, sœurette.

– Je veux dire par là que tu ne lui reconnais aucune qualité, pas la moindre excuse pour justifier sa personnalité quelque peu…

– Pourrie ? Détestable ? Monstrueuse ?

– Compliquée, Max.

– Très bien. Donne-moi juste une raison de ne pas le haïr et de lui trouver des circonstances atténuantes.

– Eh bien… Laisse-moi réfléchir une seconde… C'est vrai que ce n'est pas évident.

Je triomphais déjà lorsque je la vis sourire étrangement.

– Ah ! Bien sûr : il est le fils de Volker Von Abbetz. Et de cela, personne ne saurait se tirer indemne. De plus, il est le père de Maximilian Von Abbetz, ce qui ruine tout espoir futur !

J'éclatais de rire et elle ne tarda pas à m'accompagner.

– J'attends toujours mon histoire !

– Je n'en ai pas…

– Cherche un peu, voyons !

– Vraiment, je n'ai aucune idée...

– Il doit bien y avoir une sorte de conte qu'une des nourrices te versait quand tu étais petite ! Souviens-toi : nounou Camilla avait toujours un tas d'histoires totalement abracadabrantes, avec des pommes magiques, des flèches empoisonnées, des chevaliers en verre...

– C'est vrai, mais je ne serais pas capable d'en répéter une seule... Je suis désolée... À moins que... Oui, voilà, je vais te répéter une légende que Mère me rapportait chaque fois que nous attendions une consultation d'un médecin. Pour m'aider à patienter et surtout, surtout, me donner du courage.

La mémoire de Silke devait lui jouer des tours. Il s'agissait vraisemblablement d'une des nourrices. Maman, en dépit de toutes ses qualités, n'avait jamais été particulièrement douée pour nous divertir ou même nous rassurer. Non qu'elle était une mauvaise mère, bien loin de là. Mais sa « fragilité », comme nous appelons cela ici, la soumettait tant à ses angoisses que cela l'empêchait de voir les nôtres. Et pourtant, pour la seconde fois aujourd'hui, je la découvrais sous un angle inexploré.

– Mère faisait cela ?

– Eh oui.

– J'ai du mal à me l'imaginer... Enfin, passons. Je t'écoute Silke. Éblouis-moi.

– Il était une fois, d...

– C'est chiant.

– Tais-toi. Il était une fois, dans un royaume lointain, deux princes qui étaient frères. Proches en âge, ils étaient cependant aussi différents que l'eau et l'huile, le bon grain et l'ivraie, la joie et le malheur. Le prince Wüste[1], l'aîné, avait le regard dur et le cœur sec. Sa bouche aride ne s'ouvrait que pour cracher quelque parole méchante à tous ceux qui l'entouraient. Son cadet, le prince Himmel, était rayonnant comme le soleil et plus doux qu'un nuage blanc. Ses mots étaient semblables à une brise printanière : vivifiants et pleins de promesses.

– Le prince Himmel tu dis ?

– Oui.

– Continue…

– Tandis que Wüste était terre-à-terre, tourné vers les richesses et les préoccupations matérielles, Himmel, lui, était habité de désirs célestes. Il se détachait de plus en plus de ce bas monde et devenait aérien, éthéré. Personne n'aurait juré qu'il était un homme plus qu'un ange.

– Il y a une princesse, n'est-ce pas ? Une princesse blonde ?

– Absolument pas. Il y a une jeune duchesse, par contre !

J'étouffais un rire moqueur qui me valut une chiquenaude pour m'intimer le silence.

– Donc, cette duchesse non-princesse s'appelait Einsamkeit[2] et jamais, de mémoire d'Homme, l'on n'avait vu femme plus belle et plus malheureuse. Le droit d'aînesse l'avait condamné à épouser le sinistre Prince Wüste mais… Max ? Max, tu dors ?

Je l'entendais encore, mais je n'avais plus la force de lui répondre. J'aurais voulu qu'elle ne s'arrête jamais de me parler, de caresser doucement mes cheveux pour y lire mes rêves aussi sûrement qu'une page de braille. Je

---

[1] *Désert.*
[2] *Solitude.*

sombrais dans un monde rempli de princes, de désert, de ciel. Demain, je demanderai la fin de l'histoire, parce que c'était évident que… bien sûr Mère et… Un voile lourd et noir s'abattait sur mes idées comme il avait recouvert les yeux de Silke il y a longtemps déjà.

Ω

PARTIE 2

Cavalier noir : Maximilian

Joseph Di Mambro
Bijoutier ventripotent, porteur de perruque
et violoniste assidu.
Fondateur de la secte de l'Ordre du Temple Solaire.
Responsable de suicides collectifs supposés de 25 adeptes
au Canada et 23 en Suisse en octobre 1994,
par balles ou par immolation.
Di Mambro faisait partie des « victimes ».

***

Le silence est de rigueur lors du petit-déjeuner chez les Von Abbetz. La rigueur elle-même est de rigueur. Père ne souffre aucun bavardage ni conversation badine durant ce premier repas que Mère s'est efforcée de maintenir familial. En cela, elle a été tout à fait inflexible : Père n'y couperait pas. Nous savons tous que son humeur matinale, semblablement à celle de chaque heure de la journée, est massacrante. Nous pouvons au moins reconnaître cette qualité à mon ascendant : il est constant et prévisible. Dommage que cette seule vertu ne suffise pas à une rédaction de plus de trois lignes, sans cela, je tenais mon sujet…

Ceci explique pourquoi, depuis que je suis en âge de comprendre comment tourne le Monde, et comment piétine mon père, je m'efforce à la jovialité dès le saut du lit. Quitte à surjouer l'enthousiasme et la gaieté, je comble de mes sornettes la moindre seconde de silence providentiel et salutaire pour ce cher Wolfgang. Je ne lui laisse aucun répit, dans l'espoir insensé et puéril que chaque syllabe le tue un peu plus nerveusement. D'ici à une centaine d'autres collations, j'en viendrai à bout. Il me plait de le croire.

Bien qu'il simule l'indifférence, qu'il feigne que ce flot incessant de paroles ineptes et gouailleuses glisse sur lui comme sur la coque d'un de ses yachts, je sais qu'il refreine des pulsions meurtrières prodigieuses. Je sais également que chaque coup de ceinture est une vengeance à retardateur dont il est encore plus friand que ses pains viennois, son strudel aux pommes ou ses toasts au jambon de la Forêt Noire et à l'ananas qu'il exige chaque matin. Le germaniste, de façon générale et en dépit de son corps sec et nerveux, a l'excellent appétit du carnassier charognard. Il n'est point sensible au dégoût généré d'ordinaire par l'ingurgitation de poisson ou de charcuterie, de fromage au goût prononcé et affectionne les mélanges les plus périlleux. J'ai dû parfois user envers moi d'une violence inouïe, qui aurait fait passer O.J. Simpson pour Martin Luther King, afin de continuer à parler devant ce spectacle émétique. Papoter en regardant père tremper une tartine pain de seigle/moutarde à l'ancienne/munster dans son café noir noyé de sucre. Déblatérer en l'observant avaler des sardines entières et l'entendre se lécher la pulpe de chacun de ses dix doigts bruyamment, dans une tentative habile mais vaine de couvrir mes dires. Hausser le ton pour étouffer les mastications insupportables de ses bridges sur sa choucroute à la confiture de sept heures du matin. Tout ceci a parfois demandé une maîtrise certaine de mon œsophage. Père et moi sommes véritablement en guerre. Une guerre des sens. S'il tente de me soumettre par la vue et l'odorat, je ne doute pas de ma victoire sur son ouïe. Parenthèse ethno-gastronomique fermée.

Ce matin, une fois n'est pas coutume, un véritable sujet de conversation s'impose assez spontanément sans qu'il me soit besoin d'un laxatif mental pour forcer ma taciturnité naturelle.

– As-tu passé une mauvaise nuit, mon chéri ? Tu me sembles bien tourmenté…

– Il est vrai, Mère, que j'ai eu un sommeil plutôt agité.

Reniflement méprisant de Père, tandis qu'il plie le journal qui le dispense, selon lui, d'avoir à engager conversation avec l'un d'entre nous et nous soustraie même efficacement à sa vue.

– Je pensais pourtant que nos « exercices » d'hier soir auraient raison de ta vigueur et te fatigueraient mieux qu'aucun somnifère.

– Eh bien, visiblement, Père, ce n'est pas le cas. Peut-être parce que, l'âge venant, vous mettez moins de vitalité à l'ouvrage, même si le cœur, lui, y est toujours. Je vous supplie donc, très cher, de vous ressaisir et de ne pas me décevoir lors de notre prochaine séance. Hier soir, c'était au mieux vivifiant. Vous pouvez mieux faire, nous le savons tous deux.

Mère dissimule un sourire triste en se tapotant les lèvres de sa serviette en lin. C'est vrai que nous avons du fort beau linge de maison. Linge que nous ne lavons qu'en famille. Non, correction : que nous laissons volontiers sale. Après tout, nous avons les moyens d'en racheter à notre guise… Père, lui, face à cette énième insubordination, se contente d'un geste de la main droite, en moulinet, que l'on peut traduire par « cause toujours, pauvre con ». Ce mouvement permet de faire briller cette chevalière affreuse et trop grosse qu'il porte à l'auriculaire. Cette saleté (le bijou, non mon père. Quoique...) m'a meurtri la mâchoire et le menton un soir où les accessoires et outils divers ne lui suffisaient plus. Il était particulièrement emporté cette fois-ci. Il se jura de ne plus procéder de cette façon grossière laissant des marques trop apparentes. Je dois avouer que Wolfgang Von Abbetz, sportif accompli et émérite, n'a pas besoin de raquette de tennis pour prouver qu'il a un bon revers.

– Tu allais nous expliquer pourquoi tu as mal dormi, mon cœur, je crois ?

– Oui, Maman. En fait, j'ai simplement fait un cauchemar.

– Alertons les médias...

– Gretchen, s'il te plait.

Je soupçonne Mère d'être profondément et perpétuellement agacée par Gretchen et son adolescence à rallonge, comme elle appelle cela. Pour ma part, je ne suis pas certain que l'on puisse imputer à la Nature la responsabilité du caractère de ma sœur. Aussi loin que je m'en souvienne, elle a toujours été parfaitement insupportable, geignarde et capricieuse. Pour résumer, un seul terme me semble approprié quoique disgracieux : connasse.

– Je... J'étais dans une sorte d'espace immense et plongé dans la pénombre. Une petite table seule était visible, comme éclairée par un halo de lumière. Elle était nue, à défaut d'un miroir sur pied posé en son centre. Un tabouret semblait m'inviter à m'asseoir et à regarder mon reflet. Mais, au lieu de voir mon visage, je vis le néant, puis une multitude d'autres personnes que je ne reconnaissais pour la plupart pas. Juste avant d'ouvrir les yeux, je vis le dernier reflet. Et… c'était… non, c'est stupide…

– Dis-nous ! Ce suspens est insoutenable !

– Wolfgang ! Cela suffit.

Il était rare d'entendre Mère élever la voix, tout spécialement contre Père. Étonné et certainement offensé, celui-ci choisit néanmoins d'obéir et de se taire. Certainement pas parce qu'il lui reconnaissait une quelconque autorité. Non. Il devait être tombé sur la page de la bourse, voilà tout. Mère se pencha vers moi pour me montrer que toute son attention m'était dévolue.

– Je crois que… Je ne suis pas sûr, mais vraiment, j'ai eu l'impression que… que c'était la Mort.

Elle parut troublée quelques secondes. Ses sourcils se froncèrent un peu et sa bouche fit une moue pensive et circonspecte. Elle ne me prêtait certainement aucun don de voyance ou talent de prédiction, mais elle s'inquiétait de ce qui pouvait pousser mon inconscient à nourrir une semblable angoisse latente.

– Et pourquoi crois-tu une telle chose ?

– C'était un personnage vêtu de noir et tout était sombre chez lui. Je ne parle pas de sa peau ou de son apparence, plus d'une impression générale. Son regard, son sourire même. C'était, je ne sais pas comment l'expliquer… Effroyable. Je me suis réveillé terrifié, tu m'entends ? Et pourtant, je ne crois pas être particulièrement impressionnable…

Gloussement de Gretchen.

– Tu oublies ta fabuleuse propension à mouiller ton lit, Maxou !

– J'avais six ans et tu m'avais forcé à regarder *L'Exorciste*, Gretzilla.

– Bravo. Très mature ce petit surnom.

– Merci. Non seulement mature mais approprié.

Je surpris Mère en train de sourire. Sans s'en cacher cette fois. Je suppose que nos petites chamailleries lui donnaient l'illusion d'une vie de famille ordinaire, légère et sans problème.

– Tu sais, cher Maximilian, je suis moi aussi sujet aux cauchemars.

Voyez-vous cela : Herr Von Abbetz allait-il nous ouvrir son cœur comme un hermaphrodite obsédé par Claude François et collectionneur de sous-verre en carton venu se confesser sur le plateau d'un quelconque talk-show ?

– Je rêve souvent que je suis un homme riche ayant réussi dans les affaires. Mon accomplissement est total, indéniable et époustouflant. Mais pendant toute la durée de ce songe, une peur sourde pèse sur ce bonheur et me laisse présager d'un danger imminent. C'est très éprouvant car je pressens que quelque chose, quelqu'un, va ruiner tous mes efforts de construction de cette gloire incontestée et me faire honte de la pire manière qu'il soit. Jusqu'à ce que je me réveille et là… Aucun soulagement. Rien. Parce que j'arrive à cette table dans le projet simple et légitime de me sustenter en toute quiétude, et que je te vois. Toi, Max, qui ne réalise pas mes rêves, mais parvient parfaitement à produire mes cauchemars. N'est-ce pas amusant ?

Rire guttural avec le volume poussé au maximum pour prouver que c'est non seulement amusant mais même hilarant. À s'en tenir les côtes. Je décide de rire avec lui, tellement plus fort encore, et plus mal, que mon éclat achève de ternir le sien, qui s'étouffe rapidement tandis que je continue de me gausser exagérément. Jusqu'à ce qu'il en soit tellement indisposé qu'il se lève de table. Alors, seulement, je concède de me taire.

Durant tout cet échange navrant mais ma foi fort habituel, Silke s'est faite discrète, comme à l'accoutumée. Elle s'abstient toujours de tout commentaire superflu ou remarque engagée. Je l'appelle parfois « la grande pacificatrice ». Je sais quelle aversion elle ressent pour les conflits, joutes verbales ou autres signes évidents d'exhumation de la hache de guerre. La cécité a cela de fantastique qu'elle ne rend pas seulement les gens invisibles aux yeux de l'aveugle. L'aveugle lui-même devient transparent aux regards de ceux qui voient. Silke s'est tant habituée à être quantité négligeable qu'elle ne bruisse pas davantage qu'une fougère et n'éternue jamais plus fort qu'un vaisselier breton. C'est dire. Elle se contente de siroter à petites lampées de chat son thé léger au citron et grignote sans bruit ses tartines à la gelée de coing. Je crois parfois que Silke n'attend plus rien. Non seulement sa vie l'ennuie mais au lieu de s'en plaindre, elle semble avoir pris son parti dans cette forme d'existence sans surprises ni passions. Voilà pourquoi elle ne réagit jamais avec fougue ou spontanéité à la nouvelle la plus enthousiasmante. Ma jumelle n'est que tempérance et mesure. À l'âge de dix-sept ans, cela n'a rien d'admirable ou d'exemplaire. C'est seulement terriblement triste et inquiétant.

Gretchen s'étant excusée pour aller vaquer à des occupations de la plus haute importance, à savoir, assortir la couleur de ses chaussures à celle de son rouge à lèvres, je me retrouvais avec les deux femmes les plus chères à mon cœur. Nous étions bien, ainsi. Enfant, je rêvais secrètement que mes parents se séparent et que Père garde l'aînée. Une fois plus grand, je continuais d'en rêver, évidemment, mais ne faisais plus l'effort de dissimuler ce projet sous le sceau du secret. J'estime que notre trinité serait bien plus sainte, et saine, que ce quintette dissonant et mal accordé. Aussi, je goûtais avec plaisir et délice la moindre seconde de paix partagée avec elles deux.

– Ce n'est pas le premier cauchemar que nous faisons, Max. Pourquoi celui-ci te taraude-t-il plus que les autres ?

J'aimais la façon qu'avait Silke de dire « nos cauchemars », comme si nous étions proches au point de faire subconscient commun ou que nous nous partagions nos songes. De même, elle ne dit jamais « nos vies » ni « nos avenirs », mais notre vie. Notre avenir. Pour rien au monde je ne le lui aurais fait remarquer, de peur qu'elle cesse de le dire. En ces mots, je trouvais la plus belle promesse future imaginable : celle de ne pas me voir séparé de ma sœur, par quelque évènement que ce soit.

– Je ne peux pas le dire précisément. Ce rêve est différent des autres.

– Différent ?

– Oui. Différent. Je ne sais pas… Tu te souviens des perdrix farcies d'Oma Genoveva ?

– Oui. Bien sûr. Elles étaient délicieuses, mais je ne vois pas vraiment le rapport… Elles étaient dans ton cauchemar ?!

– Non. Absolument pas. Ce que je voulais dire, c'est que nous adorions ce plat. Elle le préparait toujours avec la même viande, qu'elle aromatisait invariablement avec les mêmes épices et aromates. Elle respectait scrupuleusement la même recette, que dis-je, le même rituel. Et nous l'observions, tandis qu'elle préparait ceci elle-même, libérant exceptionnellement la cuisinière de son office. Et chaque fois, nous dégustions ces perdrix farcies avec le même plaisir, y retrouvant des saveurs imprimées dans nos mémoires. Oui, chaque fois, sauf une. Je ne sais pas si tu t'en souviens, Gretch…

– Gretchen avait été la première à dire que quelque chose n'était pas comme d'habitude…

– Oui ! Voilà ! Et plus nous mangions, plus nous étions de son avis. Alors que rien, rien ne le laissait penser. Ni les parfums, ni les couleurs, les textures ou même l'aspect…

– Oui. Oui, je me souviens, et alors ?

– Mon rêve de cette nuit répond à la même logique. Il a les allures fantasques et irréelles d'un rêve, l'odeur du rêve, la teinte du rêve, mais j'ai cette impression dérangeante et persistante que ce n'en était pas un.

– Ce serait quoi, alors ? Une prémonition ? Une sorte de vision ? Allons, Max, nous devons taire ce phénomène à Oncle Uwe, pour que tu échappes aux flammes du bûcher des hérétiques…

– Je ne prétends rien de tel. Je te décris simplement mon ressenti.

– Je peux te comprendre, mon ange. Moi aussi, il m'arrive de dormir et de me retrouver dans un univers tout autre que le nôtre et pourtant, étrangement familier. Et je fais ce rêve récurrent… Il a l'odeur du rêve, la teinte du rêve, mais je crois que ce n'en est pas un…

– Racontez-nous, Maman !

– Oh, c'est bien simple : une nuit par semaine au moins, je rêve que je suis la femme de Barbe-bleue. Cela me parait cependant très… réel. Mais, une chose me permet toujours de distinguer mes songes de la vérité : si vous saviez à quel point Barbe-bleue est plus doux, aimant et tendre que votre père…

Nous avons pris quelques secondes avant de rire franchement. D'abord un peu stupéfaits, nous nous sommes rapidement ressaisis pour laisser place à une hilarité qui, cette fois, n'avait rien de feinte.

– Allons, Maximilian, aurais-tu déjà oublié notre contrat ? Tu devrais être parmi les premiers arrivés à Sainte-Praxède. Tu ne vois donc pas l'heure ?!

– Non, Père. Je ne vois que le soleil qui poudroie et l'herbe qui verdoie.

– Comment ?

Je m'étais excusé du petit salon, moi aussi, après avoir embrassé les mains de ma mère et celles, plus petites, de ma sœur. J'adressai au passage au tyran un geste en moulinet dont il comprendrait le sens avec la même facilité que moi… J'abandonnais dans mon sillage les rires joyeux produits par ma sortie, ainsi que la sensation glauque laissée par ma nuit.

Ω

– Herr Von Abbetz.

– Sieur du Campart.

– Tu as l'air d'avoir bien dormi… il y a quatre mois.

– C'est à peu près cela, oui.

– N'avez-vous donc aucune bonne à votre service, susceptible de « t'aider » à trouver le sommeil de la façon la plus vieille qui soit ?

– Il est vrai que nos domestiques ne sont pas des plus

prudes mais je répugne à poser mes pieds dans les chaussures de mon père, si tu vois ce que je veux dire…

– Pourquoi diable ? Oh, j'y suis : tu ne fais pas la même pointure, il chausse trop grand !

– Bien à l'inverse, mon ami : j'ai le pied si large et long que je ne voudrais pas lui déformer ses affaires !

Généralement, il suffit de quelques mots courtois échangés avec Valère du Campart pour l'adorer. N'ayant pas échappé à cette règle, je l'ai immédiatement aimé, dès la première métaphore scabreuse. Cela remonte à si longtemps que je m'étonne parfois d'avoir des souvenirs auxquels il n'appartient pas. Nous endurons nos vies respectives épaule contre épaule, ainsi le fardeau nous en semble souvent moins lourd. De catéchisme en retraites spirituelles, nous avons passé tous nos pseudos loisirs ensemble. Et, évidemment, nous fréquentons les mêmes institutions depuis que nous savons dire « stock option », soit l'âge de dix-huit mois. Ce matin, nous devions nous soumettre à ce formidable exercice de sudation riche en testostérone qu'est le rugby. Avant cela, la bénédiction matinale est un rituel auquel nul ne saurait déroger sous peine de charge de travail supplémentaire. À Ste Prax', tout est prétexte au sadisme intellectuel. On nous contraint à ingurgiter des sommes folles d'informations aussi inutiles qu'élaborées au moindre manquement disciplinaire ou faute avérée. Une torture subtile et studieuse.

– Père Très Saint, nous te louons en ce jeudi et te rendons grâce, pour Ton immense gloire. Dans Ta bonté et Ta clémence, rends-nous un peu plus semblables à Daniel le Stylite, qui, par piété et amour de son Créateur, choisit de rester plus de trente ans au sommet d'une colonne, en méditation. Que sa vie puisse être un exemple et inspirer les esprits les plus indolents. Que tous y voient un encouragement à une communion plus pleine et profonde avec Toi. Au nom du…

Je répète la petite formule d'usage, en chien savant bien dressé et je me signe docilement. Le front, le plexus, l'épaule gauche, l'épaule droite. La chorégraphie est évidemment parfaitement acquise et maîtrisée. Tout ceci reste bien sûr très mécanique. À l'image de la quasi-totalité des élèves de cette école, je suis à mille lieux d'avoir une foi me poussant à rester perché sur un tronc jusqu'à ce que ma barbe puisse me servir de papier toilette. Et je ne suis pas certain que ce soit là une mauvaise chose…

– Quel excès de zèle, ces premiers chrétiens… Il faut leur reconnaître une grande imagination pour inventer des conneries pas possibles… Bon, Max, il est temps de te réveiller ou même ton protège-dents ne pourra rien pour ton joli sourire de miss France!

– Pourquoi tu dis ça ?

– Tu as oublié ? Nous jouons contre de la racaille aujourd'hui.

À ce moment-là, tout le monde serait en droit de penser que nous disputons un match contre l'équipe du quartier mineur d'une Maison d'Arrêt quelconque. Mais, pour nous autres, la racaille est composée de tous les jeunes gens qui n'ont pu accéder à Sainte-Praxède en raison de leur origine sociale et/ou de leurs résultats scolaires. L'excellence est notre exigence. Le reste, même le très bon, est relégué dans une sous-case de notre grille d'évaluation maison. Celle réservée à la médiocrité.

– Quelle racaille ?

– Les rebuts de la Doctrine Chrétienne.

Nous ne nous aimons pas beaucoup, eux et nous. Je sais, dans l'esprit collectif et l'idéologie bien-pensante, nous sommes tous censés être frères, aller ensemble aux JMJ ou à Lourdes aider les malades, nous réunir autour d'un feu de camp et chanter « Jésus revient ! » avant d'énumérer toutes les raisons qui nous poussent à adorer Jean-Marie le Pen. Dans les faits, les choses diffèrent sensiblement. Nous avons l'esprit communautariste et insulaire du terroriste régional n'appréciant pas qu'on mange autre chose que son étouffe-chrétien ou qu'on boive une piquette qui ne soit produite sur ses terres. Nous avons l'orgueil du nationaliste certain qu'ailleurs c'est joli, oui, mais tellement moins beau que ce qu'il voit depuis sa chambre à coucher. Nous sommes de parfaits petits collabos en goguette qui ne s'ignorent pas du tout. Quel que soit notre véritable attachement à notre école, dans ces cas-là, nous nous targuons de détenir le meilleur corps enseignant, l'instruction la plus complète et, trivialement, les plus belles filles.

Je sais parfaitement qu'Uwe est l'instigateur de cette initiative. Afin de créer l'émulation, d'effacer les petites dissensions internes et dans le but de créer une certaine fratrie, même artificielle, il a opté pour une friction des corps bien saine et virile. Car, enfin, aux yeux de mon oncle si vertueux, le sport est la seule forme d'exercice physique admissible puisque éventuellement chaste et exempte de péchés. Il n'a visiblement jamais assisté à un combat de catch féminin dans de la boue...Pour ne pas heurter ses convictions, ni briser ses illusions, je ne lui rapporterai jamais ce qui se dit, voire se fait, dans les vestiaires. Il s'y passe effectivement de drôles de choses, dépassant parfois l'imagination la plus fertile, à savoir, la mienne. Certains aiment particulièrement l'atmosphère humide et vaporeuse créée par les jets brûlants des douches, la promiscuité moite, l'adrénaline toute-puissante d'une victoire arrachée ou la frustration d'un échec difficilement accepté. Mon cher oncle Uwe, prônant les valeurs éculées brandies du temps des premiers Chrétiens, omet de faire mention de toute la part réservée aux mœurs d'alors. Il semble avoir miraculeusement oublié les parties de youpla boum dans les thermes romains, la tendance des gladiateurs à se dispenser des frottis frottas pour délasser leurs muscles noueux et bandés par l'effort. Nulle mention dans ses exhortations à l'accomplissement sportif de tout ceci. Étrange omission historique que celle-là.

La plupart des hommes disent que la nudité et l'ambiance vestiaire ne les troublent aucunement. Ils ne tarderont pas à décrire l'ambiance bon enfant, un peu rustaude mais tellement sympatoche qui règne entre représentants du sexe fort. Rien à voir avec les crêpages de chignons abscons, la rivalité superficielle suintante des cervelles de demoiselles perverties par l'inhalation excessive de dissolvant ou autre laque capillaire. Non. Ils jureront leurs grands dieux que de leur côté du gymnase, tout est sain, sain, sain. Ce qui me force à dénoncer ici un mensonge collectif vieux de plusieurs siècles. Les remarques et critiques sachant être tout aussi perfides, les regards méprisants, la langue assassine et fourchue, force est de constater que nous n'avons rien à envier à nos homologues féminines. Nous repérons rapidement l'excès pileux ou le flasque de la fesse, nous conspuons en esthètes perfectionnistes le motif zèbre sur la cuisse de notre partenaire d'escrime ou la vergeture tremblotante en surface de la couenne abdominale du camarade de classe. Et, inversement, nous admirons avec une concupiscence secrète le corps ferme, élancé et compact de nos meilleurs éphèbes. Nous nous lorgnons en douce, évaluant et comparant nos proportions respectives, soupirant intérieurement de ne pas être le meilleur parmi les meilleurs. Car, vraisemblablement et sans exagération, il n'y a quasiment que de belles personnes dans notre institut.

Les rares binoclards sont ceux qui ne peuvent se faire opérer au laser et les initiales prestigieuses estampillant la monture de leurs lunettes excusent, voire justifient, leur léger handicap esthétique. Les appareils dentaires ont généralement disparus dès l'entrée au collège. Nous ne sommes pas vêtus à la dernière mode. Non. Nous la lançons. Ce qui est totalement différent, personne ne le contestera. Nous sommes donc beaux et le savons. Néanmoins, puisque très catholiques et bien pensants, nul élève de Sainte-Praxède n'afficherait une sexualité non conforme à la bienséance. Nul n'afficherait une sexualité tout court, de ce fait. Nous sommes tous des angelots, des agneaux, de petits innocents encore chauds du radiateur utérin de nos mamans. Bien que l'homosexualité soit très tendance et parfaitement admise, aucun d'entre nous ne s'y abandonnerait au détriment d'un mariage de raison savamment pensé. De ce fait, inutile d'ajouter que jamais, au grand jamais, l'honorable vestiaire de Ste Prax', qui tient plus du spa, n'a donné lieu à des propositions explicites entre élèves du même sexe. Ce qu'il y a d'intéressant, avec le mot « jamais », c'est qu'il précède généralement dans un discours « jusqu'à ce que ».

Jusqu'à ce que, donc, nous nous retrouvions dans les douches, mon équipe et moi-même. La buée nous privait du reflet des miroirs surplombants les belles vasques en marbre gris. Valère et moi étions les derniers à nous doucher, ayant traîné pour narguer nos adversaires malchanceux jusqu'à ce qu'ils quittent l'enceinte de Ste Prax' sous nos regards narquois. Côte à côte, nous laissions l'eau nous réchauffer et faire progressivement disparaître cette odeur particulière et peu ragoûtante, mélange subtil de transpiration, d'herbe mouillée et de vêtements synthétiques. Je tâchais de contracter mes muscles endoloris, histoire de tenir la comparaison avec le corps affûté et irréprochable de mon compère. Je ne cherche pas à dissimuler le fait que j'aime plaire. Animal, minéral, végétal : tout ce qui m'entoure doit m'aimer. Que l'on résiste à mon charisme aveuglant ou ma beauté ravageuse ne m'arrive que très rarement. Et j'en suis chaque fois fort décontenancé. Pour ne pas dire, chagriné. Cela m'est franchement douloureux, aussi, sans en être tout à fait conscient, je suis en perpétuelle représentation. Je charme, j'envoûte, je séduis. Avec les jeunes femmes comme mes amis ou parfaits inconnus. Je n'hésite jamais à y mettre de l'argent, du temps ou de l'énergie. Nul ne doit me résister. Une fois l'objet de mes convoitises acquis, je peux le délaisser en toute quiétude pour me trouver une autre cible.

– Tu m'as toujours plu.

– Merci vieux.

– Il y a vraiment quelque chose en toi de différent. Je crois que je t'ai aimé dès le premier jour, en vérité. Tu es si… rare.

– Ça va. Ferme-la, du Campart !

J'éclatais d'un rire franc rapidement noyé par l'eau que je faisais couler sur mon visage. Je frictionnais mes cheveux et ma nuque, ce qui m'empêchait d'entendre tout à fait ce que Valère me disait.

– Tu ne sauras jamais à quel point je rêve d'être près de toi. Je voudrais prendre soin de toi, veiller sur toi. Tu n'as qu'un mot à dire, un geste à faire…

– Mon pied dans ton cul, ça te va comme geste ? Passe-moi le shampooing Val.

Je tendais la main, les yeux clos puisque je venais de me savonner le visage. Je ne savais pas vraiment à quel jeu il s'adonnait, mais cela ne me surprenait pas outre mesure. Valère a de temps à autre un humour que lui seul semble comprendre. Et apprécier. Cela nous arrive à tous, je crois. Je ne sentais pas la bouteille en plastique contre ma paume, aussi, impatient et capricieux, pour changer, je me mis à claquer des doigts. Savas m'avait définitivement donné de mauvaises habitudes. Lui, au moins, m'aurait tendu une serviette ou un peignoir de bain pour que je ne prenne froid. Il ne faut pas se fier aux apparences : je suis une petite chose fragile…

– S'il te plaît… Je te jure sur ce que j'ai de plus cher que ta cécité n'est en rien un problème. Je t'aime.

– Ma cécité ?

Tout à coup, je sentis sa main chaude et large contre la mienne. J'allais lui demander poliment (qu'est-ce que tu fous, bordel ?) ce qu'il était en train de faire mais le spectacle qui m'était offert lorsque j'ouvris les yeux acheva de m'astreindre au silence. Valère, nu et fier comme un porteur de disque grec, était agenouillé devant moi et me regardait avec des yeux de jeune premier de cinéma d'auteur. Soit un acteur inconnu et déjà oublié d'un mélo grandiloquent, ampoulé et ennuyeux à souhait. Je me défaisais rapidement de cette étreinte inappropriée mais il était comme figé dans une contemplation assez malsaine. Je commençais à me sentir ridicule, observé ainsi dans mon plus simple appareil par un vieil ami dont je me sentais soudain tout à fait étranger.

– Valère, oh ! Relève-toi ! Allez !

– D'abord dis-moi que tu m'aimes aussi, je t'en supplie !

– Ce n'est vraiment pas drôle. Cesse. Tout de suite !

Il s'était à nouveau muré dans un silence embarrassant. Valère est très différent de moi pour certaines choses. Tandis que j'avais essayé avec obséquiosité et minutie toutes les substances illicites possibles et monnayables, il avait toujours été un opposant farouche à ce genre de « loisirs déviants ». Nous nous sommes accrochés quelques fois à ce sujet et je m'étais juré depuis de taire mes récits d'expérimentations chimiques et oniriques. Pourtant, si je ne l'avais pas connu aussi bien, j'aurais juré qu'il avait absorbé quelque cachet ou buvard. C'était l'unique explication rationnelle à son attitude. N'ayant aucune idée de remède immédiat ou de réponse plus appropriée, j'assénais à mon ami une tonitruante claque, dont l'écho se réverbéra sur chaque dalle du carrelage éclatant. Il bascula en arrière et se retrouva dos au mur et fesses au sol, une main sur sa joue douloureuse. Je ne sais si c'était à cause de l'eau ou de ses cheveux trop longs plaqués sur son front, mais ses paupières battirent plusieurs fois. Il semblait hébété, stuporeux. Perdu. Je tendais une main pour l'aider à se redresser et il ne la refusa pas.

– Je… je vais m'habiller.

J'acquiesçais. Nous ne reparlerons jamais de cet épisode. Cela se fait si peu, dans notre milieu, de communiquer franchement à propos de sujets importants tels que les émotions, les désaccords ou les douleurs. Nous préférons poser un mouchoir sur nos contrariétés, un sourire de princesse douairière sur nos visages et reléguer à jamais les souvenirs pénibles ou encombrants dans nos oubliettes personnelles. Il faut que l'image soit lisse, quitte à poser des heures interminables pour que le cliché soit parfaitement… cliché, justement. Comme l'aurait dit ce cher Oscar Wilde « être naturel est aussi une pose, et la plus irritante que je connaisse ».

En m'approchant des miroirs, je jetais un coup d'œil rapide à mon reflet flouté avant de m'éponger le visage. J'eus alors la vision très nette quoique fugace de ma sœur. Silke se tenait là, devant moi, nue. Ses cheveux blonds et interminables collaient son corps trop menu et elle séchait sa gorge avec une serviette de la même couleur que la mienne. Dans une pudeur très naturelle, incommodé par la nudité de ma sœur, je détournais mes iris l'espace d'une seconde. L'instant d'après, elle avait disparu. Évaporée. Je regardais précipitamment autour de moi, mais j'étais seul. Les conversations de mes compagnons me parvenaient, lointaines et presque aussi confuses que mon esprit. J'effaçais à la va vite la buée, d'un revers de main négligeant, juste assez pour me donner un aperçu de mon image. J'avais dû voir ma sœur dans mon reflet… Pourtant, on ne peut pas vraiment dire que notre gémellité ait laissé une ressemblance frappante entre nous. Enfants, peut-être, mais l'adolescence et le développement de nos corps respectifs avaient achevés depuis longtemps de nous rendre parfaitement distincts. J'avais rêvé, voilà tout.

Mais avais-je aussi rêvé l'attitude inexplicable de Valère ? Cette déclaration absurde faite à je ne sais qui, je ne sais pourquoi, me laissait une impression glauque. Glauque comme ma nuit passée qui semblait se prolonger et mordre sur les frontières du jour.

– Vous n'êtes pas encore habillé, Maximilian ?! Pressons ! Votre prochain cours commence dans moins de dix minutes ! Ce n'est guère le moment de rêvasser !

J'étais d'accord. Surtout si c'était pour des songes plus désagréables et pénibles que la réalité.

Ω

Lorsqu'une journée commence mal, elle va généralement en s'empirant. Non à cause d'une loi des séries nous assujettissant à une malchance crasse. Seulement parce qu'elle nous conditionne pour penser que rien de positif n'arrivera ce jour-ci. Et, comme l'esprit domine la matière, nous influons sur le cours des choses par nos émotions négatives. J'avais décrété que ce jour était perdu et j'étais loin de me douter d'à quel point mon intuition était bonne. Alors que je prenais docilement place dans ma salle de cours, je constatais en levant les yeux que j'étais assis derrière la charmante Circé Nicodemopalis. Elle portait parfaitement bien son prénom mythologique : une véritable ensorceleuse, envoûtante à souhait. Héritière sublime d'un richissime armateur grec ayant fait fortune dans l'aéronautique de luxe. Une beauté helléniste dont je goûtais occasionnellement la peau cuivrée et sans imperfection. Se mirant dans son petit poudrier en or massif, occupée à séparer ses cils méticuleusement, nos regards se croisèrent. J'allais lui lancer un clin d'œil enjôleur lui remémorant notre « proximité », car, du peu que je m'en souvienne, nous l'étions encore hier… Elle ferma l'objet d'un geste sec et fit volte-face, avec son allure princière altière. Avant que je conçoive ne serait-ce que l'idée d'une amorce d'esquive, je reçus la plus belle gifle de ma vie. Car, comme précédemment mentionné, Père ne frappe plus jamais au visage, présentation oblige.

La stupeur laissa place à un rire. Je suis beau joueur. J'avais fatalement dû mériter ce coup par une muflerie quelconque ou une énième goujaterie. Peut-être avais-je blessé la demoiselle de quelque façon. Par une parole inadéquate ou au contraire, un silence inconvenant. Je ne me souvenais pas. Une beauté remarquable parmi des laiderons laisse un souvenir impérissable à qui la possède ne serait-ce qu'une minute. Mais toutes les filles qui défilaient dans mes bras, ou ma couche, étaient des beautés remarquables. Une succession interminable de grâces. Les couleurs et présentations seules variaient. J'étais un enfant au rayon jouets, hésitant entre une Barbie classique californienne, Barbie black beauty qui fait du roller, Barbie Acapulco en paréo fleuri etc etc. Les concepteurs utilisent les mêmes moules pour couler le caoutchouc de leurs petits corps calibrés, mais ils les peignent différemment, voilà tout. Les gamins ne s'y trompent pas. Et moi non plus.

Circé paraissait évidemment furieuse et contenait péniblement une colère qui avait plus pour effet de l'enlaidir que de m'effrayer. Les femmes devraient toujours se contenter de sourire. Les autres élans ne leur vont vraiment pas au teint. Il n'y a guère spectacle plus affligeant qu'une femme qui pleure, crie ou boude ouvertement. Ou peut-être quand elle pleure en criant pour rapidement bouder ouvertement. Oui, n'oublions pas qu'elles disent la vérité lorsqu'elles se vantent de ne pas être, comme nous, mono tâche.

– Celle-ci c'est pour ma sœur, *Herr Direktor*[1] !

Je devais avoir la même expression qu'un type ramassé en fin de dégustation d'une foire aux vins à qui on demanderait de calculer l'hypoténuse d'un triangle isocèle. Mon esprit étant accaparé par l'éclaircissement improbable de ce nouvel incident, je ne vis pas tomber la seconde foudre féminine sur ma dernière joue sauve.

– Et celle-là, c'est pour moi, juste parce que vous me dégoûtez !

Je suis doué dans l'art de la sensualité, je le sais bien. Mais pas suffisamment pour que mes partenaires me donnent du « vous » ou du « *Herr Direktor* » ailleurs que dans mes draps ou autrement que dans un soupir coquin.

Cette fois je me redressais, plus pour ne pas rester à hauteur de main que dans l'intention d'en découdre. Je ne toucherais jamais à une femme avec une autre intention que celle de lui faire plaisir. Je me l'étais juré depuis fort longtemps, une main droite posée sur un album de Barry White. Madame de Bellegarde, enseignante suintant le féminisme et la frustration sexuelle, n'avait pas perdu une miette de la scène dont elle devait s'être délectée avec son sadisme gourmand connu de tous. Elle nous observait, assise, le menton dans sa main lourde de bagues grosses et boursouflées comme des verrues précieuses. Elle ne daigna pas s'enquérir de la nature du conflit et se contenta, un sourire narquois cousu sur ses lèvres minces et détestables,

---

[1] *Monsieur le Directeur.*

de me tendre le petit billet bleu. L'aller simple pour le paradis, le passeport pour pénétrer en territoire sacré : le bureau du Maître des lieux.

– Monsieur Von Abbetz. Cela faisait longtemps : presque deux jours sans frasques. Allez donc confirmer à votre oncle que cette trêve est terminée. Passez-lui mon bonjour.

– Avec ou sans la langue ?

Je n'avais pas eu l'insolence de lui lancer ceci à haute voix, à portée d'oreille de mes camarades. Le but n'était pas de l'humilier publiquement, je préférais la faire grincer des dents sans témoins et, de ce fait, sans preuve. J'avais donc chuchoté ces mots en m'inclinant vers elle, nos mains reliées par le papier coloré. Ses mâchoires s'étaient crispées sans qu'elle puisse s'empêcher de trahir là son énervement. J'étais pleinement satisfait.

L'abri d'Uwe était coquet et de taille suffisante pour héberger trois générations de malgaches. Assis à sa table de ministre en bois sculpté, il était visiblement absorbé par la lecture d'un dossier épais comme le casier judiciaire de Jacques Mesrine. Le mien, peut-être… Surtout, effacer immédiatement toute trace de fierté transparente de cette idée. Je pris place avant qu'il ne m'y autorise ou ne daigne remarquer ma présence. J'attrapai la reproduction de la petite Danseuse de Degas et ne pus m'empêcher de regarder sous sa jupe. Déception : la minutie du détail n'allait pas jusqu'à verser dans le schéma anatomique.

– Repose cette statuette, veux-tu.

Je ne voulais pas, mais je me pliais. Je me plie toujours. Je suis un scoliotique de la volonté. C'est usant à la longue.

– Qu'as-tu fait cette fois-ci ?

– Rien.

– Encore une injustice révoltante… Tu es décidément une victime désignée.

– Mon oncle, vous savez que je ne suis pas particulièrement enclin au mensonge. Pourquoi mentir, par ailleurs, quand on peut s'offrir le pardon et le rachat de son inconduite avec son Amex ?

– Raconte-moi donc les faits.

– Circé Nicodemopalis m'a giflé.

En entendant ce nom, Uwe releva enfin la tête pour me dévisager.

– Circé ?

– À deux reprises.

– Pour quelle raison ?

– Je l'ignore.

– Elle n'a rien dit ?

– Rien de compréhensible ou de cohérent, en tout cas.

– Répète-moi ses mots !

Il se faisait plus autoritaire que d'ordinaire. Uwe ne se montrait jamais sec ou caractériel lorsqu'il sermonnait un élève. Il ne se laissait à aucun moment gagner par l'emportement ou l'irritation, fussent-ils légitimes. Il se montrait compréhensif, juste, sévère, sans avoir jamais besoin d'élever la voix ou durcir le ton. Ceci expliquait pourquoi il était apprécié de tous, élèves comme professeurs et administratifs. Il aurait fait un excellent homme politique, à l'inverse de mon père. Je soupirais, croisais mes jambes et cherchais les termes exacts.

– Elle m'a frappé une première fois en disant que c'était de la part de sa sœur. Là, elle m'a d'ailleurs appelé « *Herr Direktor* ». La seconde gifle, c'était juste pour elle, il me semble. Parce que je l'écœure. Ou la répugne ? Ah, j'ai vraiment du mal à mémoriser les insultes…

Uwe s'était enfoncé dans son fauteuil, soucieux et un peu pâle. J'étais plutôt déconcerté par son attitude. Un silence étrange s'installait et je me sentis très vite parfaitement invisible. Je réprimais mon envie de sortir de la pièce pour laisser mon oncle penser à loisir. C'est fort désagréable de se voir traité comme quantité négligeable, d'autant plus lorsque l'on a un égo de la superficie d'un état américain. J'en avais plus qu'assez de cette journée et je souhaitais l'abréger sans gifle, donnée ou reçue, supplémentaire. Je trépignais quelque peu sur mon siège et commençais à laisser mon agitation intérieure s'extérioriser doucement.

– Bon, Uwe, je…

– Par tous les saints, c'est…

Il me dévorait des yeux, comme frappé d'une illumination qui n'éclairait malheureusement que lui. Je me sentais divisé. À la fois totalement pris au dépourvu par ce nouveau craquage de slip et un peu blasé, déjà. En désespoir de cause, j'en vins à souhaiter qu'il s'agissait là d'une raillerie collective, une bonne grosse blague visant à m'enseigner… je ne sais même pas quoi. Peu importe que l'on veuille m'humilier, j'aspirais simplement à ce que cela cesse. Et au plus tôt.

– Quoi ? Qu'est-ce qu'il y a encore ?!

Le voilà qui rampait vers moi, le front si bas que quasiment à terre, en parfait vermisseau à l'humilité frôlant la malséance et l'impudeur. Il se prosternait littéralement à mes pieds et se mit à tenir un discours totalement débile, avec quelqu'un qu'il semblait voir en moi et qui avait tout l'air d'entretenir la conversation. Si ce n'avait été à ce point effrayant, genre « Paranormal Activity », j'aurais pu en rire. Mais en dépit de ma tendance naturelle à rire de tout et surtout de rien, je ne parvenais à m'abandonner au comique de la situation.

– Je... je vous supplie de vouloir me pardonner mes péchés. Je ne suis qu'un misérable à vos yeux et je... je suis désolé. Pour elles. Pour elles toutes. Je ne voulais pas, mais la tentation a été plus grande, plus forte que ma mauvaise conscience et je...

Quelque chose ou quelqu'un le coupa dans cette confession dont j'étais curieux malgré moi de connaître l'épilogue.

– Pourquoi alors ?

Je me sentais très seul. Un autre se serait immédiatement mis à scruter la pièce à la recherche d'une caméra planquée. Mais pour qui connaît la nature austère des prêtres, il est évident qu'une bonne grosse poilade était une explication improbable à ce... cette chose. Je ne sais pas vraiment combien de temps dura le spectacle de ce joyeux cirque improvisé. Cela me parut long. Long comme l'oubli.

– Maximilian ? Oui. Je le lui dirai, Maître. Je vous le jure... Non. Je n'oublierai rien. Je suis honoré d'être votre messager et vous remercie de votre confiance. Je suis prêt, de tout mon cœur.

Il hochait doucement la tête, à rythme régulier, comme pour acquiescer et ponctuer une confidence à laquelle je demeurais résolument sourd. Je le sentais appliqué, investi tout entier à cette écoute. Son regard allait de gauche à droite, ses sourcils se fronçaient parfois. Quoiqu'il entende, c'était passionnant. J'avais hâte qu'il me raconte tout ça, s'il s'avérait être en possession de ses facultés mentales, ce dont je doutais à mesure que les minutes s'égrenaient. Il releva soudain vers moi son visage et je vis que ses yeux étaient baignés de larmes. Genre mère-célibataire du Vercors qui vient de gagner l'euro million et qui pourra envoyer Kevin, Brian et Jason jusqu'au bac pro, les huit autres n'étant pas des « intellos comme eux ». Il m'adressa ensuite, à moi ou à son hallucination, un sourire béat. C'était pour le moins… ridicule.

J'avais assisté un soir à une conférence improvisée sur la décompensation psychotique. Un éminent analyste « ami » de mon père nous en avait dessiné grossièrement les grandes lignes. Il expliquait que certaines personnes souffrent de troubles mentaux qu'ils parviennent, dans une certaine mesure et pour un temps relatif, à camoufler grâce à de savantes stratégies d'adaptation à la société. La décompensation est une sorte de rupture soudaine avec nos propres ressources. Tout à coup, ces troubles vont se libérer, parfois violemment, accompagnés et illustrés par des bouffées délirantes. C'est ce que tout français d'en bas, dans son survêtement satiné et ses «Air Max» du dimanche, qualifie de « pétage de câble ». Était-ce moi qui pétait un câble ou tous ceux qui m'approchaient aujourd'hui ? À ce propos, Fernando avait une théorie. Il est notre homme à tout faire, premier employé d'une longue lignée d'exploités. Père n'avait pas encore eu l'idée des « rebaptêmes »… J'appréciais sa compagnie quand j'étais petit. Je l'observais purger un radiateur ou poser des joints, faire ses menus travaux, accroupi, la raie du cul apparente. On aurait dit une collégienne de douze ans en string, particulièrement grasse et velue.

Bref. Fernando m'avait dit un jour, dans son langage châtié trahissant sa pensée encore plus raffinée : « Quand une personne vient t'casser les noix, c'est ptèt un con. Quand une deuxième personne vient t'casser les noix, c'est ptèt un con aussi. Mais à la troisième, il est temps de te d'mander si c'est pas toi, le con ! ». J'ai toujours senti intuitivement qu'il y avait une forme de sagesse dans sa philosophie. Si les symptômes persistaient, je me verrais probablement contraint de partager l'armoire à pharmacie de cette chère Edeltraut. Notre folie commune se prêterait à moult activités mère / fils : nous préparerions nos piluliers en riant de nos paranoïas respectives, tout en nous méfiant l'un de l'autre, naturellement. Nous prendrions nos rendez-vous ensemble, chez le même thérapeute. Elle lirait un article sur l'hérédité de la psychose pendant ma consultation et à mon tour, je feuilletterais « la mère freudienne en dix leçons » en l'attendant. Je nous y voyais déjà… Et cette fugue imaginaire me distrayait deux précieuses minutes du sketch ubuesque d'Uwe.

Ce dernier finit tout de même par regagner sa place et dissimula son visage tourmenté derrière ses paumes quelques instants. Je perdais sévèrement patience.

– Je perds sévèrement patience.

– J'ai des choses à te révéler. Des choses très importantes.

– Genre qui va mourir à la fin de l'histoire ?

– Vas-tu un jour cesser de te foutre de tout ?!

Il n'avait pas dit cela en soupirant, blasé et las. Il n'avait pas dit cela. Il l'avait hurlé en repoussant tout ce qui se trouvait sur son bureau avec une brusquerie, et même une violence, dont je l'aurais cru incapable. Sa bouche se tordait dans un rictus presque animal et je voyais perceptiblement sa carotide trembler. J'aurais volontiers parlé mais je craignais de ne pas trouver les paroles susceptibles de le contenir. Le silence me semblait donc de mise.

– Pardon, je ne voulais pas. Je n'aurais pas dû. Je n'ai pas le droit de m'adresser à toi de cette façon, je t'en supplie, ne m'en tiens pas rigueur…

Le voilà qui me suppliait à présent. Où allait le Monde ?…

– Maximilian, mon garçon, tu es un des cavaliers de l'Apocalypse.

La première pensée qui me vint fut « ah ». La seconde, qui suivit immédiatement, était déjà plus perplexe et inquisitrice. Je la traduirais par « quoi ?! ».

– Je suis un cavalier de l'Apocalypse.

– C'est ça.

– D'accord. C'est une nouvelle confrérie secrète ? Genre franc-maçonnerie à la bonne franquette version emo ?

– Voyons, Max, tu connais parfaitement la Bible, non ?

Envie de soupirer « oui, ça, Dieu sait que j'en ai bouffé ».

– Certes. Je ne vois tout de même pas. Désolé.

– Souviens-toi de l'Apocalypse de Jean. L'annonce du Jugement Dernier. L'ouverture des sceaux, les Quatre êtres vivants, la destruction du Monde, les…

– Oui, oui, je sais tout ça ! Et alors ?

– Alors je le répète : tu es un Cavalier de l'Apocalypse. Le Noir, plus précisément.

– Le Noir ?

– Voilà, le Noir. La disette. Ou la famine si tu préfères.

– La famine.

Il me disait ça comme s'il parlait, je ne sais pas, d'une pâtisserie qu'il serait en train de manger.

« – La crème manque de consistance. Je l'aurais voulu plus ferme.

– Plus ferme ?

– Voilà, plus ferme. Et parfumée à la noix de coco plutôt qu'à la noisette.

– À la noix de coco ?

– Voilà, à la noix de coco. »

Il devenait urgent d'abréger cette plaisanterie d'un goût relatif. Pas parfumé à la noix de coco du tout, plutôt au gros foutage de gueule. Oui, lorsque la colère me gagne, mon vocable devient populaire mais je sais me reprendre.

– Cher oncle, en dépit de mon affection, je vais prendre congé. C'était une façon très adroite de m'éprouver, de rire un peu à mes dépens et de me faire sentir crétin. Ce que je suis, probablement, je ne vais même pas chercher à le nier. Mais vous comprendrez aisément qu'il est temps pour moi de sortir de cette… cellule de dégrisement. Sans cela, je vais bientôt devoir me scarifier les avant-bras avec votre coupe-papier et me frapper le front à l'aide de votre crucifix pour vous signifier ma légère lassitude.

Je me levais déjà mais me réjouissais naturellement trop vite.

– Je n'ai pas terminé. Je suis chargé de t'éclairer quant à ta condition. Pour que les Saintes Écritures s'accomplissent, tu es doté de certaines capacités que les Hommes ordinaires ne possèdent pas. Il m'a été dit que tu as déjà pu observer certains phénomènes te préparant à ta destinée. Ils sont apparus progressivement. N'as-tu pas des souvenirs troublants refoulés ? Des songes étranges ?

– Hola ! Tout doux, tonton ! Vous entendez ce que vous me dites, là ?! Ma condition ? Mes capacités ? Ma destinée ? On est en plein délire ! Je vais sortir de cette pièce et alerter immédiatement les secours. Ne bougez pas d'ici, d'acc...

– Ton don est d'être une sorte d'écran vivant sur lequel les gens projettent leur plus grand rêve. Ils voient en toi l'objet de leur idolâtrie : des êtres chers, vivants ou disparus, un amour impossible, un acteur ou une chanteuse qu'ils vénèrent, pourquoi pas. Devant toi, le plus grand d'entre les Hommes sera vulnérable. Tu pourras manipuler son esprit, soumettre sa volonté et le pousser aux limites de sa raison. Il te sera à jamais dévoué et assujetti, incapable de lutter contre toi, ne songeant même pas à se révolter puisque tu représentes pour chacun le but d'une vie. Tu es le rêve, le projet et l'accomplissement. Tu es le moteur de leur énergie, la source de leur volonté, l'objet de la quête. Ils n'auront de cesse de tout faire pour te plaire. Ils seront affamés de ta présence, avides de ton amour. Enfin, ton amour... celui de l'être qu'ils verront en toi et qui diffèrera chaque fois.

– Je ne crois pas que Circé nous aime particulièrement, ni moi ni celui qu'elle croit que je suis.

– L'amour est une corde tissée de beaucoup de fils. L'obsession, la rancœur, l'amertume et la frustration. La passion et la convoitise. La possessivité et la jalousie. On ne se déchaîne que rarement contre quelqu'un que l'on n'a pas aimé, qui n'a pas déçu nos espérances ou brisé nos vœux. Tu sais que je te dis la vérité. Même si ça ne paraît pas possible ni sensé. Tu sais.

Toujours debout mais immobile, je l'observais attentivement. Et je réfléchissais. Effectivement, les choses semblaient s'éclaircir au jour de ces « révélations ». Et tous les évènements nébuleux et troubles prenaient également la même teinte lumineuse.

– Je sais, oui. Je sais que c'est vous que Circé croyait gifler. Je sais que sa sœur n'est pas partie simplement étudier ailleurs. Si ses parents ont retiré Médée de Ste Prax' c'est à cause de sa grossesse. C'est une confidence, sur l'oreiller, que m'a faite sa grande amie Martina Lorgulescu. Mais nous nous sommes tous, et longuement, interrogés quant au responsable de son « état ». J'ai la réponse à présent.

Le silence d'Uwe en disait long. Il ne cherchait même pas à nier, se contentant de pincer les lèvres, les yeux baissés. C'était inhabituel. Ce respect soudain, cette honnêteté pleine étaient uniquement attribuables à mon nouveau « statut ». Devant son neveu Max, il se serait défendu avec vigueur, se disant offensé, outragé par des accusations ordurières. Devant le Cavalier Noir de l'Apocalypse annoncé dans une vision mystique, il jouait au pêcheur repentant et contrit.

– Vous avez couché avec Circé également. Elle ne m'a pas frappé pour défendre sa pauvrette de sœur. Non. Circé est presque aussi égoïste et cynique que je le suis moi-même. Elle avait un regard de femme trompée. Je sais le reconnaître, croyez-moi, j'en ai une certaine habitude… Ai-je tort, « *Herr Direktor* » ?

Après avoir dégluti lentement et inspiré, les mains jointes sous son menton, il se décida à articuler.

– Non.

J'acquiesçais doucement. Mes dernières illusions s'anéantissaient en même temps que l'image proprette et respectable de l'homme de foi en qui j'avais placé toute la mienne. Il n'y avait vraiment pas grand-chose de joli ou reluisant dans ce drôle de Monde. Finalement, le pire des deux frères n'est pas fatalement celui que l'on croit. Deux frères…

– Vous êtes Himmel.

Le voilà qui gesticulait comme s'il était assis sur une planche de fakir. Il était agité, littéralement. J'aurais presque eu un peu de peine si je ne venais pas d'user ma réserve de compassion pour le servant de messe crédule que j'avais été un jour.

– Non. Ne dites surtout rien. Je ne veux pas entendre un mot sur cette affaire. Je veux juste savoir comment arrêter ça.

– « Ça » quoi ?

– Ce truc, ce « don ». Je n'en veux pas. Dites-moi ce qui le déclenche pour que je ne commette plus la même erreur.

– Tu ne t'en doutes pas ?

– Si je vous pose la question, c'est bien que non.

– L'envie de plaire bien sûr. Le besoin de plaire, dirais-je même.

– Je ne crois pas avoir eu particulièrement envie de plaire à Mère, ou même à vous.

– Ne prends pas les mots dans leur sens strict et premier. Je parle d'une envie de satisfaire, d'être à la hauteur, de te rendre conforme aux attentes d'autrui. Tu as besoin de briller, d'être reconnu et aimé, Max, et cela ne date pas d'aujourd'hui. Tout le monde est ainsi fait, me répondras-tu. Mais pas dans cette proportion. Tu as toujours su mettre à profit ton charisme et tes qualités pour t'attirer les bonnes grâces. En dépit de ton comportement si agaçant, les gens peuvent difficilement s'empêcher d'être attirés par ta personne. Qu'ils te vénèrent ou te conchient, il n'en est pas moins vrai qu'ils parlent de toi. Qu'ils te regardent. Et te voient. Non pour ce que tu es, mais pour ce qu'ils voudraient que tu sois.

– Ce sera ainsi, désormais ? Chaque fois que je voudrais gagner la sympathie de quelqu'un, il verra un autre en moi ?

– Je crois, oui.

– Alors je n'existe pas ? Je veux dire : moi, à proprement parler ?

– Si… Enfin, je suppose que si.

– Est-ce que ça date d'aujourd'hui seulement ou est-ce depuis toujours ?

– J'imagine que... Je ne saurai être catégorique... Cependant, si tu es prédestiné à être un des Quatre Cavaliers, tu l'es par nature, dans ton âme, ta chair. Tu es né ainsi, je suppose… En quoi est-ce important ? On s'en fiche !

– On s'en fiche ? Mais… Non ! Non on ne s'en fiche pas !

J'avais hurlé à m'en incendier la gorge et à en avoir immédiatement mal à la tête. Je me sentais plein d'une colère à en dilater le moindre pore de ma peau, à en obturer mes artères jusqu'à ce qu'elles éclatent. Je me moquais totalement d'être entendu dans tous les couloirs du bâtiment. J'étais fou.

– Si je ne suis qu'un être factice, un miroir aux alouettes, ça veut dire que personne ne m'aime pour moi ! Pour moi seul ! Ça signifie que tout ce que je prenais pour vérité, tout ce en quoi je croyais, est faux ! Je suis un mensonge ! Ma vie entière est un mensonge !

– Je crois que tu devrais rentrer à la maison. Je vais te dispenser de cours pour le reste de la journée et appeler

Savas sur le champ. Tu dois te reposer et digérer tout ceci. Il te faut prendre de la distance et…

– Mais de quelle sorte de putain de planète venez-vous?! Vous m'annoncez que je suis une saleté de bernard-l'hermite fait homme, que je peux prendre l'apparence de n'importe qui et vous croyez que l'école buissonnière assortie d'une bonne sieste suffira à faire passer la pilule de cyanure ?! Mais je n'ai plus rien, vous entendez ? Je n'ai plus rien et je ne suis plus personne.

Ma voix s'était brisée et le mot « personne » avait éclaté en fragments de syllabes plaintives. Je pleurai. Ça m'a pris par surprise, comme ça, et je redécouvrais avec un mélange d'horreur et de délice le goût des sanglots. Cela faisait fort longtemps que je n'avais versé la plus petite larme autrement que dans un bâillement. J'avais estimé, depuis l'« accident » de Silke, que rien ne vaudrait plus jamais la peine de pleurer. Je m'étais dit que la prochaine fois que cela m'arriverait, ce serait pour une véritable bonne raison. Je la tenais désormais. Silke…

– Silke aussi est… comme moi ? Elle est ma jumelle, donc, forcément, elle…

– Non. Enfin, je ne sais pas mais je suppose que non, sans cela, il me l'aurait dit.

– Qui ça, il ? Oui, d'ailleurs, qui étais-je pour vous tout à l'heure ?

– Je ne peux te le révéler. Je n'y suis pas autorisé.

Si j'étais la projection des rêves, fantasmes et idolâtries de celui qui me regardait, j'ignorais tout à fait le masque que j'avais porté devant Uwe. Si tant est que ce ne soit pas mon visage, le masque. Qui s'était glissé en moi pour s'adresser à lui et le charger de ce message ? Une éminente personnalité religieuse, à n'en pas douter. Un héros biblique ? Un pape ? Un ange ? Dieu en personne ? Non. Je ne pouvais envisager une chose aussi folle et inimaginable. Mon cerveau me semblait tout à coup si petit, minuscule. Incapable de contenir autant d'informations, de nouvelles, de questions. De doutes et de peurs, surtout.

– Il m'a dit que Silke serait ta consolation, dans cette annonciation.

– Comment ça ? Je ne comprends pas. Je ne comprends rien.

– Silke est aveugle pour que tu connaisses un amour pur et objectif. Je voudrais t'assurer que je t'aime pour qui tu es, mais je ne peux faire un tel serment. Parce que je suis humain et que je n'en sais rien. Je ne maîtrise pas la question et je ne mesure pas l'étendue de tes capacités. Mais, comme nous l'avons constaté tous deux, je suis impuissant face à ton don. Ce n'est pas le cas de Silke. Elle ne te voit pas. Elle t'aime pour ton cœur, ton âme et cet amour ne sera jamais soumis à l'apparence que tu prendras.

– Tu dis qu'elle est aveugle pour moi. Alors, c'est ma faute ? C'est à cause de moi si…

– C'était son destin. Ne cherche pas plus loin parce qu'au-delà, il n'y a rien. Rien à comprendre ou découvrir. Le destin de Silke est d'être la sœur jumelle non-voyante de Maximilian. Et le destin de Maximilian est d'être le Cavalier Noir de l'Apocalypse.

– Et le vôtre, cher oncle, est peut-être que je vous explose la boîte crânienne avec une pince-monseigneur. Qu'en dîtes-vous ?

– Peut-être à long terme, Max. Dans l'immédiat, je suis

surtout chargé d'être ton guide spirituel et de veiller sur la bonne continuité de ton apprentissage.

– Mon guide spirituel ? Vous ? Un curé qui n'a ni le courage de se défroquer ni celui de s'abstenir de sauter lycéennes et belle-sœur ? Qui pratique le péché de chair aussi aisément et souvent qu'il distribue l'hostie aux fidèles ? Votre commanditaire, quel qu'il soit, vient de perdre beaucoup de sa force de persuasion et de sa superbe.

– Ne confonds pas message et messager, Max. Je ne suis pas parfait. Je ne suis qu'un Homme.

Il disait ces mots avec tant d'humilité et de tristesse sincère que j'en fus désarmé. La lourdeur de tout ceci m'accablait soudain. Je me sentais anéanti, misérable. Profondément enseveli sous cette nouvelle et néanmoins immuable vie. L'ancienne, que je ne savais pas si chère à mon cœur, était fraîchement enterrée et je doutais de ma capacité à en faire le deuil.

– C'est bien trop soudain. Trop perturbant. C'est comme si vous m'annonciez un accident ou une maladie !

– Les accidents et les maladies sont soudains et perturbants, Max. Mais cela n'empêche qu'il faut faire avec.

Je devais partir, mais pour aller où ? Peu importait dans l'immédiat, je trouverais en chemin. Avant de fermer la porte derrière moi et sans me retourner, je m'adressais encore une fois à Uwe.

– J'ignore quelle apparence j'ai pris pour vous mon oncle, c'est vrai. Je n'ai pas la plus petite idée de qui est l'objet de votre adoration. Mais sachez que celui de Mère, c'est vous.

Ω

À mon retour au domaine, il n'y avait personne. Enfin, évidemment, il y a perpétuellement une cinquantaine de domestiques dans les coins mais Silke n'était pas là. Ce qui signifiait que pour moi il n'y avait personne. J'avais même réussi à congédier Savas qui ne m'avait lâché des yeux depuis qu'il était passé me récupérer à Ste Prax'. Il m'observait attentivement, le regard fébrile et la mine préoccupée. J'avais l'étrange sensation d'être une femme enceinte dilatée à huit auprès de son mari hystérique paniqué à l'idée de voir une tête sanguinolente et sale émerger du jupon de sa douce. Je m'attendais presque à ce qu'il se mette à respirer bruyamment, me psalmodiant des « Monsieur, allez-y, faites-le petit chien ! ». Je me demandais tout à coup si je pouvais prendre l'apparence d'un animal… Mais cela me paraissait insensé : quel genre de personne peut vouer un culte à une bestiole ? Somme toute, je doutais que quoique ce soit me paraisse sensé à nouveau à l'avenir.

J'avais pris le temps de réfléchir, durant le trajet. Pour tranquilliser Savas, j'avais feint d'observer nonchalamment le paysage à travers la vitre teintée. Mais je ne voyais rien, tout à fait incapable de fixer mon attention, de la distraire ou de me détourner une seconde de tout ce qui venait de m'être dit. J'avais pris ma décision, écrasé par ce désespoir tout beau tout neuf qui ne pâlirait pas avec le temps.

Une fois seul dans mes appartements, je pris place derrière mon bureau. Je chassais l'idée de verrouiller les portes aussi rapidement qu'elle était venue. Les domestiques ne commettent jamais le crime de lèse-majesté de ne pas s'annoncer poliment avant de violer l'intimité creuse des maîtres de maison. Mère était probablement en pleine préparation de sa nouvelle collection, Silke devait certainement être au conservatoire et Gretchen… je m'en moquais. Tout comme de Père, par ailleurs, qui avait au moins le mérite de déserter le toit familial autant que faire se pouvait.

J'avais pris la résolution placide et pensée de me suicider. Ce n'était pas dans un sursaut de mélancolie ou autre sensiblerie. J'avais simplement réalisé qu'en dépit de ma fortune et ce qu'elle pouvait monnayer, je ne me sentirais jamais valable. Des tas de gens ne sont pas aimé pour ce qu'ils sont mais pour leur argent, leurs relations, leur voiture ou leur belle gueule. En dépit du mensonge collectif placé dans chaque bouche mutine et bienveillante, on aime rarement quelqu'un pour son grand cœur et ses belles qualités humaines. J'en veux pour preuve le nombre étrangement élevé de gentils clochards célibataires, gens de petite tailles esseulés ou laideronnes obèses vieilles filles. Alors pourquoi prendre au tragique d'être un parmi tant d'autre qui ne serait apprécié et reconnu pour lui-même ? Tout simplement parce que j'en avais la certitude, désormais, et que cela m'ôtait le goût de la vie. Voilà, c'était précisément cela : mon appétit était coupé. Même si mon assiette était des plus appétissantes et copieuse à souhait, j'avais vu que le cuisinier ne s'était pas lavé les mains, que les légumes étaient blettes et la viande faisandée. Bien sûr, grâce à la maîtrise des cuissons et la magie d'un assaisonnement parfait, mon palais ne trouverait rien à y redire. Mais je le savais. Désormais, je ne serais plus jamais gourmand.

Le Cavalier Noir, celui de la disette, de la famine. C'était cynique, n'est-ce pas ? Les autres avaient faim de moi, ne seraient jamais rassasiés de ma petite personne. Mes petites personnes. Alors que moi, je venais de sombrer insidieusement dans une anorexie sentimentale. Je ne voulais pas particulièrement mourir, je refusais simplement une vie comme celle-là. Mais personne ne semblait me demander mon avis dans l'affaire, aussi, je ne pouvais simplement décliner l'offre dans une formule polie et respectueuse. Je supposais qu'avec ma mort, les projets d'Apocalypse étaient compromis. Cela ne me faisait pas le moindre effet. Vraiment.

J'avais choisi de me défenestrer. C'était mon côté Peter Pan, ça. Petit, je voulais voler. Je rêvais d'avoir ce pouvoir. Celui-ci ne m'aurait franchement pas dérangé. Je me surpris à me demander avec une certaine jalousie si un des trois autres cavaliers l'avait reçu. Je ne le saurais jamais. Tout comme je ne saurais jamais si j'aurais aimé le saut à l'élastique ou la chute libre. Toutes ces expériences grisantes interdites soigneusement par les angoisses de Mère et le souci de Père de conserver en vie le dernier héritier mâle Von Abbetz. Il lui faudrait revoir ses prétentions à la baisse et reconsidérer les choses. Après tout, si une femme avait pu régner sur le royaume d'Angleterre, il serait fort surprenant qu'aucune de mes sœurs ne puisse prendre la tête de la V/Abbetz Kompanie. Oui, je sauterai par la fenêtre de ma chambre. J'étais logé au troisième étage et je tomberais pile sur les marches en marbre blanc qui donnait sur les jardins intérieurs. Ce serait idéal. J'ai toujours aimé cet endroit. Et cette vue.

Je pensais à ma maman, qui avait l'évanescence et la légèreté d'une fille de l'air. Dans ses moments de tristesse habituelle, il lui arrive de venir caresser mes cheveux. Elle m'appelle alors son moineau, son ange, son cygne noir. Que de l'ailé. J'avais un peu peur qu'elle ait le sentiment que je voulais juste la faire mentir. Je devais laisser une explication. Mais y en avait-il une ? Je veux dire, qui soit rationnelle, audible et cohérente et compréhensible ? Qui soit acceptable ? Je n'en étais pas certain. Pourtant, je sais que les familles veulent toujours comprendre, savoir et que c'est inhérent à leur capacité à surmonter le chagrin. Ceci étant, parfois, il n'y a rien à saisir ni intégrer. Le goût de la vie est comme les autres : on l'a ou non, ça ne se discute pas. On peut se forcer un peu, c'est vrai, et pour une durée indéfinie. Mais n'est-ce pas reculer pour mieux sauter ? Et moi, je ne retourne jamais en arrière. Je ne stagne pas non plus. Je sauterai donc.

J'allumais mon magnifique ordinateur portable pour enregistrer une ultime vidéo adressée à Mère et Silke. C'était un petit bijou de technologie, ce qui se fait de mieux dans le genre. Il avait coûté un œil, même si ce n'était pas le mien, évidemment. Nul n'aurait l'idée de vérifier mes enregistrements si ce n'était Savas. J'utilisais volontiers ce procédé pour dresser la liste des corvées qui lui étaient dévolues et que j'avais la paresse de mettre sur papier. J'en profitais toujours pour glisser un jeu de mots stupide ou une blague parfaitement ordurière. J'adorais me donner en spectacle, lorsque je croyais encore avoir un vrai public. C'était hier et pourtant déjà loin. Il ne me faudrait pas omettre de le remercier chaleureusement, comme un primé aux oscars qui bégaye et pleurniche en articulant sa gratitude à la Vie, à l'amour, à la chance et que sais-je encore. Voyons, que pouvais-je dire en ce sens… « Je remercie les maroquiniers italiens d'avoir confectionné de si belles et solides ceintures. J'en garde un souvenir ému et des hématomes, surtout. Je remercie également la perversité, la débauche et la malveillance, mes trois fées marraines qui se sont penchées sur mon berceau. Je remer… ». Tout compte fait, je n'allais pas me soumettre à cet exercice. Je n'avais rien dont je puisse être si reconnaissant, au final.

Je devais être concis, sobre et net. Un adieu élégant et tendre. Cela suffirait amplement. Je mis la fonction vidéo en marche en toussotant un peu afin d'éclaircir ma voix et de gagner un peu de temps. De contenance, surtout. « Mère, Silke, je… »

– Maximilian, pourquoi n'es-tu pas en cours ?

Père. Quelle lampe démoniaque avais-je involontairement frotté pour faire apparaître mon méchant génie ?…

– Uwe m'a excusé. Je suis… souffrant.

– Souffrant ? Tu me sembles pourtant capable de tenir une conversation et de tenir assis sur une chaise. C'est bien là tout ce que l'on te demande à Sainte Praxède. Dépêche-toi. Je fais avancer une voiture pour t'y reconduire immédiatement.

J'avais envie de lui demander pourquoi il s'acharnait ainsi sur moi, s'évertuant avec pugnacité et constance à me persécuter. Mais j'étais si las, trop las pour une joute verbale, pour une rixe d'ego, et l'énergie que cela exigeait avait déserté mon camp. Cependant, tout à coup, j'ai eu l'idée. J'ai eu l'intention. Et le reste a suivi très naturellement, je dois dire. Comme avec Uwe, le même dialogue dont la moitié m'échappait. Le même air stupéfait, contrit, douloureux et angoissé. Des propos des plus incohérents et lacunaires que je ne pris même pas le soin d'écouter, encore moins d'analyser. Cela n'en finissait pas et provoquait en moi le même ennui que celui généré par un débat politique à la veille des présidentielles. Je me sentais en dehors des choses, déjà plus concerné par ce qui se passait autour de moi, dans cette vie-là. J'attendais patiemment qu'il finisse son entretien imaginaire et me laisse tranquille, pour que je puisse me tuer en toute quiétude.

Au lieu de cela, Père se mit à pleurer en silence. Je ne l'avais jamais vu ainsi : ayant une émotion. Au-delà du trouble ou de la surprise, je me trouvais dans un état de sidération complète. Avant que je puisse formuler une question ou esquisser un geste, il se dirigea d'un pas précipité vers la fenêtre donnant sur mon repos et l'enjamba précipitamment. En un rien de temps, il venait de me voler à la fois la vedette et mon idée. J'étais immobile. En état de choc, je crois. C'était impossible, ça n'avait pas pu avoir lieu en réalité. J'avais rêvé. Oui, évidemment, c'était un délire, un caprice de ma cervelle exténuée et mal intentionnée. Je devais vérifier, comme pour me pincer. Je tremblais tant que je ne saurais dire si c'était en dedans ou en dehors de mon corps. Je posais mes mains sur l'encadrement en bois clair et regardais en contrebas, le buste si raide que mes yeux durent se nicher au ras de ma paupière inférieure pour apercevoir le sol. Le corps désarticulé de mon père s'y trouvait effectivement, dans une position grotesque et digne des meilleures contorsionnistes chinoises. Du sang coulait de ses narines, ses oreilles, sa bouche, dessinant un drapeau japonais sur les marches en pierre. Ses yeux ouverts de poisson mort semblaient contempler avec curiosité ce coloriage maladroit. C'est vrai, vu d'en haut, on discernait nettement qu'il avait dépassé… Doris, notre bonne la plus maniaque, s'empresserait de nettoyer ce désordre, je suppose. Un cri m'arracha de ces préoccupations ménagères. Marielle, notre horticultrice, avait accouru auprès du corps sans vie de Père. Elle avait posé son panier d'osier où des roses jaunes à longues tiges étaient couchées. Jaune, la couleur de la trahison.

Elle leva les yeux et son regard trébucha sur le mien. J'imagine de quoi cela devait avoir l'air : lui écrasé en bas et moi l'admirant tranquillement en haut. Néanmoins, je ne bougeais pas d'un cil. Seuls les coupables s'agitent et se justifient. Je n'avais rien à me reprocher. Du moins, pas moi en tant que Max. Je fermais les yeux et laissais la brise me caresser, m'étreindre, me bercer doucement. La lumière du jour s'alourdissait déjà et je réchauffais ma face au soleil qui se couchait sur la vie de mon père. J'allais devoir ajourner mon projet, c'était fâcheux et un peu contrariant. Mais je ne pouvais décemment pas mourir le même jour que lui et ainsi, mêler mon souvenir au sien. Plutôt crever.

Dans un éclair de génie plus qu'inhabituel, je réalisais que j'avais de quoi prouver mon innocence, si cela s'avérait nécessaire. La caméra de mon ordinateur avait enregistré toute la conversation, durant laquelle j'étais resté assis, donc à bonne distance de la victime. C'était étrange d'associer le terme de « victime » à mon père, lui qui fut si longtemps, et avec un plaisir non dissimulé, mon bourreau. Je n'irais pas jusqu'à dire que j'ai été soumis à la Question avec poire d'angoisse, supplice de la roue et vierge de fer pour faire pleurer dans les chaumières, mais tout de même. Ce n'était pas rien. J'avais les plus grandes difficultés à intégrer l'information suivante : c'était terminé. Plus jamais je n'aurai à lutter contre lui, de quelque manière que ce soit. Qu'allais-je bien pouvoir faire de toute cette énergie désormais à mon entière et seule disposition ? Soulever quelques montagnes, peut-être.

Je pensais à cela, en attendant que la vidéo se charge. Rien de ce que j'avais vécu jusqu'ici ou de ce qui m'avait été dit sur ma « condition » n'aurait pu me préparer à ce que j'allais voir dans la fraction de seconde suivante. C'était digne du roman de science fiction le plus capillotracté : à la fois déconcertant et terrifiant. J'étais décidément bien loin de mesurer l'étendue du phénomène qu'il fallait admettre que j'étais. J'étais un monstre, j'en avais la preuve en images désormais. Sur le film, on ne voyait que moi au départ. Mon toussotement, l'interruption de Père et mon regard qui se détourne de l'axe de la caméra pour se porter sur lui. Mais, dès que mon désir de lui plaire se fit naître, une métamorphose impossible opéra. À cette vision, mon muscle cardiaque se contracta si douloureusement que je crus un instant que les pompes funèbres nous feraient peut-être un prix de groupe. Un lot de cercueils ou deux capitonnages pour le prix d'un, sept poignées achetées, la huitième gratuite. La mort est un business comme un autre. Je pensais à tout ceci pour me détendre, prendre de la distance, du recul. Respirer.

Sur l'écran était apparue une femme, d'une vingtaine d'années peut-être. Quoique sa beauté et sa candeur ne permettaient pas de jurer de son âge. Elle pouvait être plus jeune. Elle était blonde et sublime, angélique. Elle aurait pu être sœur avec Mère, esthétiquement parlant. Elles avaient toutes deux cette sorte de tristesse douce dans le regard, dans le sourire. Je ralentissais la vidéo pour observer la façon dont la métamorphose s'était produite. C'était comme une croissance accélérée : mon nez s'affinait, mes cheveux poussaient tout en s'éclaircissant, mes yeux prenaient une autre forme et une couleur différente, l'ossature entière de mon visage semblait être en mutation sous ma peau, se creusant par ci, se rehaussant par là. J'avais l'impression d'être penché au-dessus de l'eau pour y regarder mon reflet jusqu'à ce que quelqu'un y jette une pierre pour en perturber la surface endormie. Lorsque les ondes et les cercles de vagues se calmaient pour disparaître, ce n'était plus mes traits que je voyais.

Le son fut presque pire que l'image, puisqu'un dialogue des plus révélateurs et hallucinants commença. J'augmentais avec précaution le volume, pour être certain de ne rater aucune syllabe. Je voulais percevoir jusqu'aux silences de Père, afin de me représenter son visage et ses réactions, puisque je ne les voyais pas à l'écran.

– Bonjour. Vous me reconnaissez ?

– Je… Mon Dieu, j'ai tellement pensé à toi… Je n'ai jamais pu t'oublier. Tu as obsédé mon esprit depuis que… Oui. Oui je sais qui tu es. Tu es…

– La jeune femme que vous avez violée, il y a dix-sept ans.

– Je… Ce n'était pas un viol, je…

– Lorsque la demoiselle dit non et se débat, je ne suis pas certaine que l'on puisse dire qu'elle est consentante.

– Mais je t'aimais de toutes mes forces ! De toute mon âme ! Je me sentais si vivant que j'aurais pu devenir quelqu'un de meilleur auprès de toi ! Quelqu'un de bon… J'ai perdu la raison mais je te désirais à un point que tu ne peux même pas mesurer, je…

– Si. Croyez que j'ai pu le mesurer quand vous m'avez forcée. Quand vous m'avez humiliée, salie, détruite.

– Je ne voulais pas ! Je n'avais que de belles et louables intentions envers toi ! Je voulais te donner tout ce qui te manquait et prendre soin de toi ! Je…

– Ce n'est pas comme ça qu'on prend soin de qui que ce soit. Même pas d'un chien, monsieur.

– Ne dis pas ça ! Après cet… incident, j'ai cherché à te revoir. J'ai dépensé des fortunes en détectives mais je n'ai jamais réussi à retrouver la plus petite trace de toi ! Tu étais partie et je n'ai jamais su ce qu'il était advenu de toi ! J'ai cherché consolation dans le travail, l'alcool, les excès en tout genres… Les femmes aussi. Même la mienne, c'est dire… Mais rien, jamais, n'a pu t'effacer de mon esprit. De mon cœur, surtout. J'imaginais que tu avais refait ta vie et je jalousais celui qui était auprès de toi comme je n'aurais jamais cru pouvoir envier quelqu'un… Je n'ai jamais abandonné l'espoir de te retrouver. Et te voilà, aujourd'hui !

– Il y a eu quelqu'un. Une personne que vous m'avez laissée en souvenir de vous.

– Tu es tombée enceinte ?!

– Oui.

– Mais c'est merveilleux ! Je suis… je suis fou de bonheur ! Est-ce une fille ? Un fils ?

– Une fille.

– Comment est-elle ? Est-elle belle ? Est-elle intelligente ? Douce ? Elle est forcément tout ça, puisqu'elle vient de toi ! Quand puis-je la voir ? L'as-tu amenée ici avec toi ?

– J'ignore comment elle est. Je l'ai abandonnée le lendemain de mon accouchement. Je l'ai posée dans le petit lit transparent de la pouponnière après l'avoir bercée tendrement. Je lui ai demandé pardon, pour ce que j'allais faire et surtout, pour tout ce que je ne ferai pas. Je lui ai dit mon amour et mes regrets. Je lui ai souhaité une vie plus heureuse et plus longue que la mienne. Ensuite je suis partie sauter d'un pont. J'ai toujours aimé regarder l'eau. Ça m'hypnotisait, calmait toutes mes tempêtes intérieures. Elle était froide et mordante, ce jour-là. C'était un peu douloureux, c'est vrai, quand elle s'est invitée dans mes poumons mais, très vite, je me suis sentie paisible. Si paisible… Je suis morte assez rapidement. Je n'ai pas beaucoup souffert je crois. La mort m'a fait moins mal que vous.

– Tu es morte ?

– Oui.

– Alors il n'y a plus d'espoir pour moi ? Plus de raison de continuer ?

– Non.

– Bien. Alors je te dis adieu. Ou plutôt à tout de suite.

Le dialogue se terminait ainsi. J'entendais Père se déplacer, ouvrir la fenêtre et ensuite, plus lointain, le bruit de son corps embrassant le marbre froid. Cette vidéo était inexploitable en termes de preuve de mon innocence. On n'y verrait là qu'un savant montage affolant la perplexité et les compétences des meilleurs experts. Ceux de Miami ou de Manhattan, donc. Mon pragmatisme et ma froideur me surprenaient un peu mais je me félicitais de cet instinct de survie paradoxal à mon envie d'en finir. Peut-être que sans Père, la vie serait moins insupportable ? Il fallait reconsidérer la globalité du projet au regard de cette nouvelle distribution des cartes. Peut-être que tout n'était pas perdu.

Comme si elle avait pu lire mes pensées, la jeune femme se remit face caméra et me sourit.

– Bonjour Max. Je sais que tu dois être particulièrement éprouvé par tout ce qui t'arrive. Il faut que tu aies confiance. En moi et en toi. Je ne suis pas l'esprit de cette jeune femme que ton père a malmenée dans son passé. Je suis la Justice. Je suis la Vie. Je t'ai choisi toi et nul autre pour exécuter ma volonté. Je sais que tu crois avoir besoin de l'amour de tes pairs mais le seul qui te soit véritablement nécessaire, c'est le mien. Et je t'aime, mieux et plus que ce que tu ne pourrais concevoir ou supporter. Je t'aime tant que je t'ai offert le plus grand des Destins pour un Homme. Je t'aime tant que je t'ai distingué parmi des milliards, t'ai pensé, rêvé, voulu tel que tu es. Mon regard ne s'est pas détourné une fraction de seconde de toi depuis ta conception et bien avant déjà. Je t'aime tant que je t'ai donné Silke pour être ton soutien et réconfort jusqu'à ce que tu sois affranchi de ces besoins que nous comblerons ensemble. Et je t'aime tant que je t'ai choisi trois compagnons, trois frères. Ils te seront fidèles, dévoués et consacrés sans être soumis aux effets de ton don. Il n'aura aucun impact sur eux pour que tu ne doutes jamais de la nature ni de la cause de leur attachement. Je sais : tu as mille questions et tu espères autant de réponses. Laisse-nous du temps, à toi comme à moi. Prends patience, laisse le Cavalier grandir et reprendre ses droits sur toi. Concentre-toi et attends-toi à de grandes choses.

Elle souriait à présent et cela me procura une chaleur intense, un réconfort immédiat.

– Oh et, Max : amuse-toi un peu. Profite. Je n'ai rien contre et les jours sont comptés. Quand l'enseignement est ludique, on apprend plus vite et bien mieux.

En guise de point final, elle m'adressait un clin d'œil charmant qui m'arrachait un sourire, bien malgré moi. La seconde d'après, les ronds d'eau apparaissaient à la surface de son visage et mes traits réapparaissaient progressivement.

Ω

Les obsèques furent à l'inverse des qualités de cœur de mon père. Immenses. Le sermon d'Uwe était comme souvent magnifique, émouvant à souhait et chargé d'anecdotes touchantes dont je doutais qu'elles soient véraces. Bizarrement, aucune allusion dans son oraison funèbre de leur proximité fraternelle l'autorisant à profiter des charmes de la veuve. Mère n'avait d'ailleurs jamais été aussi belle, à m'en souvenir. Elle était pâle et réservée, recevant les condoléances avec la distinction et la retenue d'une épouse éplorée. Qu'on ne se méprenne pas : elle ne jubilait pas et ne tirait aucune satisfaction particulière de la disparition de mon père. Une tristesse avait laissé place à une autre, voilà tout. Il lui faudrait s'accoutumer à cette nouvelle forme de vie. J'avais compris depuis peu que la présence de Wolfgang ne lui importait pas. Seule l'absence d'Uwe l'affectait.

Je n'avais pas du tout été inquiété par la police ou la gendarmerie. Ceci probablement grâce aux relations de mon grand-père Volker qui avait daigné faire le déplacement et passer quelques coups de fils. Il avait le bras long, ce qui compensait quelque peu le fait que ses idées courtes n'aient été troublées par la suspicion ou le doute. En fait, je soupçonne qu'il se fichait de savoir la vérité. Son fils était mort, c'était la seule donnée pragmatique incontestable de l'équation. Inutile de laisser cet évènement prendre des proportions démesurées et affecter la suite des choses. De plus, je lui étais utile. Dans quelques mois, j'atteindrais ma majorité et le siège à la tête de toutes les industries, compagnies et actions diverses me reviendrait. Il ne pouvait décemment se passer de moi.

Volker Von Abbetz, comme précédemment mentionné, était un assassin dans l'âme, un rapace de haute volée. Écœuré par la vocation/castration de son cadet, il avait chéri mon père aveuglément en exultant à l'observation de sa personnalité corrompue et veule. Je suppose que si je lui annonçais que je l'avais moi-même poussé au suicide, il m'administrerait une tape dans le dos en guise de congratulations puis me tendrait un de ses cigares adorés. Volker répète à qui veut l'entendre qu'il a les mêmes critères pour un cigare que pour une femme : cubaine, caractère fort, couleur oscuro et goût de miel. Il est obscène, volontiers détestable, remarquable par sa classe folle et ses penchants malsains. En gros, Volker est ce que je suis censé devenir un jour ou l'autre. Soit, un deuxième argument en faveur du suicide…

– Monsieur a peut-être remarqué que son tour est venu de prendre la parole.

– Comment ?

– L'éloge, Monsieur. Il était prévu que Monsieur dise quelques mots en guise d'adieu à Monsieur Wolfgang. C'est sur le programme.

– Si c'est sur le programme…

Je me levais lentement de mon banc inconfortable. Cela restera toujours un grand mystère pour moi : avec toutes les donations, oboles et quêtes dont l'Église bénéficie, elle persiste à offrir ce mobilier inconfortable et obsolète. Assurément, il y aurait plus de fidèles s'ils étaient accueillis par des fauteuils Stressless. Je croisais ma veste et la boutonnais avant de m'avancer dans le chœur de la bâtisse. Il y avait foule et j'espérais ne commettre aucun impair. L'image de la famille en général était en jeu. Et la mienne en particulier. Il fallait que je satisfasse aux exigences et corresponde aux attentes de chacun. Ce n'était pas facile de plaire à tous mais j'en avais le désir sincère. Le désir de plaire. *« Oups,*

I did it again », aurait chanté Britney. Je n'avais pas eu le temps d'ouvrir la bouche qu'une certaine agitation s'était faite dans les rangs serrés. D'abord des chuchotements, des murmures, des mouvements discrets. Les femmes me saluaient du bout des doigts, d'un regard appuyé ou, avec plus d'éloquence et moins de tenue, un décolleté dévoilé et très impudique. Rapidement, ce ne fut plus qu'exclamations, interjections, soupirs, agrémentés de ah et de oh dans tous les sens. Des applaudissements, même, pour certains. J'étais vraisemblablement, entre autres personnalités, une star du rock ou une vedette de cinéma, aujourd'hui… Des gémissements orgasmiques, des sanglots puérils et toutes formes d'expression sentimentale totalement indécentes et inappropriées s'élevaient partout.

Je lançais un coup d'œil en bouteille à la mer à oncle Uwe mais ne le trouvais pas. Quelque chose agrippé à mon pantalon me fit baisser les yeux et je soupirais intérieurement en le découvrant là, dans sa parfaite posture de moine déglingué partant pour une petite flagellation maison. Seule Silke avait un comportement normal. Ses sourcils froncés laissaient penser qu'elle s'inquiétait de ce changement d'ambiance inexpliqué. Sa poitrine se soulevait plus rapidement, témoignant de l'accélération de sa respiration et trahissant son angoisse. Je dégageais mon mollet de l'oncle/caniche et descendis pour la rejoindre. C'était sans compter sur certains, les plus audacieux, qui se précipitèrent dans l'allée centrale pour m'approcher. Les mains se tendaient, attrapaient mes vêtements, touchaient mes cheveux, mon visage, mon cou. C'était horrible, suffoquant. Jusqu'où irait la frénésie collective ? S'ils se levaient tous et agissaient de concert, je finirais étouffé sous leurs assauts, broyé par leur poids. Je me retrouvais à terre et me recroquevillais pour me préserver de leur passion. Les yeux clos à m'en blesser les paupières, je répétais, d'abord silencieusement puis à haute voix « je veux être invisible ! Je veux être invisible… ». Je pense que je finis par le crier et ce, pendant de longues minutes. En fait, jusqu'à ce que j'entende quelque chose d'extraordinairement beau. Le silence. J'ouvrais les yeux et découvrais que chacun avait regagné sa place, bien gentiment. Le feu aux joues, les tenues débraillées et les cheveux en pagaille me confirmaient que je n'avais pas rêvé.

– Maximilian ? Max ? Relève-toi…

– Uwe, il s'est passé quelque chose, je…

– Je le sais. J'ai eu d'autres réponses, de nouvelles informations… Nous en discuterons dès que possible. Regagne ta place et fais-toi oublier pour l'instant.

– Avec plaisir…

Je comblais l'espace laissé près de Silke et saisissais sa main. Davantage pour me rassurer moi-même que pour la tranquilliser.

– Max ? Que s'est-il passé ?

– Je… je ne sais pas…

– Mais qu'est-ce que tu as vu ? Dis-moi, je t'en prie !

– Je n'ai aucune idée de ce que c'était, Silke. Je te le jure.

Et je ne mentais pas tout à fait. Tout ceci me dépassait parfaitement. Cette folie furieuse, ce déferlement de sentiments divers, confus, tuants, m'avaient laissé tétanisé. Terrifié par moi-même et ce dont j'étais involontairement capable. Pourrais-je un jour contrôler cela ? Serais-je à nouveau maître de moi-même, de mon esprit, de ma volonté ?

– Max… Mais tu es blessé !

En baissant les yeux, je vis qu'effectivement, à l'endroit de ma main que le pouce de Silke caressait gentiment, des griffures saignaient un peu.

– Ce n'est rien. Je me suis bêtement éraflé, voilà tout. Ne t'inquiète pas. Tout va bien. Tout va très bien.

J'aurais vraiment voulu que ce soit vrai. Que ce ne soit rien plutôt que quelque chose qui n'en était qu'au début. Qui allait bientôt devenir si gros, si grand, qui prendrait tellement de place que même une aveugle le verrait. Tout cela ne me prédisait rien de bon, je le craignais. Je ne devais plus seulement surveiller mes actes, mes mots ou même mes pensées. Il était désormais vital que je mesure et soupèse la moindre de mes émotions. Moi qui croyais longtemps vivre dans le paradis confortable du luxe et de l'oisiveté, je goûtais aux affres infernales de la façon la plus inattendue qu'on puisse imaginer. Mes chéquiers, investissements et lingots ne m'étaient d'aucune utilité face à ce problème insoluble. Je ne pouvais marchander ma délivrance, payer cash mon salut. J'étais condamné à être tourmenté à jamais. Ce qui me fit penser à Père.

En ce moment même, il devait essuyer ses souliers hors de prix sur le paillasson de l'enfer et y retrouver des tas de vieilles connaissances. J'espérais que les boutiques les plus célèbres avaient des représentants là en bas, pour fournir à ses administrateurs de belles ceintures à grosse boucle bling-bling pour faire clac-clac sur ses côtes encore vierges de ce soin-ci. Étais-je cynique ? Certainement. Mais je n'ai tout simplement jamais compris, et encore moins partagé, la tendance collective à enjoliver le portrait de quelqu'un sous le prétexte de sa mort. Comme si mourir était un exploit qui méritait clémence et révision des jugements.

Cela se saurait, si trépasser requerrait la moindre habileté ou compétence. Pour moi, un salaud mort reste un salaud, et le dire n'en fera pas un de moi.

La mise en terre se fit dans la stricte intimité de notre cercle le plus restreint. À savoir Volker, Mère, Gretchen, Silke, Uwe et moi-même. Savas, ainsi que les employés de son rang, nous attendaient un peu en retrait, prêts à tendre le mouchoir blanc, éponger une larme, remédier au malaise vagal grâce aux sels. Silke seule pleurait doucement, silencieuse et digne. Elle était vraiment d'une bonté surhumaine et aurait probablement été bouleversée par la mort d'un poisson rouge si nous avions eu le droit d'en posséder un. *Nutzlos*[1], avait décrété Père lorsque, enfants, nous l'avions supplié pour un compagnon à quatre pattes, deux ailes ou quelques écailles. Nous n'avions point persévéré. L'intransigeance vindicative et l'inflexibilité de Père ne souffrait aucune insistance ou argumentation. De plus, il appartenait à cette part de gens dont l'existence même tend à entériner certains dictons. En l'occurrence, « y a que les cons qui changent pas d'avis ». Père ne revenait jamais sur ses décisions, donc…

Quelques roses blanches étaient à disposition pour être jetées par nos soins sur le cercueil avant qu'il ne soit couvert de terre. Ce qui est, à mon avis, une grande crétinerie. Cette fleur est si belle et d'une perfection inégalée, mais à peine coupée et admirée, son sort est de finir ensevelie. Elles eurent été plus profitables dans un vase. Chacun, tour à tour, en saisit une. Je regardais ma famille se succéder devant le trou, prenant un instant exagérément prolongé pour ne surtout pas paraître expéditif ou insensible. Ô règne de l'apparat et de la bienséance…

---

[1] *Inutile.*

J'étais le dernier, évidemment, et quand ce fut à moi de saisir une fleur, je m'aperçus, non sans trouver l'ironie de la situation exquise, que l'unique rose restante était jaune. Bien sûr. Le traître désigné par la beauté des pétales. Je la portais à mon visage et respirais longuement son parfum. Sans que je sache forcément pourquoi, comme ça, sur un caprice spontané, je brisais la longue tige pour ne laisser que deux ou trois centimètres. Je la glissais ainsi dans ma boutonnière, aussi élégant qu'un futur marié.

Certains sourcillèrent. Il y eut un échange de regards interloqués parmi les employés des pompes funèbres qui patientaient sur le côté en observant le rituel qu'ils connaissaient par cœur. Mettons que j'avais envie de rompre leur monotonie et de les surprendre un petit peu. Rien de bien méchant. Je leur adressai d'ailleurs un sourire et dans un geste désinvolte de la main, je leur fis signe qu'il était temps de recouvrir. « Et que l'on tasse bien le tout », me retenais-je d'ordonner joyeusement. Je tendais mon bras droit à Mère, la main gauche étreignant les doigts fins de Silke.

– Maman, il est temps. Rentrons, voulez-vous ?

– Oui. Je te suis…

C'était à moi de guider, donc. Plutôt comique, lorsque l'on sait à quel point j'étais perdu. Je n'avais pas la moindre indication d'où tout cela me mènerait. Mais il fallait y aller. Alors j'avançais.

Cavalier noir : Maximilian

Ω

PARTIE 3

JIM JONES
Vendeur au porte-à-porte de singes de compagnie.
Fondateur et leader charismatique de la secte du Temple du Peuple, réunie dans un village baptisé Jonestown.
Responsable du suicide collectif de 914 adeptes, dont 260 enfants, au Guyana, par ingestion volontaire de cyanure ou assassinats.
Il a été tué le même jour par une balle dans la tête tirée par un de ses disciples, sur sa demande.

***

En 1547, lorsque l'Angleterre, religieusement divisée et assujettie à la tyrannie d'Henri VIII, enterrait enfin ce monarque capricieux et vindicatif, elle fut probablement pleine d'un espoir compréhensible quoique naïf. Elle rêvait certainement que son successeur se montre plus magnanime, clément ou charitable. Elle ignorait encore, et heureusement, que son héritière Marie Tudor enflammerait son pays. Du moins les protestants, qu'elle jetait au bûcher avec la même avidité que le campeur bedonnant grille ses chipolatas. Elle était si sanguinaire qu'elle fut rapidement affublée du charmant sobriquet de « Bloody Mary ».

Le « Bloody Mary » se trouve également être le cocktail favori de ce très cher Volker. Opa[1] Volker, comme

---

[1] *Papy.*

il déteste que je l'appelle. Mais, à bientôt 89 ans, il lui faut bien admettre qu'il serait inconvenant de jouer au jouvenceau. J'ai bu mon premier Bloody, donc, en sa compagnie, alors que je devais avoir une douzaine d'années. Étrangement, entre hommes, la capacité à déglutir un alcool fort est synonyme de virilité. J'avais eu horreur de ce mélange gustativement chaotique de jus de tomate, vodka, Tabasco, sel de céleri et sauce Worcestershire. Ceci apparaissait tout simplement abject à mon palais friand de lait grenadine et cacao chaud. Il n'y avait guère que le décor qui ne relevait pas du tripot de campagne. La tape dans le dos, les rires un peu gras et les discours sur le Monde déliquescent prouvaient bien que tous les hommes se ressemblent vaguement.

Il était 7h30. Volker sirotait son premier Bloody de la journée, un havane épais comme un pouce de gorille coincé dans son sourire Stéradent. Rien de neuf sous le soleil, donc. Une odeur nauséabonde en remplaçait ainsi d'autres à peine évaporées. La seule chose inchangée était ma conviction que je ne pourrais jamais savourer un petit-déjeuner sans perturbations olfactives et nuisances environnementales. Ce détail n'augurait rien de bon, annonçant simplement qu'un joug succédait à un autre et que mon émancipation n'était pas encore d'actualité. Volker avait en effet décidé de prolonger son séjour, le temps de mettre les « affaires familiales en ordre ». Son âge avancé et sa prostate vieillissante n'altéraient en rien l'autorité naturelle glaçante avec laquelle il calmait toute initiative d'insurrection irréfléchie. Il avait pris possession des appartements de l'aile nord sans avoir demandé l'autorisation de qui que ce soit. Il allait à sa guise, tel un seigneur sur ses terres. Mère n'avait pas cillé et avait reçue la nouvelle de son installation comme d'autres regardent la météo : vaguement, en pensant à autre chose. Elle n'avait rien objecté. Ou à peine.

– Vous ne préfèreriez pas la suite Renaissance ? Il y fait volontiers plus chaud et la vue sur les jardins est tellement agréable... Surtout le matin, au lever du soleil quand...

– Je n'ai que faire du paysage, très chère. De plus, j'affectionne particulièrement la décoration coloniale. Je m'y sens très à mon aise.

J'avais été tenté de ricaner en précisant qu'il aimait l'esprit colonial bien plus que les meubles du même genre. Volker Von Abbetz était le genre d'hommes à soupirer inlassablement sur jadis, naguère et autrefois, ces temps si merveilleux où être blanc, catholique et occidental avait encore un vrai sens, une valeur certaine. Il ne disait pas toute la vérité quand il déclarait que la vue depuis sa fenêtre lui importait peu. Si, en ouvrant les volets, Opa avait découvert des champs de coton à perte de regard, cultivés par de gentils nègres aux sourires Banania, il aurait été le plus heureux des hommes. J'étais certain qu'il aimait s'endormir en rêvassant à cela, dans ce décorum parfait invitant aux songes esclavagistes riches de coups de fouets et de rires machiavéliques pervers. Mais il aurait été inexact de dire qu'il n'aimait pas les Noirs. En vérité, Opa n'aimait pas grand monde, en dehors de ce qu'il s'obstinait à appeler le Saint Empire Romain Germanique. Il était contre l'Europe et son économie. Contre l'Arabie Saoudite à cause du pétrole. Contre l'Asie puisqu'ils « se reproduisent comme du chiendent ceux-là ». Contre l'Afrique en raison de la richesse des sols et de leurs extractions minières. Contre les

États-Unis parce qu'ils se targuent d'être la première puissance mondiale. Contre les Juifs pour des raisons sur lesquelles je ne vais même pas prendre la peine de revenir… Bref, nous pouvons qualifier mon aïeul de philanthrope humaniste passionné d'ethnologie…

Il faut dire ce qui est : mon grand-père était définitivement un être détestable. Indifférent jusqu'à la cruauté, égoïste comme personne, il déambulait en tous lieux comme si le Monde lui appartenait. Trait de caractère dont j'avais d'ailleurs hérité, ainsi que Gretchen. Il était à l'aise partout puisque la moindre chose lui était due. Il n'aurait d'ailleurs jamais songé à remercier qui que ce soit. Servir spontanément Volker était vraisemblablement naturel et normal. Autant, en tout cas, que cela l'était pour lui de se voir servir. Je ne crois pas que quelqu'un l'ait jamais aimé et c'est bien là l'unique raison qui me faisait penser parfois que je devais prendre garde à mon attitude. Les gens le craignaient, indéniablement, le courtisaient, le jalousaient. Mais l'amour, c'est bien autre chose. Il achetait ses relations, qu'elles soient professionnelles ou intimes. Finalement, nous nous ressemblions, sous un certain angle. Aucun d'entre nous deux n'était aimé pour ce qu'il était vraiment. Mais, j'avais un avantage de taille sur lui. J'avais Silke. Si Opa avait eu sa Silke dès l'enfance, en cet âge où l'esprit se forme et où l'on choisit l'adulte que l'on souhaite devenir, les choses auraient été bien différentes. Il aurait été un autre homme. Père aussi, de ce fait. Et j'aurais suivi le mouvement, dans une continuité aussi parfaite que celle qui faisait de moi un type naturellement ignoble. Je le plaignais sincèrement de ne pas avoir bénéficié de cet atout. Tout le monde devrait avoir sa Silke.

– Qu'as-tu prévu pour la journée, Max ?

– Eh bien, je vais me soumettre à cette vieille tradition républicaine qu'est la scolarité, cher Papy !

– Tu viens de perdre ton père, jeune homme. Je suis certain que tu retrouveras ton école comme tu l'as quittée, d'ici une à deux semaines. Uwe consentira à excuser ton absence, bien qu'elle soit légitime et compréhensible. Il serait étonnant qu'il ait à faire jouer de son pouvoir pour te faciliter les choses. Enfin, quand je dis « pouvoir », ce n'est qu'une figure de style. Sa fonction de curé/dirlo a autant de prestige et de sens que la Légion d'Honneur ces dix dernières années et…

– Uwe est un homme bon. Et droit. Aussi, je ne crois pas que…

– Edeltraut, il ne me semble pas avoir sollicité votre participation à cette discussion. Reprenez donc une petite brioche, ma chère. Elles sont légères et succulentes. De plus, elles occuperont utilement votre bouche visiblement si avide de s'ouvrir ce matin.

Il eut un petit rire assez immonde et fit comme si ma mère avait soudain disparu de la pièce. Y avait-elle jamais été à ses yeux ? Je ne saurais le dire. Quoiqu'il en soit, il se tourna vers moi pour me débiter, d'un air entendu et complice, un fatras goujat et outrageant.

– De mon temps, les femmes ne se permettaient pas de prendre la parole. Je te laisse imaginer qu'elles s'aventuraient encore moins à la couper. C'était une merveilleuse époque durant laquelle chacun savait quelle était sa place et se montrait capable d'y rester avec contentement et belle humeur. Ta grand-mère, paix à son âme, était déjà très reconnaissante, quoique bien intimidée, de pouvoir souper en ma présence. Elle m'escortait partout, se contentant d'être belle et de sourire agréablement. La compagne méritante est celle qui cumule le charme du cintre élégant et du présentoir à bijoux distingué avec un silence qui la fait paraître plus intelligente que ses mots ne le démontreraient. Ton Oma était un peu sotte, naturellement, comme toutes ses congénères. Je crois que c'est une question de race… Bref. Où voulais-je en venir avant cette interruption inutile ?… Ah, oui : j'avais de plus prévu de t'emmener avec moi dans nos différentes entreprises, une sorte d'avant-goût de tes futures responsabilités…

– Vous restez donc une bonne quinzaine de jours à demeure, au minimum ?

– Je suppose que c'est ce que je viens de laisser entendre, effectivement. Ma présence te gênerait-elle ?

– Absolument pas. Non. Bien sûr que non. Je pense seulement à notre pauvre tante Linda. Elle doit se sentir très seule. Vous lui manquez certainement beaucoup…

Une convention tacite veut que l'on ne surnomme jamais l'épouse trentenaire de son grand-père « mamie ». Par conséquent, l'appellation générique, se voulant affectueuse, de « tante » est la seule un tant soit peu appropriée. Nous avions eu beaucoup de tantes, cela va sans dire. Probablement davantage qu'on en dénombre sur le plus grand char de la Gaypride.

– Oui, en effet : certainement. D'autant plus que j'ai divorcé d'avec Linda voilà bientôt deux ans.

– Et notre tata actuelle est donc…

– Daniela. Tu l'as rencontrée à l'inauguration du paquebot Von Abbetz.

– Je… je suis confus, je ne m'en souviens pas…

– Allons. Max. Une fausse rousse qui se fait constamment lécher le visage par un affreux King Charles teint en mauve répondant au nom ridicule de « Ladurée ». Tu ne peux pas avoir oublié sa petite voix stridente si agaçante.

Bien sûr, elle me revenait tout à coup comme un repas trop lourd pris dans un restaurant thaï où l'inspection d'hygiène aurait été quelque peu… complaisante. Je connaissais Daniela. Je la connaissais même bibliquement. Et je ne parle pas là d'une communion spirituelle née d'une leçon de catéchisme mais bel et bien du péché de chair. Elle était irritante, il est vrai. Mais allongée et gémissante, cela se ressentait moins.

– Si elle vous agace tant que cela, pourquoi ne pas divorcer ?

– Premièrement : je dépense chaque fois des sommes folles en procédures pour finalement me remarier avec un autre prototype de la même espèce. Secondement, l'âge apporte une merveille trop décriée appelée « altération auditive » qui permet réellement de s'accommoder du pire.

– Bien. Voyons si ce décompte fonctionne pour moi. Premièrement, je n'ai pas l'intention d'attendre la vieillesse et ses petits à-côtés pour vous prier de ne plus fumer pendant les repas et particulièrement lorsque nous sommes à jeun. L'odeur de votre cigare est insupportable. Vous êtes un invité dans cette maison et votre hôtesse n'est autre que ma mère. Je vous prie donc de lui témoigner le respect et la gratitude qui s'imposent. En tant que convive, il serait également de bon ton de vous conformer aux règles domestiques en vigueur. *« Si fueris Romae, Romano vivito more; si fueris alibi, vivito sicut ibi »*[1] , n'est-ce pas ?

[1] Si tu es à Rome, fais comme les Romains.
Si tu es ailleurs, vis à la manière de ceux qui vivent là-bas.

Secondement, je vous avoue ne plus faire l'effort de me souvenir de vos compagnes. Apprendre le dictionnaire par cœur serait un exercice mnésique enfantin en comparaison. Enfin, troisièmement, je vais me rendre en cours aujourd'hui et, dès mon retour, nous aurons ensemble une discussion afin de déterminer la longueur de votre séjour dans notre suite Renaissance. J'ignore encore combien de fois vous en aurez l'occasion mais surtout, dès que possible, savourez la vue sur les jardins. En attendant, prenez donc une petite brioche, Opa. Elles sont « légères et succulentes », je ne vous fais pas l'article…

J'avais vu sa pomme d'Adam tressaillir anormalement doucement, signe qu'il tentait de maîtriser son mouvement pour le rendre imperceptible. J'avais visiblement réussi à l'offenser et de ce fait, à l'atteindre. Ce qui était assez prodigieux pour que j'en ressente un contentement intérieur que je ne prenais la peine de masquer.

– Arrogant et présomptueux. Parfait. Nous en reparlerons en privé. Car, comme je l'ai fait comprendre il y a quelques instants, certains échanges méritent d'être partagés entre hommes du Monde uniquement.

Il s'était alors redressé de toute sa hauteur ratatinée par une scoliose grinçante pour se retirer comme un prince. Du moins, un prince décati et un peu pitoyable mais dont l'intention égotique, elle, était intacte et parfaitement fraîche. Je suis certain qu'au fond de lui, peut-être même en surface, Volker aimait ma personnalité insolente et vindicative. Je devais lui rappeler ses jeunes années et ma fougue le rassurait sans doute quant à la survie du patrimoine familial. Il était probablement convaincu que je le défendrais âprement, avec la même inflexibilité totalitariste qu'un pasteur évangélique protège l'hymen de ses filles. Il y a encore quelques jours, je ne nie pas que j'épousais parfaitement ses projets et visions de mon avenir. Mais tout avait changé, en un instant, et les biens familiaux étaient très éloignés de mes préoccupations actuelles.

Mère m'adressait un sourire touchant de reconnaissance lorsque je l'embrassais pour prendre congé. Revêtu de mon uniforme de parfait lycéen saint-praxien, j'étais prêt à tenir mon rôle quotidien. Une apparence supplémentaire qui, comme les autres à venir, n'était plus en adéquation avec mon identité propre. Si tant est que j'en avais une.

Ω

– Mes condoléances, vieux. Le Roi est mort. Vive le Roi !

Côme, fidèle à lui-même à défaut de l'être à qui que ce soit, prenait toute nouvelle avec le sourire, et ce n'était certainement pas le décès de mon père qui altèrerait son éternelle bonhommie. Je lui en étais gré, étant déjà absolument blasé de la face de carême que prenait le tout-venant à ma vue. Ce n'était pas non plus comme si le monde entier venait d'essuyer une perte, de ce fait, je ne demandais pas un deuil national, avec minute silencieuse et marche blanche. Il y a deux types de réactions, généralement, lorsque l'on vient de perdre quelqu'un et que l'on se frotte au monde extérieur. On est soit en colère que la vie, le bonheur, la joie, l'allégresse, la légèreté et toutes ces inepties existent pour d'autres. Eux tous, ces frivoles égoïstes confits de l'outrecuidance de ne pas se soumettre à l'affliction de circonstance. Ce mode de pensée est plébiscité par les divas mégalomaniaques, les hystériques nombrilistes et les m'as-tu-vu. Mais on peut aussi être rassuré de voir que le Monde continue de tourner, imperturbable et nonchalant face à ce que nous appelons « drames » et qu'il qualifierait davantage de « peccadilles ». Moi, j'étais dans le groupe de ceux-là : les soulagés.

On pourrait croire, un peu rapidement, que cela s'expliquait par le fait que je n'aimais pas Père et que le deuil à faire n'en était pas réellement un. Que tout ceci serait aussi rapidement digéré qu'un repas de noces éthiopien. Le fait est que je n'avais pas simplement à surmonter la disparition de Wolfgang. Il me fallait intégrer, admettre et surmonter toutes sortes de nouvelles ou perturbations. 1. Uwe était un Casanova en soutane. 2. Mère était amoureuse de mon oncle/son beau-frère/le Casanova en soutane. 3. Mon père était un violeur. 4. J'avais une sœur illégitime et cachée, quelque part dans la nature. 5. J'étais un Cavalier de l'Apocalypse et j'avais un don qui remettait en question ma vie entière, de ma conception à ce jour. À cette heure. À cette seconde. De ce fait, le deuil qui me chagrinait n'était pas celui de Père. Je pleurais intérieurement ma vie, du moins celle que je croyais mener et que j'envisageais de poursuivre. Je faisais mes adieux à Maximilian Von Abbetz, tel que je le voyais et tel qu'il était regardé. Ce n'était pas mince affaire.

– Eh bien, eh bien, Maxou, te voilà libéré des chaînes paternelles ! Ou du moins de sa ceinture… Désormais, lorsque tu entendras ce son claquer l'air, ce sera le doux chant de la cravache sur le fessier bien blanc et charnu d'une demoiselle très coquine ! N'est-ce pas réjouissant ?

– Très, Côme.

– D'ailleurs, afin de fêter ta libération anticipée, nous devrions donner une de ces immenses bedroom-party dont tu as le secret…

Petite explication succincte. Dans notre univers oscillant entre l'aristocratie et la petite bourgeoisie, l'on donne à gogo des garden-parties. Autrement dit, des mondanités gourmandes en plein air ayant lieu dans des jardins. Dans la même logique terminologique, j'avais lancé le concept de bedroom-party, mondanité d'un autre genre de gourmandise dans l'espace confiné, chaleureux et coquet d'une chambre à coucher. Moins de verrines et buffets, plus d'alcool fort et sec. Moins de chapeaux fleuris, lourds de rubans et de perles, plus de porte-jarretelles, corsets de dentelles et soutiens-gorge pigeonnants. Moins de gants blancs, montres à gousset et ombrelles, plus de menottes, poppers et huile de massage. Moins de discussions politiques et ragots bavards, plus de chuchotements et de soupirs. Dans les bedroom-parties, le seul cancan qui se pratique est le french, avec moult jambes en l'air comme l'exige la célèbre chorégraphie, bien sûr.

Je ne l'envisageais même pas. Non que je trouve cela inapproprié ou malséant. Je n'en avais tout bonnement pas l'envie, ce qui était un signe évident de mal-être pour qui connaissait ma personnalité de noceur sans scrupule. J'étais reconnaissant à Côme de ne pas changer, tandis que moi-même, j'avais été extirpé contre ma volonté de cette douce adolescence dans laquelle je le devinais enlisé pour longtemps encore. Que dis-je : adolescence. Normalité. Humanité. Réalité ou raison peut-être même. Il y avait si peu de temps encore, j'étais exactement un autre Côme Bakarian. Indolent, hermétique à tout, soucieux de rien. Je ne me contentais pas de mordre la vie à pleines dents, comme disent les amateurs de bluette. Je la dévorais, la déchirais, la lapais, la suçais et l'avalais avec avidité et violence. Je n'étais jamais rassasié de rien, en dépit de tous mes excès et extravagances. Désormais, je sentais s'installer dans mes entrailles, et même sous ma ceinture, une période de disette noire. J'étais nostalgique, presque mélancolique de surcroît. Tout paraissait bien fade, terne et tiède. Bref, je ne m'amusais plus du tout.

– J'aurais adoré, tu me connais… Mais je suis en liberté surveillée : Herr Volker joue au gendarme avec un zèle digne du plus enthousiaste membre de la Gestapo. Comme quoi, le gène nazi est fort dans la famille.

– Nous avons tous notre croix à porter, mon frère.

– En effet. Et la mienne est gammée.

– Je te trouve d'humeur bien sombre, l'ami ! Pourtant, maintenant que le roi est échec et mat, le plateau est à toi ! Tu vas pouvoir manipuler tous les pions à ta guise !

– Tu n'as pas souvent pratiqué ce jeu, n'est-ce pas Bak'.

– En effet. J'étais sans doute trop occupé par le visionnage assidu des compilations de tous les Motus que je loupais en semaine… Thierry Beccaro est un peu mon Robert Pattinson à moi, tu sais… Donc, non, aucune pratique des échecs pour moi. Pourquoi ?

– Lorsque le roi tombe, le jeu est terminé. Même si tu as la reine, les tours, les deux fous. Même si tu es le cavalier.

– « As ».

– Quoi ?

– Même si tu « as » le cavalier. Pas « es ».

– Oui. Oui, bien sûr… « As ».

– Bon mais moi, ce que j'en dis, c'est que…

– Excuse-moi, je viens de me souvenir que je dois absolument passer voir mon oncle dans son bureau !

– Parfait. La bonne bise à l'eunuque de ma part, alors !

– Plutôt deux fois qu'une.

C'était la première fois, en tout cas, que je mentais sciemment à Côme pour me dispenser de sa compagnie. Je refusais d'admettre que les choses puissent aller à ce point mal que je choisissais de ma propre initiative la solitude et le retrait. Il faudrait que je m'efforce à la légèreté, même s'il y avait comme un paradoxe dans cette idée. Pour ne pas me faire mentir, je décidais d'aller m'entretenir avec Uwe comme je l'avais prétendu. Après tout, il avait des informations supplémentaires, même si les parts de curiosité et de crainte étaient égales. Mais je ne pouvais pas éternellement fuir, que ce soit mes amis ou la vérité. Il me fallait affronter les choses avant que ce soit elles qui viennent au devant de moi. La meilleure défense restera toujours l'attaque.

– Bonjour Ludmilla. Monsieur le Directeur est-il… visible ?

– Maximilian, je vous ai déjà expliqué qu'entre ces murs, je suis Madame Liptschek, même pour vous. Et vous savez que vous ne pouvez pas entrer à votre guise dans le bureau de vo…

– Max, pourquoi n'entres-tu pas directement ?

Il est de ces moments fort humiliants, lorsque le petit personnel réfugié dans la conviction de posséder un pouvoir quelconque réalise son erreur. Je n'ai jamais été particulièrement friand de ce type de scènes, bien que j'en fusse souvent l'élément déclencheur. J'aimais bien Ludmilla, pourtant. Elle avait de beaux restes d'un physique qui fut probablement dévastateur en ses heures de gloire. De plus, elle n'était pas dépourvue d'esprit et chacune de ses sorties pouvait être entendue de deux manières différentes. La première, policée et convenable, la seconde lourde de sous-entendus piquants voire drôles. Je lui adressais un sourire un peu désolé pour lui témoigner ma sympathie mais elle avait déjà replongé son nez fin dans son agenda, subitement absorbée.

– J'allais le faire. Je prenais quelques instants pour saluer Madame Liptschek avec la même délicatesse qu'elle met dans ses traitements.

Elle avait relevé les yeux vers moi avec un sourire qui semblait dire « va pour cette fois, vil flatteur ». Je lui adressais presque malgré moi un léger clin d'œil en me souvenant tout à coup de réprimer absolument toute envie d'attirer ses faveurs. Je n'étais pas d'humeur à jouer au transformiste de l'âme ce matin. Comment qualifier ce que j'étais devenu, d'ailleurs ? Transhumain ? Schizophrène corporel ? J'étais un caméléon avec deux bras, deux jambes et un cœur d'Homme. C'est une jolie bestiole parait-il, divertissante et délicate. Il prend réellement toutes les couleurs. Excepté le rouge. Non que ce soit une teinte compliquée à restituer mais en posant l'animal sur une surface carmin, on le condamne à un décès certain, parait-il. Pour prendre cette teinte, il élèverait sa température et son sang se mettrait à bouillir, à ce que l'on dit. Jusqu'à ce que mort s'ensuive. Note pour plus tard : prier pour ne jamais être confronté à un passionné de reptiles ou autre dégénéré naturaliste vénérant ladite bestiole. Cela pourrait être quelque peu fâcheux.

– As-tu bien dormi, Max ? Comment se porte ton appétit ? Père n'est pas trop envahissant, j'espère. Tu sais, tu peux parfaitement…

– Venons-en aux faits, mon oncle. J'ai un cours qui m'attend, si tant est que cela soit encore utile. À votre avis, au jour du Jugement Dernier, les diplômés seront-ils dans la même file que les autres ?

– Tu es cynique. Cela me rassure. C'est signe que le moral n'est pas si mauvais qu'il n'y parait.

– Le cynisme n'exclut aucunement la possibilité d'une sévère dépression, je vous rassure. Et je vous le certifie, surtout.

– Allons, Max, il n'y a vraiment pas de quoi déprimer. Bien au contraire.

– Ah vraiment ? Personne ne m'aime sauf Silke, le Monde va imploser, en partie à cause de moi, mais je suppose que je devrais considérer la vie comme une formidable comédie musicale… Suis-je censé sautiller et gambader, aussi euphorique que si je venais d'ingurgiter un cocktail Canard WC/schnaps/sauce béarnaise en chantant à tous « aimer, c'est ce qu'il y a de plus beau » ?

– Non. En revanche, tu peux parfaitement être reconnaissant de ton rôle dans le sort de l'Humanité. Tu as été distingué entre tous. Tous, Maximilian ! Ce n'est pas comme un concours du plus beau dessin de la classe, là !

– J'ai été choisi pour ma capacité à n'être personne. À n'être rien. Je suis aussi exceptionnel qu'un récipient vide. Un Tupperware. Un bocal à cornichons, avec juste le vinaigre au fond. Croyez-vous sincèrement que je me sens comme Miss Univers, là ?

– Tu n'es pas vide.

– En tout cas, je suis la seule personne à ne pas avoir une véritable identité. Peut-être que je n'ai pas d'âme bien à moi, qui sait.

– C'est justement tout l'inverse ! Tu es le seul être au monde à être parfaitement unique. Tu peux copier n'importe qui. Être un double parfait. Prendre les traits de chacun, comme ça, sans même le vouloir. Sa voix, ses gestes, ses pensées, ses souvenirs. En revanche, toi, personne ne peut te reproduire. Tu es absolument, intrinsèquement et définitivement unique.

– Je ne peux pas faire ça, vous vous trompez. Les pensées, les souvenirs, tout ceci… Je ne vois rien, je ne me rends compte de rien de ce qu'il se passe, dans ces moments-là. Je regarde mon interlocuteur et je comprends que j'ai un autre visage que le mien en voyant le sien. Mais je n'entends pas le dialogue. Je ne ressens pas l'émotion.

– Pour le moment. C'est précisément cela que je suis censé t'apprendre aujourd'hui. On s'en est chargé jusque-là pour toi. Pour te montrer, t'enseigner, t'initier. Mais ta capacité va grandir, au même titre qu'une fleur ou un enfant. Tu vas devoir travailler, te concentrer et t'exercer. Et bientôt, tu ne seras plus passif. Tu ne seras plus un simple contenant, véhicule ou récipient, appelle ça comme tu veux.

– Comment ? Comment suis-je supposé faire ça, moi ? Je ne peux avoir derrière les yeux les images d'un passé qui ne m'appartient pas ! Que je ne connais ni d'Ève ni d'Adam !

– Si. Justement. Aussi fou que cela puisse paraître, bientôt, ce sera le cas.

– Je ne comprends pas. Je ne comprends rien. Et cela commence à me rendre fou, cette impossibilité d' éclaircir mon esprit. De le reposer un instant.

– C'est pourtant simple. Tu es une sorte de médium. Tu es là, devant moi, et si tu le voulais, quelqu'un pourrait simplement s'inviter en toi, prendre place et possession de ton corps. Il pourrait dérouler ses pensées dans ta tête, étirer ses bras sous ta peau, racler ta gorge pour faire sortir ses mots de façon limpide.

– Donc, imaginons que je sois Rocco Siffredi, est-ce que mon pé…

– Un autre exemple, Max.

– D'accord… Voyons, si je suis Mickael Jackson, j'aurai son déhanché légendaire, sa voix, ses affections tendancieuses pour les enfants et la chirurgie esthétique ?

– Absolument. Tu as bien saisi le concept.

– Mais si je n'arrive pas à m'en débarrasser ? Si je ne peux plus me retrouver, qui que je sois ? C'est trop… effrayant comme perspective. Je pourrais ne plus jamais être juste moi.

– Non. Dis-toi juste que ces identités, ces apparences, sont comme des vestes que tu enfiles. Il te faudra t'habituer à la couleur, aux tissus, aux couleurs, en apprécier le toucher et les boutonner Mais tu pourras t'en défaire tout aussi facilement. Tu peux convier et congédier selon ton bon vouloir.

– Mais je ne veux pas. Je ne veux rien, ni personne d'autre que moi. Moi, Uwe. Comme si ce n'était déjà pas assez compliqué d'être soi-même, de discerner ce que l'on croit vraiment, de comprendre ce que l'on veut ou de construire sa propre personnalité…

– Tu n'as plus besoin de songer à tout cela. Désormais, tu sais qui tu es. Tu es…

– Le Cavalier Noir. Merci, vous m'avez déjà vendu l'article. Et je fais quoi, maintenant ?

– Des exercices pratiques, je suppose. Tu vas t'entraîner. Tout simplement.

Je me disais que c'était une bonne idée, ça. J'aurais pu commencer immédiatement, par ailleurs. Avec lui, mon cher oncle qui semblait voir en moi un Être si supérieur qu'il taisait son identité avec une crainte mystique intrigante.

– Non, Max. N'y pense même pas. Tu ne dois pas faire ça avec moi. D'ailleurs, le jour où tu maîtriseras parfaitement ton don, ce… cette apparence que tu prends devant moi ne se présentera plus à mes yeux. Je n'aurai plus ces révélations. Tu n'en auras plus besoin, tout bêtement.

Tout à coup, je me sentis exténué. J'étais comme écrasé par une fatigue insoutenable, accablante et morbide. Je n'étais tout simplement pas intéressé par cette sorte d'existence, cette proposition de destin qu'on ne me laissait pas le choix de décliner. Je n'avais pas envie. Je voulais poser ma tête sur mon oreiller brodé main à mes initiales, m'endormir pour une douzaine d'heures et me réveiller dans mon autre vie. Celle d'avant toute cette absurdité. Je voulais me lever l'esprit vide d'idées dévorantes et prendre mon petit-déjeuner, immergé dans les odeurs des choix alimentaires aberrants de Père. Même lui finissait par me manquer, non pour ce qu'il avait été mais pour cette période bénie de laquelle il était indissociable. Sa mort avait été une sorte de cap : la première conséquence directe, immédiate et funeste de mon pouvoir. Découvrir les secrets d'alcôve de

Mère, subir une déclaration d'amour d'un ami d'enfance ou amortir une gifle hystérique, c'était une chose. Pousser quelqu'un au suicide, c'était tout de suite singulièrement plus problématique. Et je sentais nettement, sans trop savoir pourquoi, que ce ne serait que le commencement d'une longue série de drames personnels, avant même de constituer les prémices de la tragédie humaine.

– Je ne me sens pas très bien. Je… j'ai envie de rentrer à la maison. De me reposer.

– Bien sûr. Je comprends. Laisse-moi biper Savas et en l'attendant, prends place sur la méridienne. Veux-tu que je te fasse apporter quelque chose ? Une boisson chaude ? Quoi que ce soit ? Je suis certain que Ludmilla se fera un plaisir d'…

– Non. Je ne veux rien. Rien que Ludmilla puisse me fournir, en tout cas. Rien que quiconque soit en mesure de m'apporter, en fait. Je vous remercie. Je vais m'allonger un instant. Juste un instant…

Ω

Volker se tenait sur le pas de la porte du domaine, les bras croisés, dans la posture type du propriétaire terrien contrôlant avec hostilité les allées et venues des inopportuns. Car, évidemment, toute personne débarquant sans avoir été formellement conviée pour une raison prédéterminée était indésirable. C'était une mentalité très familière et symptomatique des Von Abbetz. La convivialité, l'hospitalité, la générosité, ce sont des travers de pauvres. Cela se sait bien.

J'avais la tête lourde et les idées embrouillées. Je m'extirpais à grandes difficultés de la berline couleur moka que j'aimais tellement quand j'étais enfant. Peut-être un des rares moments à peu près agréables d'avec Père. L'unique fois où il m'avait pris sur ses genoux, de mémoire, c'était derrière ce volant. Dans un sursaut de paternalisme ou de fierté virile, il tentait de partager sa passion. Je peux presque revoir ses mains longues et fines de pousseur de crayons positionner les miennes, à 10h10, puis les recouvrir entièrement de ses doigts délicats. C'est un souvenir heureux, je crois, bien qu'entaché de tout ce qui s'est produit après, et si souvent.

Je m'étais assoupi dans le bureau d'Uwe et c'était Savas qui m'avait réveillé, de sa voix à la fois grave et douce. Une fois dans le véhicule, j'avais exigé que l'on roule lentement. Non seulement je n'étais pas pressé de rentrer, mais de surcroît, rien ne me berce ni ne me rassure davantage que les vibrations du moteur, la sensation d'être porté ailleurs. J'aimais ce moment où je savais que je glissais dans la torpeur et que ma tête dodelinait gentiment. C'était un demi-sommeil, une moitié de réconfort. Je crois que je n'aurai de toute façon plus jamais de paix complète.

– Maximilian ! Uwe m'a prévenu de ton retour ! J'avais raison, tu vois !

– Je vois.

J'étais sur le point de le dépasser pour pénétrer à l'intérieur, mais Opa n'était visiblement pas décidé à m'octroyer un peu de répit. Il me suivait comme une ombre particulièrement sombre.

– Nous pourrions en profiter pour avancer notre grande discussion, qu'en penses-tu ?

– Dans l'immédiat, je souhaite m'allonger un peu. Nous verrons plus tard.

– Permets-moi d'insister, fils. Je…

– Je ne suis pas votre fils. Et je ne vous permets pas d'insister.

Je pénétrais dans l'ascenseur (oui, les riches dépensent des fortunes pour construire des baraques de cinq étages, mais sont paradoxalement très économes d'efforts physiques) et lui fis signe de ne pas monter à bord. Il me lança un regard de défi que je n'évitais pas. Cette détermination jointe à mon mépris acheva sans doute de lui confirmer qu'il n'était pas maître des lieux. Je me sentais soulagé de pouvoir dénouer ma cravate, ôter mes souliers et m'abandonner à la mollesse de mon édredon. Mais cette sensation s'évapora instantanément lorsque je remarquais sur mon secrétaire un document parfaitement mis en évidence. Je soupirais déjà intérieurement en saisissant la liasse indigeste d'un charabia juridique me stipulant que jusqu'à ma majorité, Volker avait la gestion du patrimoine familial ainsi que le contrôle des cordons de la bourse domestique. Grosso modo, tout pouvoir lui était octroyé. Bien sûr, je m'étais douté qu'il procèderait à semblable action. Non qu'il en ait eu besoin, financièrement parlant. Il existe un niveau de richesse où l'on ne se fatigue pas pour quelques millions de plus ou de moins. En revanche, il n'existe aucune limite définie quand il s'agit de faire chier ou d'asseoir une autorité contestée. L'ego n'a ni honte, ni scrupules.

J'aurais pu faire fi de tout ceci et me coucher, mais je craignais que cela ne diffère de quelques minutes mon repos de guerrier. De plus, je répugne à m'étendre lorsque je n'ai pas la conscience claire et l'âme dégagée. Bon gré mal gré, j'étais contraint de lui accorder cet entretien qu'il réclamait et jugeait si urgent. Je repris donc en sens inverse le chemin de dédales, de couloirs et de vestibules. Lorsque l'ascenseur rouvrit ses portes, je constatais avec agacement et lassitude que Volker n'avait pas bougé. Il m'attendait, droit comme un i, les mains dans les poches et un sourire narquois maquillé sur sa vieille bouche plissée. De toute évidence, j'étais une personne aux réactions parfaitement prévisibles.

– Allons dans le petit salon. Il est chaleureux et nous aurons volontiers besoin de cette atmosphère pour briser la glace entre nous, n'est-ce pas ?

– J'ignorais qu'un poète, de basse qualité bien sûr, sommeillait en vous, cher Opa. Mais je vous suis.

Il interpellait un domestique au passage pour ordonner que l'on apporte deux Bloody Mary. J'ai toujours adoré qu'on décide pour moi de ce qu'il convenait que je bois, mange, inhale ou pense…

– Je vous remercie pour cette délicate attention, mais je n'ai pas soif.

– Les deux sont pour moi, je te rassure.

Nous avons pris place dans les fauteuils en cuir brillant si confortables de cette pièce entièrement boisée que Mère avait pris soin de décorer entièrement. Le plafond à caissons suscitait toujours l'intérêt puis l'admiration des rares visiteurs autorisés à pénétrer ce lieu réservé au cercle le plus privé de nos amis.

Je n'avais pas envie de parler mais encore moins celle d'écouter. Je ne voulais même pas l'entendre entamer le débat quant à l'avenir des entreprises ou le laisser me dresser un bilan comptable flou dans le but de me faire croire que je ne saisissais pas la charge globale de toutes les administrations, etc. etc. En vérité, je m'en moquais. Comment écourter la torture ? me demandais-je inlassablement tandis qu'il sirotait bruyamment son cocktail écœurant. Autant joindre l'utile à l'agréable. J'allais tout simplement m'exercer, comme Uwe me l'avait recommandé. Ainsi, j'apprendrais certainement de quoi faire peser sur la conscience, ou ce qui s'approchait le plus de cette notion, de mon nouveau régent. Cela ne mit pas longtemps à s'installer. Je m'efforçais simplement de faire le vide en moi, de nettoyer mon esprit de mes propres pensées pour laisser à mon « invité » la place de déployer les siennes. Ce n'était finalement pas si compliqué que cela. J'avais la sensation de prendre de la distance avec moi-même, de me détacher de mon corps.

Des images affluèrent vers mon cerveau. Des émotions étrangères. Des lieux inconnus. Des visages que je n'identifiais aucunement. Puis des pensées que je ne concevais pas se mirent à jaillir pour raviver des souvenirs qui ne m'avaient jamais appartenu, des réflexions qui ne me ressemblaient pas. Je devenais un autre. Je le sentais. Lorsqu'il se décida à poser son verre et à lever les yeux vers moi, Opa sembla saisi d'effroi. Il déglutit lentement tandis que le rouge de ses joues, attribuable en partie à l'alcool, quittait son visage. C'est alors que j'entendis la voix de mon « passager » s'extraire du souffle de mes poumons et franchir mes lèvres. Enfin, des nôtres.

– Bonjour Volker.

– Jacob ?

– Mais oui. Tu ne me reconnais pas ? Pourtant, je n'ai pas pris une ride. Grâce à toi, d'ailleurs…

– C'est impossible… Tu ne peux pas être là…

– Et pourtant… Veux-tu que je te serre la main pour te prouver que tu ne rêves pas ?

Mes yeux virent en effet un bras droit s'avancer vers lui, plus large et franc que le mien, avec un poignet robuste couvert de la manche d'une veste dont l'étoffe semblait démodée. D'un autre temps.

– Ne me touche pas ! Tu ne peux pas être réel ! Tu es…

– Mort. Oui, je le sais aussi bien que toi. Je n'ai pas oublié dans quelles circonstances, d'ailleurs.

– Je n'avais pas le choix, Jacob. Je… ça m'a arraché le cœur et je n'ai jamais pu trouver le repos de l'âme à cause de cela, crois-m…

– Te croire ? Mais de quelle âme parles-tu au juste, Volker ? De quel cœur ? Tu n'es rien. Tu n'es personne. Et j'ai été si sot, si inconséquent de ne pas m'en apercevoir, de refuser de considérer les mises en garde que l'on me faisait contre toi. C'était une erreur de jeunesse. Tout le monde en commet. Quand la première ne met pas fin à ta vie, je veux dire.

– J'étais sincère. J'étais vrai avec toi. Et personne, jamais, n'a comblé le vide de ton absence.

– Une absence ? Mais je ne suis pas parti momentanément, quelques heures. Tu m'as condamné à mort, Volker. L'aurais-tu oublié ?

– Jamais. Comment le pourrais-je ?… C'est drôle, tu sais : mon corps est dévoré de petits cancers, de phlébites, d'ulcères et d'escarres. Mais ma tête, ah ma tête… Cette salope reste intacte. Bien rangée, toute propre. J'ai supplié Dieu de me donner Alzheimer, n'importe quoi qui m'offre le bienfait de l'oubli…

– Pourquoi te ferait-Il un si grand cadeau ? Qu'as-tu fait pour le mériter depuis toutes ces années, dis-moi ? As-tu ne serait-ce que tenté d'expier tes péchés, de racheter ta conduite ? D'une autre façon qu'en signant un chèque j'entends bien.

– Ce n'est pas si simple que cela, tu le sais. Ça n'a jamais été simple…

– Oui je le sais. Ça ne l'était pas. Mais je ne suis pas certain que ce que tu as choisi de faire l'était davantage.

Les pupilles de mon grand-père s'embuaient dangereusement. Il avait beau battre des cils pour retenir les larmes qui diluaient son regard déjà si clair, les premières gouttes ne tardèrent pas à perler et il n'esquissait aucun geste pour les faire disparaître.

– Il est bien tard pour pleurer, mon vieil ami.

– Ce n'est pas aujourd'hui que je commence. Crois-moi si tu le peux. Ma vie n'en finit pas. Je souhaite parfois qu'elle s'écourte enfin, pour que ce mauvais film qui se rembobine chaque jour dans ma tête s'achève. Je rêve d'un écran de neige derrière mes yeux…

– J'ai connu la neige. Il y en avait beaucoup en Pologne. Et j'avais si froid, dans mon pyjama rayé… Tu dois avoir beaucoup de pyjamas rayés, non, Volker ? En soie délicate et chaude, avec de beaux liserés et des couleurs chatoyantes. Le mien était plus modeste. Le tissu mélangé était rêche, épais mais éternellement glacé. Il était moins joli, surtout avec une étoile de David additionnée à ce triangle rose distinctif, cousus sur ma poitrine. Une couleur de petite fille, choisie spécifiquement pour m'humilier, pour ridiculiser ma masculinité… As-tu la moindre idée de ce qu'un juif homosexuel pouvait subir au camp d'Auschwitz-Birkenau ? Sais-tu que l'on coupait ce triangle-ci plus grand que tous les autres pour qu'on soit immédiatement identifiés ? As-tu entendu le surnom dont on affublait les gens comme moi ? Les gens comme toi ? Dis-moi que oui, Volker, sans cela je vais être obligé de te l'expliquer. Et ce n'est pas une histoire comme celles que tu me réclamais. Te souviens-tu de mes histoires ? Tu les aimais tant. Tu posais ta tête sur mon épaule nue et nous fumions nos longues cigarettes, allongés, nos regards crevant le plafond de ma chambre d'étudiant. Et je te parlais, pendant des heures, de philosophie, de littérature. De politique aussi… Tu te fichais que je sois Juif. Et je me moquais que tu sois nazi. Même si cette indifférence commune faisait de nous des traîtres ou des monstres. Dis-moi que tu te souviens, Volker.

– Bien sûr. Bien sûr que je me souviens…

– J'ai beaucoup de souvenirs, moi. Tu te doutes bien que dans le camp, c'était tout ce qu'il me restait. Je m'accrochais à toi, à l'idée de toi. Je fermais les yeux en pelletant la neige ou en piochant et j'essayais de me rappeler ton odeur. Ta peau. Je nourrissais l'espoir que tu tenterais tout pour me sortir de là. J'en étais tellement sûr. Lorsqu'un jour s'éteignait, je me disais « pas aujourd'hui, mais demain. Demain Volker sera là » et cela me faisait tenir bon. Même quand les kapos pissaient sur mon visage, me violaient et me frappaient. Même lorsque je subissais des tortures si savantes et raffinées que tu ne pourrais les imaginer. Et vraiment, je tenais bon.

C'était atroce. Moi, Maximilian, je pouvais en témoigner. Je ressentais les douleurs qu'on lui avait infligées. Je vivais son calvaire en esprit. Je souffrais au-delà des mots et des sens.

– Je t'en supplie, tais-toi. Pitié. Pitié Jacob…

– Je n'en ai plus. Je suis désolé. Veux-tu savoir quand j'ai cessé de tenir bon ? À quel moment précis j'ai lâché prise ?

– Je ne suis pas certain de pouvoir en entendre davantage… Je…

– Il le faudra bien, pourtant. J'ai abandonné tout espoir et perdu courage lorsqu'un kapo particulièrement bien renseigné et malveillant m'apprit la vérité. Je veux te l'entendre dire, cette vérité, Volker. Je suis là pour ça, n'est-ce pas ? Pour quelle autre raison me garderais-tu si vivant dans ton esprit, sans cela ?

– Parce que je t'ai toujours aimé. Je t'aime encore.

– Drôle d'amour. Étrange amour que le tien.

– Et pourtant…

– J'attends.

– La vérité… Un ami de mon père nous a vus ensemble, un soir où nous nous séparions sous le porche de la maison dans laquelle tu vivais. Dans laquelle je te rejoignais. À Frederikstrasse[1]. Avec le temps, et la passion, nous avions relâché notre vigilance. Nous étions imprudents et déraisonnables… Et tellement, tellement inconséquents.

– Je suis le seul à avoir été puni de cette inconséquence, tu l'admettras volontiers.

– Pas autant que tu le crois. Mon père est venu me parler dès qu'il a su. Dire qu'il était fou de rage serait encore très en deçà de la réalité. Il a d'abord demandé, presque supplié, que je dise que tu avais abusé de moi. Que je n'étais pas consentant. Mais je n'ai pas pu. Je t'aimais si fort. Tu étais tout pour moi. Mon frère, mon ami. Mon amant. Il m'a alors dit des choses que je ne peux même pas me répéter à moi-même sans avoir envie de vomir. De mourir. Il m'a

---

[1] Rue Frédéric.

ensuite frappé, si violemment que mon visage ne retrouva plus jamais ses traits passés. Une fois exténué par sa propre rage, il a pris le temps de me regarder, son nez presque collé à ce qui restait du mien. Il m'a dit « maintenant, je vais appeler la police et tu leurs diras que c'est ce Jacob Stern qui t'as molesté. Si tu n'obéis pas, je te jure par tous les Saints et même Dieu en personne que son sort te paraîtra enviable et coquet en comparaison de ce que je te réserve ».

– Alors tu l'as fait.

– Alors je l'ai fait. Et tu as été arrêté dans l'heure. Sur sa demande et grâce à ses relations, tu as été soustrait à toute forme de procès, évidemment. L'affaire ne s'est pas ébruitée. C'eut été un scandale sans précédent et mon père aurait préféré m'étouffer de ses propres mains que de voir son nom sali. Son fils : un sodomite ? Avec un Juif, pour couronner le tout ? Jamais. *Unannehmbar*[1]. Voilà tout ce que Père était capable de répéter. Le seul mot qu'il concédait de me cracher les rares fois où il s'adressa encore à moi par la suite. Ce n'est pas faute d'avoir tout tenté pour lui faire oublier mon… « travers ». Je me suis efforcé de devenir le meilleur des fils selon ses critères et, du coup, le pire des Hommes. Tout ça pour satisfaire ses exigences. Vainement. En ce qui te concerne, je n'ai pas su immédiatement ce qu'il avait fait de toi. J'étais assigné à demeure, mais je n'aurais de toute façon pas cherché à m'échapper. Pour aller où ? Et vers qui ? Je n'avais plus personne et mon visage aurait épouvanté n'importe qui. Je n'osais prononcer ton nom, bien que je mourrais intérieurement de ne pas en savoir plus. Personne ne m'a prévenu, tu penses bien. Je suis retourné à Frederikstrasse, longtemps après, quand j'ai

[1] *Inacceptable.*

pu échapper à mes geôliers de fortune. Ta chambre avait été louée à quelqu'un d'autre et il ne restait plus rien de toi. Même pas une impression dans l'air pour témoigner que tu avais bien existé. Que je ne t'avais pas inventé. J'ai voulu en savoir plus, des années plus tard même. Mais, malgré mon nom célèbre et ce qu'il supposait d'influence, je pense que des consignes avaient été données pour que je n'apprenne aucun détail de ta condition ou de ta fin. Parce que je me doutais parfaitement que tu n'en avais pas réchappé. Mais cela ne m'a jamais empêché d'en rêver, Jacob.

Je me mis à penser que nous avions au moins cela de commun, Volker et moi. Nous paraissions inacceptables aux yeux de nos pères respectifs. Nous étions « inacceptés », surtout. C'était perturbant, ce pouvoir qui me permettait de voir l'envers d'un décor vu et revu tant de fois qu'on ne le regarde plus. Qu'on n'approche pas d'assez près pour voir les ratures, les défauts, les choses qui jurent avec le reste. Je croyais que ma capacité révélait ce qu'il y a de plus monstrueux en chacun. Je découvrais qu'elle me permettait surtout de voir l'humain. Et ce qu'il y a de beau et de triste à la fois, c'est qu'ils vont toujours de paire. J'avais envie que mon grand-père puisse trouver la paix, même si je ne m'expliquais pas tout à fait cette indulgence soudaine. Je me disais simplement qu'une vie gâchée suffisait amplement, que les prolongations à rallonge étaient superfétatoires. Je pouvais peut-être lui offrir une sorte d'euthanasie spirituelle, qui sait.

– Tu es resté si jeune. Si beau. J'ai honte d'être un vieillard devant toi, Jacob. J'ai honte de beaucoup de choses. Si seulement tu pouvais me pardonner, parce que, je sais que tu as souffert mais au moins, la Mort a voulu de toi. Moi, je vis une agonie lente depuis toujours. J'ai fait semblant, toute ma vie durant. J'ai joué à l'époux, au séducteur amateur de jolies femmes, au bon vivant, adepte de bonne chair, de vins et de plaisirs primaires. En réalité, dès ta disparition, mon monde est devenu fade, monochrome. Tout ce qu'il y avait de beau et de bon à mes yeux avait disparu. Tu m'as tellement manqué Jacob.

Il était digne et viril en disant cela. Incroyablement sublime, surtout. Quelque chose de neuf l'illuminait de l'intérieur. Il paraissait enfin habité par quelque chose d'autre que l'amertume et la cruauté.

– Tu ne vas pas partir sans moi, n'est-ce pas ? On ne s'est pas retrouvés pour se quitter déjà ?

Moi, Jacob, nous deux peut-être, nous fîmes « non » de la tête. Il prit l'initiative d'ôter ma veste puis de déboutonner ma chemise pour aller m'allonger, le torse dénudé, sur l'immense canapé de la pièce. Juste au-dessus, Mère avait fait accrocher un crayonné au fusain, une merveille de précision et d'innocence. Un faon à l'air triste et grave contemplait mon dédoublement. Jacob fit signe à Volker de me rejoindre et ce dernier n'hésita pas longtemps avant de redresser son vieux corps exténué. J'accueillais sa tête sur mon épaule comme Jacob le faisait jadis. Parce que oui, je me rappelais de tout et ces images d'un autre venaient s'enchevêtrer dans mes souvenirs pour me faire ressentir la tristesse vibrante de l'instant. Je voyais la grande main de Jacob caresser les cheveux de mon grand-père, que je touchais pour la première fois. Je me laissais bercer, tout comme Opa, par son timbre calme et posé. Il lui racontait je ne sais quoi, quelque chose de familier à mon oreille mais je m'endormais doucement. Je pouvais presque percevoir ma respiration ralentir tandis que Jacob poursuivait son conte et, de ce fait, je ne m'aperçus pas que celle de Volker, elle, s'éteignait tout à fait.

Je suppose que je me réveillais lorsque la voix de Jacob se tut et que je reprenais pleine possession de ma personne. La tête d'Opa était lourde sur mon cœur. Inerte, froide. Je le déplaçais lentement et repassais calmement l'uniforme de Sainte-Praxède. Je fermais doucement la porte derrière moi, comme pour ne pas troubler le repos enfin trouvé de mon grand-père. Je ménageais un sommeil dont il ne risquait pourtant pas de s'extraire. Mais je suppose que c'était là une dernière délicatesse que je lui faisais. J'appelais bien sûr un médecin, pour constater le décès. Il concluait à une mort naturelle, ce qui était effectivement le cas. Il était vieux. Il était temps.

Je fis les choses très correctement et de la plus belle manière possible, ce qui ne manqua pas d'étonner un peu Mère et mes sœurs. Néanmoins, elles ne s'exprimèrent pas et me laissèrent décider à ma guise de ce qui semblait convenir. Sans trop savoir pourquoi, je pris soin de faire amener un peu de terre de ce qui reste du camp d'Auschwitz-Birkenau, pour la mêler à celle qui accueillait la dépouille de mon aïeul. Les gens qui s'aiment se font enterrer ensemble. Je tenais à ce que quelque chose de Jacob repose avec Volker, pour me consoler moi-même, certainement. Après tout, il avait au moins été aimé d'une personne, sincèrement, absolument. Cet unique amour était une autre chose que nous avions en commun. Je l'ignorais mais Opa avait eu sa Silke.

Étais-je en train de sombrer dans un sentimentalisme sirupeux et dégoulinant ? Je ne le pensais pas, en toute objectivité. En revanche, je commençais à croire que certaines citations si chères aux cœurs molletonnés des midinettes ne manquaient pas de bon sens. Comme lorsqu'elles répètent à qui veut l'entendre, d'une voix flûtée enrouée de sanglots, qu'on ne prend conscience de la valeur d'une chose qu'une fois qu'elle est perdue pour nous. Peut-être tentais-je de me réaménager une âme, moi qui ignorais sincèrement si le Cavalier Noir en était doté. Je ne savais pas vraiment ce que je faisais et encore moins pourquoi. Le seul constat pragmatique que je pouvais faire était que rien, dans ma vie, ne correspondait aux certitudes que j'avais il y a peu. Je vivais déjà l'Apocalypse. La mienne. Deux options s'offraient désormais à moi. La première : user de mon don pour agrandir le trou dans lequel j'avais déjà jeté deux membres de ma famille et y précipiter ceux dont le sacrifice serait jugé utile à mon apprentissage. Avec indolence, froideur et distance. La seconde : me servir de cette aptitude potentiellement belle pour retaper un peu mon karma délabré et ainsi, me faire un peu moins horreur. Prolonger quelque peu cette succession de déceptions appelée « vie » et tenter de la rendre un minimum valable.

Je ne m'étais pas encore décidé pour l'une ou l'autre solution, à dire vrai. J'espérais que la réponse s'imposerait et patientais sagement en attendant. Pendant ce temps-là, je ferais ma foi ce que bon me semblerait et ce qu'agréable me paraîtrait. Ne jamais remettre à demain le plaisir que l'on peut prendre aujourd'hui, telle avait toujours été ma bannière même si je l'avais délaissée depuis quelques jours. Il était temps de reprendre du service sous ce drapeau.

Ω

– Montez, cher oncle !

– Maximilian, dois-je te rappeler que tu n'as pas le permis de conduire ?

– Non. Et moi, dois-je vous rappeler que, grâce à mon super pouvoir, je sidèrerai quiconque serait tenté de m'arrêter en me transformant en Bruce Willis ?

– Bruce Willis ?!

– Évidemment ! Dans la mesure où nous parlons de cette corporation basse du casque et limitée du bulbe, corruptible à souhait et adoratrice de blockbuster américains qu'est la gendarmerie française. Je suis prêt à parier quelques lingots que n'importe quel représentant des forces de l'Ordre me verra en John McClane ou autre Korben Dallas. C'est tellement prévisible. Mais je ne vous cache pas que cela ne me déplairait pas de me glisser dans ce corps-ci pour en profiter un peu…

– Admettons que je sois soudainement frappé de déraison et que je décide de t'accompagner au péril de ma sécurité. Où irons-nous ?

– Suivre vos propres conseils, évidemment, monsieur le guide spirituel. Apprendre, grandir et blablabla. J'ai besoin d'explorer mes nouveaux… attributs. Et en tant que garant de ma Mission et protecteur désigné, vous vous devez de m'escorter.

– Je ne pense pas que ma compagnie te soit réellement indispensable, Max.

Je crispais mes doigts sur le volant de la LeBaron très « old school » que Père aimait particulièrement, et qui n'a pas franchement d'autre valeur que sentimentale.

– Mon oncle, vous êtes la seule personne avec laquelle je puisse échanger quant à tout cela. Vous êtes mon unique interlocuteur et je ne vous cache pas que je ne me suis jamais senti à ce point égaré, confus et profondément nécessiteux d'une présence bienveillante. Je ne peux rien dire, à personne. Que ce soit Mère ou Côme, Valère, et même Savas : aucun ne peut partager une telle révélation si ce n'est vous. J'ai l'impression que ce secret m'éloigne même de Silke. S'il vous plaît. Ne me laissez pas. Pas aujourd'hui.

– Tu as peut-être une dispense de cours, mais moi, j'ai un office qui commence dans moins d'une heure. Je ne peux décemment pas me dédouaner de mes responsabilités paroissiales.

– Faites l'église buissonnière ! Pour une fois, une toute petite minuscule et ridicule fois dans votre vie. Laquelle, je vous le rappelle, risque de se terminer sous peu, rapport à mon prochain stage non rémunéré effectué dans le cadre de mon destin mystique… Donc, faites ce que vous voulez, mais il me semble que ce n'est pas comme ça que vous gratterez une ou deux auréoles en plus. Au contraire. Vous êtes mon objecteur de conscience, mon chef scout, mon sergent instructeur, le mode d'emploi de mon étagère Ikéa, la moustache de mon Dali, le boulet de mon pied, la…

– C'est bon, ça suffit. Je pense avoir saisi l'idée globale, je te remercie…

Il prit un instant pour réfléchir, hésitant et troublé mais prêt à rendre les armes. Alors que j'espérais qu'il prenne place à mes côtés, il vint ouvrir ma portière.

– J'irai où bon te semble mais n'espère pas que je te laisse conduire.

– Pourquoi ? Je ne peux pas mourir : je suis un Cavalier de l'Apocalypse et, que je sache, elle n'a pas encore eu lieu. On a donc encore besoin de moi et je suppose que le bitume préfèrerait se matelasser sous mes roues que de me voir embrasser le pare-brise et abîmer ainsi ce minois sans rival digne de ce nom…

– Oui. Toi, certainement. Mais tu comprendras aisément que, ceci n'étant pas mon cas, je ne souhaite pas tenter le diable en m'asseyant à la place du mort.

J'émettais un soupir extrêmement exagéré pour appuyer mon agacement un peu puéril de me voir privé d'une forme d'émancipation anticipée.

– Soit… Quel dommage que je n'apparaisse pas devant vous sous les traits de Sébastien Loeb. Si le clergé vouait un culte aux sports mécaniques, je…

– Trêve de bavardage. Tu râleras tout aussi bien à ma droite. Allez. Je compte jusqu'à trois.

« Je compte jusqu'à trois ». L'entendre dire cela m'avait fait sourire et procuré une sorte de nostalgie. C'est une phrase que l'on ne dit qu'aux enfants généralement, lorsqu'on s'efforce de les soumettre à une autorité bienveillante. La plupart du temps, l'adulte entame son compte et obtient satisfaction dès le « un ». Il doit parfois pousser jusqu'à deux pour observer son minuscule adversaire obtempérer, résolu à échapper à une punition indéterminée, une menace que l'on n'a même pas pris soin de verbaliser. Père ne comptait pas jusqu'à trois. Il l'annonçait, évidemment, avec l'exacte même phrase que celle d'Uwe et de milliers de parents. Mais disons que la patience n'était pas sa grande vertu, au cas où un dernier doute planait sur le fait qu'il en ait eu quelques unes. Il me disait, avec une rage rentrée disproportionnée face à mes forfaits : « je compte jusqu'à trois, Max. Un… » et le coup partait sans attendre. Je crus longtemps que Père ne savait pas compter et qu'ainsi, il devait sa grande fortune à l'intelligence et l'obséquiosité de ses conseillers. Un jour, je lui avais demandé pour quelle raison il ne patientait pas jusqu'à « trois » avant de sévir. Il avait souri, si l'on peut qualifier de sourire cet éternel rictus moqueur et cruel, et m'avait lancé « parce que j'ai toujours trop hâte pour attendre ». C'est peut-être à cet instant-ci que j'avais réalisé que, sans l'ombre d'un doute, Père ne m'aimait pas.

– Trois, Max. Trois, tu m'entends ? Quatre… Douze… Vingt-huit mille… Maximilian, reviens sur Terre…

– Comment ?… Oui, excusez-moi: prenez place… Pardon.

– Je t'en prie. Bien. Où est-ce que je vous conduis, Monsieur ?

– Je ne sais pas… Il faut que ce soit un endroit que je ne connais pas. Où je ne suis jamais allé… Quelque chose de folklorique. D'exotique, suis-je tenté de dire…

– Ne me dis pas que tu songes à une maison close ou un bar à hôtesses ?

– Mon oncle, enfin ! Je vous ai dit un endroit que je ne connais pas… Non, rien de ce genre-là, je vous rassure.

– Je présume que tu penses à un gentil glacier du centre ville ou à la piscine municipale…

– Perspective amusante en effet. Il paraît que ça se fait encore, les piscines municipales. Ce doit être vraiment pittoresque et dépaysant, bien qu'il y ait des façons plus divertissantes de contracter des mycoses. Enfin, merci bien mais non. Voyons… Ah, mais bien sûr ! Comment n'y ai-je pas pensé plus tôt ! Uwe : emmenez-nous à la prison la plus proche !

– Quoi ?! Mais tu es devenu complètement fou, Max ! Qu'est-ce que tu veux qu'on aille faire dans un endroit pareil ?

– Connaissez-vous un lieu plus propice au développement de mon don destructeur ? Vous préférez peut-être que je me rende à Disneyland et que je prenne les traits de Mickey ? Comme ça, je générerais une belle émeute, une excitation telle que tous les chérubins innocents m'entoureront de leurs petites mains sales et griffues, se disputant mes faveurs ! Ils s'éborgneront les uns les autres ou planteront leurs mignonnes dents de lait dans les carotides des copains ! Délicieux, non ?

– Mais s'attaquer à des détenus est tout aussi cruel ! Ils purgent leur peine et paient ce qu'ils doivent à la société en effectu…

– Pitié ! Épargnez-moi votre prêchi prêcha, mon oncle. Cela fait partie des dommages collatéraux. Je sais, cela vous titille dans votre Nouveau Testament interne et perturbe votre bonne conscience.

– Il ne s'agit pas que de cela. On trouve plus de caméras dans le milieu pénitentiaire qu'au musée du Louvre. Comment envisages-tu de contourner cette difficulté ?

– Quelle difficulté ? En admettant que j'apparaisse sous mes véritables traits à l'écran, les responsables du lieu auront la plus grande peine du monde à expliquer leur comportement avenant et soumis envers un lycéen escorté d'un curé. Ils n'iront pas s'en vanter et je compte absolument sur leur discrétion très intéressée. Au pire, ils me chercheront. Et me retrouveront.

– Et ? Comment te débarrasseras-tu du problème ?

– Comme je l'ai toujours fait sans avoir conscience de

la petite magie de la chose : en les charmant. Soyez serein, cher oncle. Remettez votre sort entre les mains de l'Éternel, comme d'habitude. Et entre les miennes, en passant. Surtout, s'il vous plait, épargnez-vous cette crise de foi, si je puis dire. Ne suis-je pas l'instrument de la Volonté et de la Justice ?

– Si, bien sûr. Mais je crains que tu ne songes davantage aux tiennes en cet instant précis.

– Disons simplement que le Seigneur et moi-même avons des intérêts communs, pour une fois. Et puis, il serait de bon ton qu'avant la Fin des Temps, un Von Abbetz se positionne clairement contre toute forme de criminalité et s'illustre autrement que par le viol, le blanchiment d'argent et le trafic d'influence… Nous allons croiser des collègues de Père, réjouissez-vous. Peut-être même quelques Frères du Séminaire dans l'aile réservée aux prédateurs sexuels… Quoique, vous n'avez peut-être pas tort : si je cherche des véritables truands et escrocs, nous devrions nous rendre à l'Assemblée Nationale, non ? Qu'en dites-vous ?

Uwe a vraiment beaucoup de qualités et je ne m'aventurerai pas à en dresser la liste au risque de ne pas lui faire suffisamment honneur. En revanche, il est remarquable que l'humour et le second degré ne sont pas parmi ses attributs les plus flagrants. Je crois même pouvoir dire, sans être pour autant plus présomptueux que d'ordinaire, que je suis le seul mâle Von Abbetz qui sache rire, se divertir et assumer sa quête des plaisirs. L'austérité ne flatte pas mon teint, et celle dans laquelle je me complaisais depuis l'annonce de ma situation commençait sérieusement à me lasser. Quoi que l'on puisse dire, la nature d'un Homme reprend inévitablement l'empire de son esprit et gouverne ses pas. Les miens, eux, finissent inexorablement par se faire légers, même lorsque la marche est un peu forcée. Je feignais sans doute la bonne humeur mais je ne connaissais de meilleur moyen pour l'attirer, l'installer et la convaincre de rester en ma compagnie.

– J'en dis que, quoiqu'il advienne, je crains parfois que tu ne restes toujours un peu enfant, Max…

– Sans doute. Mais, pour croire aux légendes, aux épopées mythologiques, aux Cavaliers et toute la joyeuse compagnie, cela me semble plus que nécessaire, non ?

Je regardais son profil se découper dans la lumière du jour. Sa mâchoire se crispait pour ne pas m'objecter un argument inadéquat car inutile. Je le soupçonnais d'être curieux, au fond, d'observer ce que je pouvais faire de mon talent, même si rien ne le trahissait. Son regard se bornait à fixer l'horizon, se faisant une mission de rester droit, imperturbable. Uwe était beau. Je comprenais sans difficultés que Mère ait pu s'éprendre de lui.

– En parlant de contes invraisemblables, connaissez-vous celui de la triste duchesse Einsamkeit qui était amoureuse du joli prince Himmel ?

Ω

– Bordel, putain… Pardon, Monsieur. Je m'excuse… Je vous prie d'accepter mes excuses, je veux dire… Je…

Je n'étais pas certain d'avoir identifié mon apparence. J'étais dans un corps de taille très moyenne, nerveux et secoué de mouvements anarchiques et autres tics. Je trouvais par ailleurs mes souliers fort inconfortables pour une raison que je m'expliquais lorsque j'y regardais de plus près. Il est vrai que je n'avais jamais porté de talonnettes auparavant.

– C'est bon. Ouvrez-nous.

– Bien sûr. Tout de suite Monsieur le Président.

Il avait failli s'étaler en se prenant les pieds dans les roulettes de son fauteuil de surveillance. La paroi vitrée le séparant des visiteurs avait subi des assauts antérieurs, comme le prouvaient des éclats à moult endroits. La porte ne tardait pas à s'ouvrir sur l'agent pénitentiaire dévot et intimidé au point d'en avoir les extrémités tremblotantes. J'hésitais à fournir une explication quant à cette visite improvisée et sans doute peu protocolaire, mais pourquoi l'aurais-je fait ? Comme l'aurait dit un autre illustre capricieux égotique : « l'État, c'est moi ». Nous passions le premier portique de sécurité et, évidemment, le détecteur d'objets métalliques se déclencha. Tandis qu'Uwe semblait tout disposé à vider ses poches, ôter ceinture et chaussures, je lui intimais d'un regard ferme de s'en abstenir. Comme prévu, notre guide n'objectait rien et fit celui qui n'avait pas entendu. Il nous précédait de plusieurs mètres, comme voulant nous préparer le passage, ce qui était un brin théâtral dans la mesure où les dédales étaient déserts. Voilà une prison comme je (le président) les aime : nette, disciplinaire et silencieuse. Ce serait d'excellents clubs de loisirs, ces petites maisons d'arrêt aux cœurs des villes. Il y avait des salles de musculation, de vastes cuisines et un tas de petites chambres individuelles qui donnaient sur une belle cour intérieure. Goudronnée, certes, mais c'est bien plus commode ainsi pour faire du roller. Non, vraiment, cela me (à moi, le président) paraissait véritablement idyllique, le petit détail de la faune en présence mis à part…

– Emmenez-moi dans l'aile des parloirs.

– À vos ordres, Monsieur le Président.

C'était bien moins bucolique que les compartiments vitrés avec téléphones pour communiquer qu'on voit continuellement dans les séries américaines. Ici, il s'agissait davantage de minuscules cabines d'essayage, tant en raison de la superficie que de l'isolation phonique. Elles étaient toutes accolées les unes aux autres et contenaient au maximum deux chaises. Parfois, une petite table vétuste et couverte d'éloges aux mamans.

– Expliquez-moi.

– Ça ? Ben, c'est simple : le détenu rentre par la porte, de l'autre côté, qui donne sur la détention. Le visiteur, il rentre par l'autre, celle-là en l'occurrence, qui donne sur l'accueil. Vous constaterez qu'elles sont toutes vitrées, ceci afin de permettre en quasi-permanence le contrôle impromptu de ce qui se passe. On essaie de faire des allers-retours plutôt que de rester collé parce que ça a tendance à énerver un peu. Mais on a l'œil.

J'inspectais soigneusement l'endroit, en entrant de plain-pied dans un de ces parloirs typiquement français. C'était évidemment sale, une improbable moquette couleur framboise écrasée faisait office de papier peint et plusieurs chewing-gums y étaient collés. Les chaises étaient soit bancales soit carrément défoncées. Il n'y avait pas de plafond, mais les parois s'élevaient à plus de deux mètres ce qui empêchait toute communication visuelle ou échange d'objets. Plus haut, une sorte de toit vitré qui aurait permis de voir un peu de ciel s'il n'était pas opaque, et qui offrait certainement une chaleur inhumaine en été. Bizarrement, je doutais que l'air conditionné, le confort et autres précautions soient des priorités de l'administration en présence. Et en digne ersatz du chef de cette dernière, je n'allais évidemment pas commencer un long plaidoyer en faveur des droits de l'Homme et autres balivernes sentimentales.

– Et pour les relations sexuelles ?

– Prohibées, Monsieur le Président. Interdiction formelle de fornication intempestive. Certains collègues sont plus coulants et ferment les yeux, histoire d'avoir un peu la paix. Ça se sait qu'un détenu « soulagé », si je peux dire, sera moins tendu. Sans jeu de mots, Monsieur le Président.

– Dans ce cas, pourquoi ne pas les autoriser ?

Regard hébété. Attention, je devais être vigilant. Je devais impérativement ne pas choir du piédestal sur lequel il m'avait placé. J'ajoutais donc en guise de ponctuation un clin d'œil discret et complice qui fit un effet rassurant instantané.

– Vous me testez, c'est ça ! Il est joueur, hein, notre Président. Bah mettons que c'est par idéologie, quoi. Ils sont en prison, y a une raison à ça, faudrait pas non plus qu'ils se croient au club Med. Et puis, moi, ça m'incommode l'idée de faire rentrer des filles pour eux, si vous voyez l'idée. Je suis pas un proxénète. Faut faire régner un peu d'ordre et donner des habitudes saines. Déjà qu'il y a des comiques qui viennent faire des spectacles et des acteurs qui tournent des films avec eux, je trouve que ça suffit bien. Ils font de la peinture, de la poterie, du foot. Si ça continue comme ça, dans un mois, on fait venir les danseuses du Lido et on leur apprend à manier le sabre… Je suis sûr que mon Président comprend très bien la logique de la chose.

Un peu agacé de me faire appeler comme un camembert, je décidais de me passer de sa présence.

– À quelle heure les détenus sortent-ils en promenade ? Je ferais volontiers un bain de foule.

Il s'était un peu raidi, partagé entre son souhait de me satisfaire en tout point et son souci de ma sécurité ainsi que de la tranquillité des lieux. Une émeute peut vite dégénérer et la nonchalance de mon interlocuteur était révélatrice de son inaptitude à gérer et éliminer une menace sécuritaire.

– Ne vous en faites pas : j'ai toute confiance en vos collègues et je serai d'une prudence exemplaire.

J'avais envie de poursuivre que bientôt, il aurait moins de tracas à se faire, le nombre de détenus étant sur le point de diminuer sensiblement. Une fois dehors, la lumière naturelle agressait nos rétines. On s'habitue anormalement vite à évoluer en vase clos. L'adaptabilité de l'être humain ne le rend pas fatalement fort. Elle le soumet aussi terriblement en endormant ses prétentions et desideratas. Je congédiais rapidement mon fan qui ne pensa même pas à insister pour faire durer le plaisir de ma compagnie. Il nous laissait, Uwe et moi, en compagnie d'une cinquantaine de détenus et d'une dizaine de surveillants, armes à la ceinture. En levant les yeux, j'en découvrais deux autres, perchés dans des miradors, et poussais l'audace jusqu'à leur faire un petit signe de la main. Qui que je sois à leurs yeux, cela ne manqua pas de leur plaire puisqu'ils me rendirent mon salut avec un enthousiasme tout à fait enfantin. C'était tout de même touchant, tout ça.

– Que comptes-tu faire, Max ?

– Je veux apprendre à gérer le mouvement de foule. Je ne veux pas que l'incident lors des obsèques de Père vienne à se reproduire. C'est à la fois dangereux pour ma propre sécurité et contre-productif puisque je ne contrôle plus rien, dans ces circonstances. Il me faut impérativement individualiser mon aptitude à chaque personne d'un groupe. Maintenant que j'arrive à peu près à maîtriser les êtres qui m'habitent, je dois les faire coexister, tous ensemble, à l'intérieur de mon esprit. Une sorte d'homme-orchestre qui saurait jouer de l'instrument préféré de chaque spectateur. En même temps, évidemment, et avec une belle harmonie si possible. Comprenez-vous, cher oncle ?

– Oui. Mais je crains que ce ne soit pas évident...

– Oh je sais. Il va y avoir du dégât, les premières fois. C'est bien pour cela que nous sommes ici. Je dois me faire la main. Si je bâcle un peu, que je dépasse ou rature, c'est tout de même moins grave que dans un autre contexte. Vous allez voir : je suis certain que ce sera très amusant !

– Non, Maximilian. Je comprends ta logique et ton désir d'apprendre, d'évoluer, mais ça n'a rien d' « amusant ». C'est juste cruel.

– Voyons, tonton, vous savez fort bien que pour moi, il s'agit de synonymes. Et cessez de me flatter ou je vais rougir comme une pucelle. Allez, pour vous donner l'illusion d'avoir voix au chapitre, je vous laisse le choix de notre premier cobaye. Désignez celui qui vous sied le plus et considérez cela comme une avance sur vos étrennes de la Noël !

Il fit une mine plus que boudeuse et contrariée. Je crus un instant qu'il m'abandonnerait ici pour tourner les talons et se draper dans sa capeline de sauveur de l'Humanité. La même que l'Abbé Pierre mais en tissu plus précieux, bien sûr. Il prit un temps qui me sembla évidemment interminable et je ne pus m'empêcher de frapper le sol du pied, comme un gamin impatient.

– Voilà, voilà ! Tiens… Celui du fond, là-bas. L'immense type tatoué qui nous regarde comme un chien observe un poulet rôti.

– Aaaaaah. Excellent choix. Voyons voir…

C'est étonnant à verbaliser mais le fait est que je sentis mes cheveux pousser. C'est une sensation tout à fait délicieuse, en vérité. Une masse impressionnante de cheveux noirs et raides coulait à présent le long de mes épaules que je découvrais étroites, blanches et nues. En baissant les yeux, je contemplais une paire de seins absolument démesurés et, ma foi, plutôt divins. En revanche, j'étais totalement nu. Nue. Je plongeais dans l'esprit de mon invitée du moment et vis défiler dans ma tête plumes, cache-tétons, lingerie suggestive et, pour finir, un reflet langoureux et lascif dans un miroir au dessus d'un lit à baldaquins entouré de matériel vidéo… Je ne parvins à retenir une interjection ordurière qui n'échappa pas à Uwe.

– Eh merde…

– Quoi ? Qu'est-ce qu'il y a, Max ?

– Je crois que je suis un fantasme.

– Un beau visage de la Comédie Française ?

– Plutôt un beau cul de la page centrale d'un magazine cochon, sans vouloir vous choquer.

– Oh. Ooooh ! Mais c'est catastrophique ! Comment vas-tu gérer ses… pulsions ! Il va te sauter dessus, Max ! Et te faire des… choses ! Tu crois qu'il peut te faire des choses ? Je veux dire : tu crois que ton corps prend non seulement l'apparence mais aussi les fonctions de la per…

– Ce n'est pas que je veuille vous manquer de respect, Uwe, mais si vous pouviez la boucler un instant et remettre votre demande de travaux pratiques à plus tard, je vous en saurais parfaitement gré.

– Oui. Pardon. Je ne veux pas te stresser… Ceci dit : trouve quelque chose, Max. Il se dirige vers toi. Cesse de vouloir lui plaire. Immédiatement, si possible !

Le colosse approchait avec empressement et détermination, fort de ses 130kg de muscles dominés par un bouillonnement hormonal affiché. Uwe se tortillait, gesticulait et gémissait même, ce qui était un peu inconvenant et vraiment ridicule. Le tout m'empêchait clairement de me concentrer et de basculer le petit levier neuronal vers la fonction « off ».

– Max… Max ! Dépêche-toi. Je t'en prie. Je t'en prie !

Une main comme un piège à ours se refermait sur mon avant-bras féminin, maigre et diaphane. Ce contact physique acheva de faire grimper ma panique intérieure pour lui faire atteindre son niveau paroxystique. Mais que faisaient les matons ? Et Uwe ?

– Hé… Mais… t'es un bonhomme !

L'homme me dévisageait, éberlué et, c'est compréhensible, fort déçu. Je pris deux secondes pour me regarder vaguement et vis avec satisfaction que j'avais retrouvé mon apparence.

– Russo, tu t'éloignes tout de suite et tu remontes en cellule !

– Mais surveillant, j'y peux rien, j'ai cru que c'était…

– Je veux rien entendre ! Magne-toi le train avant que je te colle un rapport et que je te sucre ta cantine de la semaine !

Il s'éloigna, non sans cracher rageusement en direction de ma paire de chaussures en crocodile. Et je suppose que ce n'était pas dans le projet de les faire briller davantage. Je rendais au surveillant/justicier le regard méfiant qu'il me lançait. L'instant d'après, son visage se détendait au possible.

– Je suis désolé. Ça aurait pas dû arriver, mais aussi, ils auraient dû nous prévenir de ta visite, là haut ! On se serait mieux organisé, nous ! Forcément, faut les comprendre, les gars : ils te voient, ça les troue !

– Pas de problème, mon vieux !

À qui était donc cette voix grave, masculine à l'extrême qui avait le pouvoir prodigieux de pétrifier d'admiration et de contentement mon nouvel ami ? Celui-ci allait bientôt me l'apprendre puisqu'il sortit de la poche arrière de son pantalon un petit calepin pour me le tendre, avec un stylo.

– Tu peux me signer un autographe ? C'est pour moi ! Thierry ! Je m'appelle Thierry et je suis ton plus grand fan ! Je sais, je sais, tout le monde dit ça mais moi, c'est juste que c'est vrai ! J'ai suivi tes tournées ! Toutes ! J'en ai pas raté une seule, je te jure ! J'ai tous tes disques, même les tous premiers, hein, les vinyles, et puis les gadgets qui vont avec! Les pin's, les badges, tasses, ceintures, t-shirts, bandanas, briquets, assiettes creuses, poupées, tout tout tout ! Je suis un mordu !

J'étais légèrement embêté. Il ne semblait pas décidé à me révéler mon identité. De toute évidence, je n'étais pas de prime jeunesse ni du meilleur goût, au regard du merchandising kitchissime qui se déclinait autour de moi. Un bref moment d'introspection de la psyché de mon passager suffit à me faire réaliser l'atroce réalité. Je me demandais si ce n'était pas pire que ma dernière métamorphose mais n'eus pas franchement le temps de m'arrêter sur cet épineux dilemme. Je connaissais peu ce personnage médiatisé, il est vrai, mais il aurait fallu survivre en mangeant des racines et des châtaignes, dans une grotte au fin fond du maquis corse pour ne pas savoir que cet homme déclenchait les passions les plus pathologiques. J'espérais que mon adorateur du moment serait le plus zélé et jusqu'au-boutiste de ma plèbe de fêlés potentiels.

– Bien sûr, je vais te faire ça, avec plaisir ! Mais avant, j'aurais vraiment besoin que tu me rendes un service Thierry. Je peux t'appeler Thierry, on est potes, non ?

C'est rafraîchissant, vraiment, de voir un homme bedonnant, la cinquantaine d'années passée, sautiller comme une petite fille devant une peluche Hello Kitty. Même la solennité d'Uwe se laissa vaincre par ce spectacle édifiant et lui fit perdre quelques secondes sa gravité d'apparat.

– Oui ! Oui, oui ! On est potes ! Je ferai tout ce que tu veux ! Je suis prêt à tout pour toi !

– Vraiment ? T'es sûr de ça ? Parce que, ce que je vais te demander, je peux que le confier à un homme de confiance. C'est perso, tu comprends ?

– Je suis celui qu'il te faut, Johnny ! Dis-moi ! Je suis au taquet !

– Très bien. Je vois qu'on est du même acier, toi et moi, hein ! Bon. Tu vois le gars, là-bas ? Celui avec le crâne rasé et la clope au bec ?

Il acquiesçait, sérieux, concentré.

– Faut que tu m'en débarrasses. C'est une affaire intime : il m'a…

– M'en dis pas plus.

Je n'aurais même pas eu le temps de grincer d'une voix rauque « rock'n'roll », qu'il avait sorti son arme de poing de son étui, mis ma cible en joug et tiré trois coups. Le premier aurait été suffisant, puisqu'il avait répandu le contenu de la boîte crânienne sur le marcel grisâtre de l'infortuné perdant à la grande loterie de la Vie. Les deux suivantes, c'était un petit cadeau pour moi (Johnny) je suppose, afin de me montrer son dévouement total et aveugle.

Les choses se figèrent très clairement. Thierry rangea son arme et se tourna vers moi, souriant, dans l'attente d'un compliment, d'une petite tape condescendante sur le sommet de son crâne dégarni, bref, d'une miette d'attention. Le ciel se fit moins clair, tout à coup. Tout semblait retenir son souffle, y compris ce qui n'était pas animé de vie à proprement parler. Personne n'osait briser le silence oppressant car tous avaient conscience de la parfaite anormalité du moment. Tous excepté mon nouvel homme de main, cela va sans dire.

– Je peux l'avoir, maintenant, mon autographe ?

J'étais réellement admiratif à l'observation de ce phénomène. Je réalisais pleinement la folie absurde et azimutesque de l'être humain, concédant tout à coup que la fin du Monde n'était pas une chose si négative en soi. Je venais de tuer un parfait inconnu aussi sûrement que si j'avais tiré moi-même mais sans avoir besoin pour cela de me salir les mains. J'avais demandé sa vie comme un sandwich grec et on me l'avait offerte tout aussi naturellement. Un enchaînement fluide et rôdé. Époustouflant tout cela. Et effroyable, en vérité.

– Max, je veux m'en aller.

Je réfléchissais. Allais-je en rester là pour aujourd'hui ? Cela me paraissait raisonnable et indiqué. Malheureusement, la tempérance et la mesure n'étaient pas des valeurs à mes yeux. J'aimais être quelqu'un de passionné, d'entier, d'absolu. J'étais venu pour une raison précise et je ne devais pas me décourager en si bon chemin. On n'abandonne pas une course à mi-parcours, surtout quand on est à peine essoufflé et que l'on sent en soi des ressources qui ne demandent qu'à être exploitées…

– Max ! Tu m'entends ?

– Comment pourrais-je ne pas vous entendre ? Vous ne cessez de piailler depuis que nous sommes arrivés ! Je vous assure que pour l'adaptation cinématographique de cette belle épopée, j'exigerai que votre rôle soit joué par une écervelée terrifiée et hystérique… Je suis loin d'avoir terminé ! Je ne fais que commencer, en réalité !

Il allait répondre quelque chose, les sourcils froncés et le front soucieux. Au dernier moment, il se pinça les lèvres à les bleuir et dans un sursaut d'autorité ferme qui ne souffre aucune contrariété, il empoigna mon biceps.

– J'ai dit : je veux m'en aller.

J'aurais pu me dégager d'un mouvement brusque en lui disant qu'il était libre de le faire, tout comme je l'étais moi de rester. Mais pour une raison obscure, je ne tenais pas à faire démonstration de mon bel esprit indépendant contre Uwe. Peut-être parce qu'il était la dernière forme de père qu'il me restait. L'ultime représentant masculin d'une dynastie en déclin. Je l'aimais, peut-être même davantage depuis que je connaissais ses travers et tourments. Je me l'étais tellement imaginé en être supérieur, incorruptible et incapable des péchés dont j'étais si friand sans parvenir à m'en sentir coupable. Cette sainteté dont je l'auréolais à l'époque ne produisait pas qu'une admiration dévote de ma part, elle maintenait surtout une distance abyssale. On dit parfois que l'on tombe amoureux d'un être par deux fois lorsque la relation est vraie et belle. La première, dès que l'on pose son regard admiratif sur sa personnalité visible. Les qualités qu'elle montre, les atouts dont elle dispose et qu'elle dispense, l'aura sociale dont elle s'entoure dans son quotidien, côté cour. La seconde fois est généralement la plus difficile et peu de relations y survivent, car il n'est pas aisé d'aimer ce qui ne convient pas. Mais lorsque ce coup de foudre, amical, affectif ou familial, surgit, il est encore plus significatif. Parce qu'il s'attendrit sur la personnalité cachée, ombragée et ténébreuse qui coexiste avec l'autre, plus solaire. Tout ce que nous dissimulons de travers, défauts et failles. Tout ce qui est pourtant susceptible de nous garantir l'authenticité de la relation. Tout ce qui nous rend éternellement reconnaissants et pleins d'une gratitude sincère d'être aimé non pas pour ce que nous sommes mais en dépit de ce que nous sommes.

J'aimais Uwe en dépit de ce qu'il était et j'espérais qu'il puisse un jour me rendre la pareille, tout en ignorant si c'était possible, rapport à mon don.

Mais pour tout ceci, je décidais de le suivre et nous reprîmes silencieusement le chemin du retour, en faisant attention à ne croiser personne et à suivre l'itinéraire rapide que nous avions emprunté à l'aller. Il était mutique et je le sentais crispé, verrouillé devrais-je dire. Tout semblait noué, scellé, enclavé et cadenassé en lui. Et je n'avais aucune idée de la manière de réinstaurer un dialogue entre nous alors que j'en aurais eu un besoin vital, tout à coup. J'étais en colère. Et triste. Frustré aussi. J'enrageais tout en le suivant docilement. Ses pas étaient de plus en plus rapides comme s'il cherchait volontairement à agrandir la distance entre nous. Je songeais un instant à user de ma capacité pour l'astreindre à me regarder, me parler, mais je ne voulais pas m'abaisser à cela. Je méritais, moi tout seul, Max, qu'il daigne m'adresser la parole.

Nous étions désormais sur le parking, je devais presque courir pour me maintenir à sa portée et j'étais essoufflé. Sans un regard par-dessus son épaule pour s'assurer de ma présence, il monta dans la LeBaron et mis immédiatement la clé de contact. Je décidais de ne pas me précipiter, juste pour voir s'il aurait le mépris de me laisser derrière lui. Il démarra, attendit une poignée de secondes bien insuffisante pour savoir s'il espérait que je le rejoigne et partit. Comme ça. Sans autre forme de procès. Je restais seul, comme un chien laissé sur une aire d'autoroute car on ne souhaite pas encombrer sa semaine à la Baule. Voilà comment je me sentais. Exactement. Précisément.

Je n'avais pas achevé d'étoffer cette licence poétique lorsque je vis l'auto si chère au cœur de Père réapparaître et se diriger vers moi. J'ignorais quoi penser de ce revirement de situation. Mes sentiments étaient plutôt confus, il faut bien l'avouer. Je lui étais reconnaissant d'être revenu, d'avoir finalement décidé que je valais le coup d'être gardé. Mais je ne savais pas s'il l'avait fait avec une humilité louable ou dans un sursaut de lâcheté parce que, quand même, ça ne se fait pas. Je suppose que la vérité était encore ailleurs. Encore pire. Oui, je crois qu'il était revenu chercher non pas son neveu Max, mais ce satané Cavalier que ses croyances l'obligeaient à protéger et servir. Autrement dit, une fois de plus, toujours et encore, on ne m'aimait pas pour ce que j'étais. À moins, bien sûr, que l'on considère que ma nouvelle situation ne détermine à elle seule toute ma personnalité. Ce qui était aussi chantant, optimiste et valorisant que tout le reste, cela va sans dire.

Je ne montais pas. Le moteur n'était pas coupé et Uwe ne me regardait toujours pas. Il escomptait que je daigne obtempérer et pour ma part, j'attendais quelque chose qu'il ne pouvait sans doute me donner. De la complicité, de la proximité. L'impression d'un rapport simple, naturel et affectif entre nous. La confirmation que j'étais toujours, ne serait-ce qu'un tout petit peu, dans les angles ou en surface, un être humain.

Il se pencha sur le siège passager et son foutu regard toujours collé au pare-brise, il actionnait la poignée de la portière pour m'inciter à monter. C'était certainement puéril, mais je me précipitais pour la claquer. Il sortit alors et me regarda d'une drôle de façon. Avec des rétines en scalpels affairés à ouvrir ma paroi abdominale pour opérer ce qui était susceptible d'être sauvé en moi et réséquer tout le mal qu'il découvrait. Les petits cancers spirituels, la gangrène émotionnelle. Je le sentais fouiller mes entrailles à la recherche de quelque chose qu'il ne trouvait de toute évidence pas.

– Pourquoi me regardez-vous comme ça ?

– Comme quoi, Max ?

– Comme si je n'étais pas de votre famille ! De votre sang ! Parce que c'est bien ce que je suis toujours à ce que je sache ! Ne vous en déplaise !

– Permets-moi d'émettre des doutes.

– Je ne comprends pas. Je ne comprends rien du tout…

Et c'était tellement vrai. J'avais parfois menti dans ma vie, comme tout le monde je suppose, mais beaucoup moins en proportion. Quoiqu'il en soit, je n'avais jamais proféré une vérité aussi globale, pleine et immuable que celle-ci : je ne comprenais pas.

– Je suis le Cavalier Noir. Vous le savez. Vous me l'avez appris et vous m'en avez consolé. Vous m'avez dit que c'était une bonne chose, un grand rôle à tenir dans l'exécution des plans de Celui pour lequel vous avez tout sacrifié. Même Mère. En théorie, vous étiez enthousiaste et ardent. Mais maintenant qu'il s'agit d'assister à la mise en pratique de cet état de fait, vous jouez au Père la Morale ? Pensiez-vous sincèrement que la Fin du Monde se ferait sans heurts, sans cris et violence, sans tâche sur le tapis ? Rappelez-moi combien sont censés y survivre, à cette guerre, selon votre précieux évangile ?

Il ne disait rien mais son regard détourné signifiait qu'il se rendait à mon raisonnement. Aussi inacceptable et contrariant puisse-t-il lui paraître.

– Combien, Uwe ?

Il avait sursauté. Parce que j'avais hurlé et que cela ne m'arrivait guère souvent, ces derniers temps mis à part. Il ne s'était pas encore tout à fait habitué à mon autorité très… cavalière.

– 144000.

– 144 000 sauvés. Sur 6,5 milliards d'êtres humains. Vous réalisez le carnage dont je vais être responsable ? Pardon : le quart de carnage, seulement, qui me sera attribuable ? C'est une cause que vous approuvez au nom de votre fameuse foi tandis que la mienne ne suffit même pas à me faire croire sincèrement en mes prières ! C'est un combat que vous cautionnez tant qu'il ne s'agit pas de le voir de face et d'assister à cette sainte cruauté, n'est-ce pas ? Qui de nous deux est l'humain ? Celui qui exécute son destin d'ange de la Mort parce qu'il n'a nullement le choix de s'y soustraire ou celui qui nourrit le monstre, l'éduque et l'exhorte tout en voulant ménager sa petite quiétude d'esprit et son confort moral ?

Ma tirade semblait s'écraser lamentablement et avec mollesse contre son silence épais. J'aurais aimé le saisir, le secouer, l'entendre me dire que j'avais raison, que je n'étais pas un monstre et que, de ce fait, il n'avait aucun droit de me traiter comme tel. De me regarder comme tel.

– Allez-vous dire quelque chose, nom de Dieu ?!

– Ne jure pas, Maximilian.

Je ne pus m'empêcher d'éructer un petit ricanement méprisant d'une méchanceté toute neuve.

– Est-ce là tout ce qui compte ? Tout ce qui vous touche ? Votre amour pour votre Créateur est désarmant, cher oncle. Tout comme votre indifférence pour l'homme que je suis.

Quelque chose s'était irrémédiablement brisée. Entre nous, d'abord. En moi tout seul, surtout. Je ne pouvais pas me remettre en Uwe comme je l'avais cru si naïvement. Pas parce qu'il n'en avait pas eu une intention sincère mais tout simplement parce que sa nature d'homme ordinaire ne permettait pas qu'il puisse considérer les choses de la même façon que moi, qui vivait tout ceci de l'intérieur. Viscéralement. Intrinsèquement. Personne ne pouvait comprendre mes dilemmes, mes passions, mes impériosités. Personne hormis les trois autres cavaliers, lesquels, en cet instant précis, me manquaient à m'en couper le souffle. Je tâchais de me rassembler, j'avais la cervelle aussi éparpillée que celle de mon pauvre détenu. Je devais impérativement me reprendre. La faiblesse et l'apitoiement ne sont pas de bonnes composantes de l'armure d'un cavalier.

– Écoutez-moi attentivement, Uwe, car je ne me répèterai pas. Il n'y aura plus entre nous de confidences et discussions autour des révélations pour lesquelles vous n'avez été qu'un messager sans importance. Vous allez à présent vous maintenir à distance respectueuse de moi ainsi que de mes sœurs. Et de Mère. Vous déclinerez avec douceur toute invitation faite à votre endroit et vous ne reparaîtrez plus devant mes yeux à moins que je ne le juge nécessaire et que je vous en donne expressément l'ordre. Officiellement, nos rapports sont inchangés : cordiaux et respectueux. Officieusement, je ne suis plus votre parent. À la moindre contrariété, je n'hésiterai pas à faire usage de ma « qualité » pour me débarrasser du problème que vous représenterez alors à mes yeux. Ce serait chagrin, vraiment, car je vous ai toujours aimé jusqu'ici, croyez-moi. Ne m'obligez pas à reconsidérer ma décision de vous épargner en cet instant. Vous ne la devez qu'à ma personnalité aimable et bienveillante. Nous sommes-nous compris, Uwe ?

Il m'avait scruté avec désespoir tandis que j'énonçais mes ordres mais s'était bien gardé de tout commentaire susceptible de vérifier ce qu'il ne semblait pas pour autant en mesure de croire. Mon regard inflexible et le ton de ma voix, serein, posé, avaient pourtant achevé de le persuader que ce n'était pas là une de mes éternelles pirouettes ou jeu de rôle bien inspiré.

– Nous sommes-nous compris ?

Il acquiesçait d'un mouvement de tête qui me contrariait immédiatement.

– J'attends plus qu'un geste pour sceller notre accord. Je ne vous ai pas coupé la langue. Pas encore du moins. Je me répète donc une dernière fois : nous sommes-nous compris ?

– Parfaitement.

– Bien. À présent, donnez-moi les clés.

Il obéit avec une docilité qui ne me laissait pas insensible bien que je n'en fis rien paraître. Il faisait peine à voir, en réalité. Un air coupable de servant de messe pris en train de faire tremper ses parties génitales dans le bénitier. Je lui tournais le dos et prenais place dans le véhicule. Je démarrais et le laissais derrière moi. Son image rétrécissait dans le rétroviseur et je luttais intérieurement pour ne pas revenir comme il avait eu la faiblesse /lâcheté /bêtise /gentillesse /affection de le faire. Il m'en coûtait plus que je ne saurais le dire mais plus les kilomètres défilaient, plus j'avais la sensation de prendre de la distance avec tout ce qui me contraignait, me freinait et m'entravait dans ma vie d'avant. Je m'éloignais de tout ce que j'avais été et que je ne pouvais plus être. Ce n'était pas Uwe que j'abandonnais mais Maximilian Von Abbetz en personne. J'avançais vers celui que j'étais désormais. Que j'avais toujours été, en vérité. Et même si j'étais encore loin de m'en approcher concrètement, je sentais en mon for intérieur que j'allais vers les seuls êtres dans mon genre, capables de me comprendre. Faits pour me comprendre. Contre toute attente, cela me rendait vaguement heureux.

Ω

PARTIE 4

Cavalier noir : Maximilian

Joseph Kibweteere
Traité pour troubles bipolaires.
Fondateur de la secte apocalyptique du Mouvement pour la restauration des Dix Commandements de Dieu.
Disait avoir des visions de la Vierge Marie.
Responsable de l'immolation de 500 adeptes au sein de sa communauté, en Ouganda.
Quelque 500 autres corps furent découverts ultérieurement dans un charnier aux environs de la secte.

***

J'étais entré dans une nouvelle ère, un cycle inédit de mon existence. Tout comme le malade en phase terminale, je comptais ne laisser passer aucune seconde sans l'explorer et l'exploiter totalement. Je voulais faire le tri dans ma vie, mes relations, mes sentiments. Pour extraire l'essence même de mon histoire et n'en garder que ce qui en était « sine qua non ». *Nötig*[1]. Je voulais jouir et profiter, m'assurer de la véracité des échanges, de la bonté des êtres autour de moi et du goût premier des choses. C'était là ma grande espérance, digne de celle de Dickens. J'aurais pu faire miennes ses lignes et constater comme lui « c'était la meilleure des époques, c'était la pire des époques, l'âge de la sagesse et aussi de la folie ; le temps des croyances

[1] *Nécessaire.*

et de l'incrédulité ; l'ère de la lumière et des ténèbres ; le printemps de l'espoir et l'hiver du désespoir. ». Vaste programme que le mien…

– Père Très Saint, nous Te louons en ce mardi et Te rendons grâce, pour Ton immense gloire. Dans Ta bonté et Ta clémence, rends-nous un peu plus semblables à Juste de Beauvais qui, par piété et amour de son Créateur, eut le courage de confesser sa foi chrétienne en dépit des persécutions romaines et prit entre ses mains sa tête décapitée qui continua miraculeusement de proclamer Ta Grâce. Que sa mort puisse être un exemple et inspirer les esprits les plus couards. Que tous y voient une exhortation à une communion plus engagée et sacrificielle avec Toi. Au nom du…

Pour la première fois depuis des temps immémoriaux, quelqu'un interrompait le cérémonieux laïus matinal, privant ainsi tout le monde du petit signe de croix familier, gymnastique minimaliste si chère à nos cœurs bigots. Et, évidemment, ce quelqu'un ne pouvait être que moi. Je n'avais pas spécialement prémédité ce crime, ayant décidé depuis peu de ne plus rien projeter ni ourdir. Dans l'ignorance du temps restant imparti, j'avais pris la décision de m'abandonner aux fantaisies les plus saugrenues et ubuesques que mon esprit retord me dicterait. J'étais résigné à soumettre mon peu de volonté et ma conscience microscopique aux facéties de mes élans, sans chercher à contrarier ma nature profonde de destructeur de l'Humanité. Et j'étais, il me faut bien l'avouer, tout à fait en paix et en harmonie avec cette idée.

– Oyez, oyez, damoiselles, damoiseaux et autres « créatures » indéterminées ! Je souhaite vous convier à venir perdre vos têtes respectives, et tout ce qu'il vous plaira d'égarer de votre anatomie, en m'honorant de votre présence lors d'une réception donnée chez moi, vendredi soir ! Qu'elles soient pleines ou vides, blondes ou brunes, bien faites ou à retoucher d'urgence, elles sont toutes bienvenues ! Je ne peux jurer que vous les récupèrerez intactes et inchangées, mais croyez-moi sur parole, et à la virgule près : vos rêves les plus fous vont s'étaler sous vos regards émerveillés, vos espoirs les plus intimes et secrets éclateront à votre vue. Le thème étant « luxure & décadence », ayez l'obligeance de vous trouver une tenue appropriée. Autrement dit : inappropriée ! Il vous sera demandé de laisser vos manteaux, inhibitions et autres principes judéo-chrétiens au vestiaire, cette soirée étant réservée à ceux qui n'ont pas froid aux yeux… Venez passer un moment inoubliable, de l'ordre de ceux qui changent le cours d'une vie… Merci et belle journée à tous !

Un silence embarrassé vint répondre à mon invitation, puis quelques raclements de gorges circonspectes et interdites. Des chuchotis, ça et là, comme un champ de blé perturbé par un coup de vent. Enfin, quelqu'un songea à s'exprimer à haute et intelligible voix, ce qui eut pour effet immédiat de donner courage à d'autres, scandalisés et prompts à feindre l'offense. Cela me fit sourire car je savais pertinemment que nombre d'entre eux se présenteraient à ma petite sauterie, comme si de rien n'était. Mais pour l'heure, il fallait sauver les apparences et, en héros modernes de la probité, de la pudeur et de la chasteté, ils se proclamaient volontiers outrés que l'on porte ainsi mépris à notre belle religion et que l'on se gausse du sort d'un saint. J'aurais volontiers ponctué ces « oh » et ces

« ah » par une hola, mais je me disais que pour l'heure, c'était assez.

– Maximilian Von Abbetz, comment pouvez-vous proférer de telles insanités au sein de notre Institution si pieuse et méritante ? Vous devriez avoir honte de votre comportement ! Le deuil n'excuse pas tout et…

– Quel est votre prétexte, à vous, Monsieur de Malembelle ?

– Mon prétexte ?! Mais de quoi parlez-vous ?

– De celui qui explique votre adoration secrète pour ce jeune chanteur français qui s'est fait connaître grâce à une piteuse comédie musicale très prisée chez les coiffeuses et autres manucures. Vous savez parfaitement de qui je parle : celui dont la révélation récente de son penchant uraniste a défrayé la chronique…

– C'est intoléra…

– Doucement, très cher professeur. Je crains que vous ne vous déclenchiez un saignement de nez. Je ne vous accuse de rien, ni ne vous reproche aucun fait. Je tiens simplement à attirer votre attention sur le principe que nous avons tous nos petits secrets. Vous vous couchez le soir auprès de Madame de Malembelle, habité par des pensées inavouables, et pour parvenir à lui prodiguer un peu de tendresse maritale, vous visualisez le jeune éphèbe susmentionné. C'est entendu. Mais il serait quelque peu ironique que ce soit vous-même qui me fassiez le reproche de l'insoutenable légèreté de mes mœurs.

– Je n'écouterai pas plus longtemps vos divagations imbéciles et insultantes ! Allez immédiatement dans le bureau de votre oncle !

– Non.

– Comment ? Vous osez me tenir tête et désobéir à l'ordre d'un de vos professeurs ?

– Absolument. Si mon oncle a quelque chose à objecter, qu'il vienne jusqu'à moi et s'exprime en présence de tous. Je l'attends.

Ma patience ne fut pas mise à rude épreuve. Sans que je le sache, Uwe avait assisté à la scène, mais s'était abstenu de manifester sa présence. Il ne l'aurait pas fait, par ailleurs, si les quelques élèves le dissimulant à ma vue ne s'étaient écartés spontanément pour faire place nette. Il se tenait là, les bras croisés et l'air songeur, ne sachant probablement pas solutionner cette affaire en ménageant l'ego et l'autorité des deux parties en présence. Pour ma part, j'étais décidé à ne pas faciliter sa tâche d'arbitrage. Je voulais asseoir mon autorité sur Uwe, oblitérer mes décisions et estampiller mon ascendant sur lui. Je voyais donc dans cette occasion un excellent test.

– Dites quelque chose Von Abbetz ! Vous n'allez pas laisser un gamin porter ainsi atteinte à un membre du corps enseignant et manquer de respect à toute une institution ?! À votre autorité même, de ce fait !

Le regard d'Uwe ricochait sur mon visage, puis sur celui de Malembelle, dans une sorte de jeu de paume interminable dont on ignorait quel adversaire soumettrait l'autre.

– Au nom du Père, du Fils et du Saint-Esprit. Amen.

Tous avaient singé mécaniquement la gestuelle, en chuchotant la formule de rigueur à la va-vite, d'une voix peu assurée et d'un ton impatient d'observer la scène finale. Grande fut leur déception quand mon oncle leur ordonna de rejoindre leurs classes respectives en silence et en bon ordre.

– C'est tout ? Uwe, je ne vous ai jamais taxé de favoritisme mais votre peu d'empressement à corriger votre neveu et à défendre ma réputation frôlent le népotisme ! Vous m'entendez ?

– Stanislas, je crains que tout l'Institut vous entende, justement. Maximilian a commis une grossière erreur. Je le corrigerai avec la sévérité et l'intransigeance adéquates. Soyez-en certain. Je vous prie d'accepter nos excuses et…

– Je n'ai que faire de vos excuses ! Cela n'effacera pas l'affront !

Le voilà qui perdait toute contenance et dignité, rouge de colère qu'il était. Même le repos de sa cravate en était perturbé. Il me fallait impérativement trouver un moyen subtil et sympathique de lui apporter quelque consolation.

– Oh, professeur : j'espère que vous serez des nôtres vendredi ! Vous pouvez venir costumé en Louis XIV si cela vous sied !

Sur ce, il laissa apparaître et palpiter sur son front une belle veine aux allures de canalisation obstruée prête à exploser. Il quitta la pièce d'un pas tellement courroucé que c'en était grotesque. Une caricature sur jambes. Je ne cachais d'ailleurs pas mon amusement, qui n'échappa nullement à Uwe. Mais alors qu'il y avait encore quelques heures, il m'en aurait fait un sermon aussi long que la traversée du désert de Jean-Baptiste, aujourd'hui, il tournait les talons et m'abandonnait à ma satisfaction personnelle. Satisfaction mitigée, tout de même. Il est véritablement délicieux de détrôner les êtres les plus élevés par une insurrection rondement menée, mais une fois au sommet, l'on ne peut s'empêcher de regretter que l'ascension soit aussi belle que solitaire.

J'étais néanmoins content de la bonne évolution de la maîtrise de mon don. J'avais pu « diagnostiquer » la passion de mon professeur en un battement de cil, avant même qu'il ne réalise mon infiltration dans ce domaine clos et intime que sont nos rêves. J'étais l'Arsène Lupin de sa psyché : je m'étais introduit furtivement dans sa tête tapissée de posters à midinettes, sans faire de bruit ni laisser une empreinte, pour dérober un objet de collection unique qui suffirait à ma richesse. J'avais laissé le reste en lieu et place, puis m'étais échappé sans heurts ni déclenchement du système d'alarme. Le vol de conscience parfait. Le recel de fantasme idéal. J'avais de quoi être fier, vraiment. Je me sentais fort, construit, absolument libre et maître de moi-même. Enfin une identité que j'étais indubitablement certain de ne pas usurper.

Je sentais soudain sur moi le regard appuyé, énamouré peut-être même, d'une de mes camarades les plus transparentes, pour ne pas dire translucides. Héloïse Mont-Chalderac avait de nombreux points communs avec un fauteuil Voltaire. Style et apparence classiques, présentation sobre, totalement éclipsée par d'autres éléments décoratifs tape-à-l'œil et d'un goût plus affirmé. Et surtout, surtout, quelle que soit la noblesse du tissu ou la préciosité du drapé, nul n'hésite à y poser ses fesses et à s'asseoir dessus. Si mes souvenirs étaient bons, elle était fille unique du plus grand propriétaire viticole du pays. Les bouteilles Mont-Chalderac s'exportaient aux quatre coins du globe et étaient considérées comme la synthèse des vertus de l'hydromel et de l'eau de Jouvence. En dépit de tout ceci, Héloïse m'apparaissait être une jeune fille monochrome, sans saveur ni odeur, édulcorée et « intraçable ». Aussitôt aperçue, aussitôt oubliée. Contrairement à la quasi-totalité des jeunes filles de Sainte-Prax', je n'avais pas « essayé » cette demoiselle-ci. Elle était si insignifiante que je ne la voyais pas. La perversité de ce raisonnement émis face aux quantités négligeables réside dans le fait qu'on a trop tendance à les négliger, justement. Et cela se révèle être parfois une erreur tactique de taille. C'est pour cela que ce contact visuel vint une fraction de seconde perturber le cours de ma pensée. Malheureusement, je ne m'appesantissais pas sur ces prémices de réflexion. D'autant que Côme vint m'extirper de ma fugue mentale par une tape amicale dans le dos qui eut pour effet direct de me ramener à la réalité.

– Je suis ô combien heureux de constater le retour de mon grand ami Maximilian Von Dépravetz ! Il m'avait tant manqué… Je me surprenais à utiliser en guise de doudou son boxer Calvin Klein portant encore l'odeur perceptible de son lubrifiant préféré parfum banane de Martinique…

– Ne t'inquiète pas, Bak, tu n'as plus de soucis à te faire. Nous sommes à nouveau de la partie…

– Nous ? Tu veux dire : toi, ta personnalité attachante et tes quelques milliards ?

– Qui d'autre ?… Dis-moi, Côme, nous sommes amis « à la vie à la mort », n'est-ce pas ?

– Frères de sang de l'entaille dans le pouce même, si tu es dans un délire scout. On peut partir enterrer une boîte pleine de bidules et machins du passé, quelque part dans le jardin, si tu ressens le besoin de sceller notre amitié, Maxou. Quoique, non, je crois que dernièrement, tu as eu ton compte d'inhumations de souvenirs encombrants, n'est-ce pas ?

– Absolument. Ce que je souhaite savoir, c'est si tu ne chercheras jamais à me mentir, peu importe la question que je te pose.

– Pourquoi te mentir ? Tu sais que je ne cache jamais rien. Au contraire, je suis du genre à tout, mais alors tout montrer. Dieu sait que ce petit travers a valu à mon cher papa de devoir subventionner la modernisation de la préfecture de police. Ah la la, et dire que dans chaque tasé sommeille une victime de mon exhibitionnisme… Bref, mon cœur est nu sous tes yeux, autant que Priscilla Claque-noix, strip-teaseuse de son état, l'était hier devant moi au Corridor. Tu noteras la subtilité du choix de son nom d'artiste. C'est parce qu'elle peut casser une noix entre ses fesses, tant ces deux petites pommes sont fermes et musclées. Tu te doutes bien que j'ai vérifié la véracité des dires…

– Et ?

– Stupéfiant. Désormais, je contemplerai ce fruit sec avec le…

– Côme, qui est le sujet de tes obsessions, fantasmes et passions psychiques ?

– Jessica Alba.

On pouvait considérer les choses sous deux angles. Soit Côme Bakarian était l'être le plus primaire, pour ne pas dire primate, qu'il m'ait été de connaître, ayant des comportements pulsionnels dignes d'un caniche en rut et des préoccupations d'un terre à terre consternant, soit il était la personne la plus saine de corps et d'esprit, affranchie des codes sociaux et véritablement libre, que j'avais côtoyée depuis une éternité. Autrement dit, Bak était un con ou un sage. Qui sait si cela ne revient pas au même, par ailleurs... Je pris tout de même la peine de vérifier rapidement. Effectivement, sans surprise de dernière minute et coup de théâtre cornélien, la brunette était la seule à hanter les synapses et ventricules cardiaques de mon grand sot d'ami. Je pouvais donc lui faire confiance : il n'avait rien à dissimuler ni le moindre parti à tirer de quelque duperie, manipulation ou projet fumeux. Sa simplicité était reposante dans ce jeu de pouvoirs qu'était devenu mon quotidien. Je pouvais m'abandonner à une légèreté similaire tant que j'étais en sa compagnie et cela me reposait au plus haut point.

– Allons, mon bel ami, pressons-nous : le Savoir et l'Érudition n'attendent pas !

– Il faudra bien, pourtant. J'ai d'autres projets en ce qui me concerne.

– S'ils ne comportent pas un bain à remous, du caviar à la louche et une petite escapade en hélico, je ne te couvre pas !

– Premièrement, je peux désormais me passer de couverture. Secondement, j'ai envie de m'acheter un de ces sandwiches turcs dégoulinants de lipides et de graisses saturées, accompagné d'une barquette de frites grosses comme des doigts, agrémentées des poils frisés de tous les tenanciers de la baraque. J'irai l'avaler dans un parc, en regardant tous les Jason, Kevin et autres Steve s'ébrouer sur fond de misère sociale.

– Diantre, mais quelle idée ?! Si tu veux vraiment avoir un aperçu de ce qui compose cette strate appelée « France d'en bas », regarde n'importe quelle émission de TF1 mais ne te sens pas obligé de te frotter à ces amas de poux ! Pour information, jeune fou, hors de nos jolis murs, les gens sont sales, bêtes et effrayants ! Ce n'est que fornication consanguine, dentition morcelée et port de vêtements d'occasion ! Personne ne pose volontairement le pied dans le monde du discount, Max ! Reste donc parmi nous, là où les plaisirs ordinaires coûtent le PIB d'un pays en voie de développement et où…

– Je te parle de grignoter un peu de pain dans un jardin public, pas de renoncer à ma fortune, mon rang et tout ce que cela suppose. Sois tranquille, Bakarian, j'ai le luxe au corps et l'appât du gain dans le sang. Rien n'y changera quoique ce soit.

– Alors, pourquoi faire ?

– J'ai récemment décidé d'accomplir certaines choses inédites. Pour les gens ordinaires, cela revient à projeter une visite de la chapelle Sixtine ou un stage de plongée sous-marine. Moi, je n'ai jamais frayé avec la populace. Je suis certain que cette expérience sera parfaitement… folklorique. Il me faut m'en acquitter dès à présent : qui sait ce que nous réserve demain.

Ω

– Comment va l'astre de mes nuits et le soleil de mes jours ?

– Je vais bien, je te remercie. Je…

– Ah parce que tu as vraiment cru un instant que je parlais de toi ?

J'aimais entendre le rire de Silke au point de tout faire, tout dire et tout tenter pour que cela se produise. C'était une petite musique douce à mes oreilles et j'en suivais avec plaisir chaque variation, redoutant seulement le moment pénible du décrescendo. Un rire finit malheureusement toujours par s'éteindre et c'est un deuil des plus pénibles à faire. Pour le prolonger, j'aurais adoré pouvoir lui raconter que j'avais été Céline Dion, une ballerine, King-Kong, deux fois Michael Jackson, Zidane, une vieille tante décédée, un inconnu croisé un instant et fantasmé à jamais, Spiderman, Willy Wonka et Benoit XVI en une seule après-midi. En dépit de mon cynisme, je restais très étonné que l'on puisse placer de tels êtres au rang d'idoles. Elle aurait aimé, je pense, mais je ne pourrai jamais m'en assurer.

– Sérieusement, Max, je crois qu'il y a un problème.

J'avais beau connaître ma sœur, être constamment étonné de la complicité intuitive et viscérale qui nous reliait l'un à l'autre, je ne me doutais pas qu'elle puisse aussi aisément détecter mes dilemmes intérieurs. Je retenais un instant mon souffle, encore indécis sur l'option à favoriser si elle me démasquait. Tout avouer, soulager ainsi ma conscience et partager ce fardeau si lourd ou inventer quelque énorme mensonge susceptible de faire taire ses tourments ? Je n'étais pas assuré que l'une ou l'autre possibilité me conserve l'affection de ma jumelle adulée.

– Quel genre de problème ?

– Cela concerne Gretchen. Je sens que quelque chose ne va pas. J'entends son chagrin. Son inquiétude. Elle est malheureuse Max.

– Oh. Sans doute est-elle contrariée parce qu'elle ne trouve pas le portefeuille en cuir assorti à sa bagagerie personnelle scandaleusement chère. Tu sais à quel point notre aînée est perfectionniste et obséquieuse lorsqu'il s'agit d'apparat… Je ne me soucierais pas d'elle à ta place : elle va grassement payer un braconnier pour qu'il abatte lui-même un python ou un crocodile, puis attendre qu'on décline toute cette couenne onéreuse en un tas d'accessoires frivoles et superflus. Tu verras.

– Je ne plaisante pas. Prends-moi au sérieux, s'il te plait.

– Bien ! Mais j'ai autant d'influence sur Gretchoum que sur les marées ou le système solaire. Que voudrais-tu que je fasse, au juste ?

– Je ne sais pas… Parle-lui.

– Pourquoi ne le fais-tu pas, toi ?

– Parce que je suis la gentille, la douce, l'un peu sotte. L'aveugle. Celle qu'on épargne et qu'on ménage. Celle qu'on remarque à peine, surtout. Et puis, tu es l'homme de la maison, désormais, Max. Essaie, au moins. Fut un temps, vous vous entendiez à merveille, tous les deux.

– C'est vrai. Mais c'était avant.

« Avant ». J'aime tout le soupçon et le questionnement immédiat que provoque ce mot. Cela suppose un changement radical successif à un évènement brutal potentiellement douloureux. Et tout ceci laisse évidemment planer un mystère confortable qui nous enveloppe, le temps du silence, d'une aura énigmatique très valorisante.

Alors, quel secret atroce se cache derrière cet « avant » là ? Avant que Gretchen ne tente de m'asphyxier en appliquant un doux oreiller sur mon visage angélique de trois ans ? Avant qu'elle ne me pousse à l'âge de cinq ans contre une clôture électrifiée ? Avant qu'elle ne me prépare un chocolat chaud à l'eau de javel quand j'en eus sept ? Non. Rien de tout cela. Gretchen n'est pas connue pour sa bonté d'âme ni sa bienveillance, certes, mais elle ne commettrait jamais de tels méfaits. Par paresse et ignorance, naturellement. Elle répugnerait à l'effort physique que nécessite l'étouffement. Elle ne serait jamais sortie de sa chambre de princesse pour se balader avec moi. Et elle connaît si bien l'eau de Javel et son usage qu'on pourrait aisément lui faire croire qu'il s'agit d'un nouveau parfum hors de prix. Je l'entends presque s'exclamer : « Javel ?! Je ne connais pas… Un jeune créateur espagnol, je suppose ? ». Et puis, notre famille a beau verser dans le mélodrame de pacotille et l'hystérie qualifiée, nous n'en sommes pas encore à rejouer les empoisonnements et meurtres fratricides de Cléopâtre et Ptolémée XIII puis XIV.

Avant, c'était quand j'avais quinze ans et Gretchen seize. Cela ne remonte donc pas si loin dans le temps et pourtant, la distance creusée entre nous est si profonde et large qu'il me semble parfois que nous n'avons jamais été proches. Sans Silke pour me le rappeler, parfois, je ne m'en souviendrais sincèrement pas. Il est des circonstances où la mémoire se fait sciemment très sélective. Gretchen et moi étions à l'époque soudés par notre aversion commune pour Père. Nous rivalisions d'ingéniosité pour nuire à sa quiétude d'esprit, en toute discrétion, ne tenant pas particulièrement à essuyer les représailles de nos larcins. Il se trouve qu'un jour, elle frappa fort en subtilisant dans ses effets personnels une montre d'apparence quelconque mais qui avait la particularité de trouver grâce aux yeux paternels. Pour une raison que nous ignorions tout à fait et que je ne m'explique toujours pas. Peut-être est-ce celle qu'il portait lors de ce viol si cher à son cœur malsain, qui sait ? Quoi qu'il en soit, Père se mit dans une rage folle, disproportionnée, incohérente. Lorsque l'on a l'argent nécessaire à l'achat du royaume de Siam, il est surprenant de retourner une propriété pour la perte d'une babiole. Ce qu'il fit néanmoins. Et chaque pièce, chambre, placard ou commode fut minutieusement fouillé, vidé, analysé, passé au peigne le plus fin qui puisse exister.

La montre fut retrouvée, évidemment. Et il n'est pas bien difficile de comprendre où. Mais oui : dans le dernier tiroir de mon secrétaire, absolument. Ma surprise sincère et ma défense énergique n'eurent aucun effet sur le raisonnement parental. Il était clair pour Père que j'étais coupable et si la peine de mort avait pu être votée en un quart d'heure, nul doute qu'il l'eût appliquée lui-même dans le centième de seconde de sa découverte. Au lieu de cela, je subissais la correction de ma vie. Une Question à la Cromwell qui me fit voyager dans le temps et dans l'espace. En effet, en deux trois hurlements, je me retrouvais à la Tour de Londres à endurer une souffrance telle que certaines zones de mon corps se font douloureuses à la seule évocation de ce moment délicat. Je ne pus me tenir allongé sur le dos ou même assis pendant quatre longues et pénibles semaines. Mes omoplates et épaules étaient lacérées en profondeur et certaines plaies s'infectaient continuellement au contact du tissu qui finissait immanquablement par se coller à ma chair meurtrie, y abandonnant des fibres impropres à ma cicatrisation. Je contractais une fièvre de cheval qui me laissait affaibli durant plusieurs semaines supplémentaires.

Je me souviens parfaitement de chaque coup porté. Un câble électrique cette fois. Mon corps garde les stigmates de cette injustice totale qui réanime une violence difficilement endormie contre ma sœur. Gretchen avait bien tenté de venir me parler, s'excuser peut-être même. Mais aujourd'hui, les quelques mots que nous avons échangés me paraissent toujours aussi nébuleux et insuffisants.

– Pourquoi m'as-tu fait cela ? Tu savais ce qu'il allait me faire endurer ! Toi, il ne t'a jamais battue ! Tu ne risquais rien ! Rien du tout ! Tu m'as trahi !

– Max, ce n'est pas parce qu'il ne me bat pas qu'il ne me fait pas de mal. Qu'il ne me touche pas... Il y a d'autres méthodes de violence et crois-moi sur parole : Père les maîtrise toutes.

– Soit tu me parles avec clarté soit tu sors, Gretchen !

Elle avait préféré sortir. Après ces années et ces disparitions, ces micro tragédies de couloir, je commençais à voir les choses sous un angle plus neuf. Le propre de l'adolescence est certainement la conviction de tout savoir, de posséder les clefs et les réponses de tous les mystères de l'Univers, d'avoir saisi avant tout le monde le sens de la Vie. Pour résumer, le propre de l'ado est d'être arrogant, présomptueux et incroyablement naïf... Je me rendais à cette évidence, me concernant en tout cas.

– Fort bien, ma douce, je vais lui parler de ce pas. Il n'y a rien que je puisse te refuser, tu le sais.

– Tu noteras que je fais un usage raisonnable de ce pouvoir extraordinaire, cher frère.

– C'est vrai. À tout à l'heure, chef, pour le rapport !

– Parfait. Rompez, soldat.

Je m'éloignais, la fleur au fusil mais décidé à soutirer toutes les informations possibles et par tous les moyens légaux. Oui, je sais, les métaphores militaires sont par trop gonflantes mais c'est ainsi.

– Max, sois doux avec elle.

– Promis. Je serai aussi tendre et souple qu'une barre à mines.

Elle se contentait de soupirer pour me traduire tout ce qu'il était inutile qu'elle verbalise. Je me dirigeais vers les appartements de Gretchen, un univers rose acidulé parfaitement attardé et régressif qui ne s'accordait pas avec le physique « glamourissime » et le style très femme fatale de ma grande sœur. Après tout, les filles sont des poupées gigognes : une enveloppe lisse et proprette contenant tant de personnalités, d'inclinaisons et d'envies contradictoires. Notre Greta Garbo-maison cachait une petite Alice impatiente de tomber dans le trou, plutôt que de rester coincée, ici, dans notre monde qui n'avait de merveilleux que l'apparence.

– Bonjour Gretchen, je…

– Sors d'ici.

– « Bonjour Max, comment vas-tu ? » « Oh, ça va plutôt correctement, je te remercie de t'en préoccuper, chère sœur et toi, quoi de neuf ? » « Ma foi, je…

– Pitié, Armande, faites sortir l'importun. Je ne suis pas d'humeur « 7 à la maison », aujourd'hui.

– Monsieur Maximilian, s'il vous plait, ayez l'obligeance de…

– Dehors Armande. Immédiatement.

– Restez Armande. Max, tu n'as aucun droit sur elle. Elle est à mon service et sa présence entre ces murs ne dépend nullement de ton bon vouloir. Va donc jouer avec ton petit Savas et laisse ma poupée tranquille, veux-tu ?

– Armande, vous savez que vous avez tout à perdre à contrarier celui qui soumettra bientôt ce petit palais à ses quatre volontés. Je vous conseille de faire votre choix en prenant ce fait en compte.

– Je suis désolée, *Fräulein*[1] Gretchen. J'espère que vous ne m'en tiendrez pas rigueur. Je sors juste le temps de vous chercher votre infusion et ensuite, je ne quitterai la pièce que sur votre demande expressément formulée.

Bien sûr, que Gretchen lui en tiendrait rigueur, c'était aussi prévisible que l'issue des *Twilight*. Cette pauvre Armande allait encore devoir supporter les caprices de diva de notre hystérique, ses petits cris suraigus poussés de sa voix de crécelle outragée et ses détestables manières. Je remarquais que je n'étais pas exactement dans l'esprit empathique et bienveillant commandé par Silke. Il me fallait me reconditionner, extirper de ma mémoire en pagaille un souvenir agréable avec cette sœur-là afin de lui restituer une image positive même si provisoire. Le genre à s'autodétruire dès qu'elle ouvrait la bouche…

– Est-ce que tout va bien pour toi, Gretchen ?

– Qu'est-ce que ça peut te faire au juste ? Ne fais pas insulte à mon intelligence en jouant à celui qui se soucie sincèrement de moi, je te prie. Épargnons-nous au moins la médiocrité de l'hypocrisie.

– Alors disons qu'effectivement, cela ne me taraude pas plus que cela. Mais ce n'est pas le cas de Silke, qui…

– Ah, cette chère Silke ! Modèle de perfection et pureté et blablabla. Il n'y en a jamais eu que pour elle et je dois reconnaître que jusqu'à dernièrement, cela me peinait au plus haut point. Tout le monde n'avait d'yeux que pour Silke. Ironique, n'est-ce pas ?

– Pourquoi « jusqu'à dernièrement » ?

– Cela ne te regarde pas. Maintenant, sors et va dire à ta saleté de siamoise que je vais parfaitement bien. Qu'elle

[1] *Mademoiselle.*

s'occupe de ce qui la regarde, à défaut de pouvoir regarder ce qui l'occupe.

Ma pensée immédiate fut « va crever sombre conne » car, en effet, je me questionnais sur l'intérêt de perdre une minute à se pencher sur le sort d'une personne aussi suffisante, odieuse et absolument détestable. Mais parce que l'on ne se refait pas et qu'il serait stupide de perdre la moindre occasion d'apprendre (ou de satisfaire sa curiosité mal placée), je renonçais à tourner si vite les talons. Après tout, pourquoi s'acharner à collaborer avec quelqu'un quand on peut se contenter de le soumettre ?

– Je savais que tu viendrais me chercher !

Vers qui mon iceberg de sœur pouvait-elle se précipiter ainsi, avec cet abandon touchant et cette adoration à peine voilée ? Fouillons un peu là-dedans. Des images saccadées, rapides, désordonnées, reflets de la structure psychique de l'être en question. Des odeurs de chair brûlée, le goût du fer dans la bouche, le sang, partout. Du bruit intérieur, du chaos, de la colère comme on n'en trouve pas autant au kilomètre carré dans le quartier le plus « haut les mains » de Manille. Aucune trace du plus petit attachement pour ma sœur. Rien, pas une étincelle de tendresse, une fibre d'affection. Le souvenir d'un ébat m'apparut, que je rejetais aussitôt comme on tourne une page. Puis je visualisais les détails de l'élaboration d'un plan destiné à extorquer des fonds. Gretchen s'était donc faite soulager de quelque argent, pour ne pas dire vertement spoliée, plus par sa naïveté inédite qu'autre chose. Une arnaque pure et simple, à en croire ce que je voyais dans la tête du faussaire de sentiments. Je pouvais comprendre les motifs de l'acte à la vue des paysages qui lui étaient familiers. Une baraque de chantier habitée par une sorte de clochard imbibé, une trentenaire ridiculement travestie en écolière et un enfant bientôt malvoyant à en juger par la taille de ses lunettes. Gretchen, Gretchen, Gretchen… S'était-elle lassée des fils de bonne famille, héritiers en puissance pouvant lui assurer une belle rente à vie, des années d'ennui, d'infidélité et d'antidépresseurs ? Visiblement, cela la grisait de s'acoquiner avec une petite frappe, délire très répandu dans notre milieu et qui fait partie intégrante, chez nous, de la crise d'adolescence lambda. Comme beaucoup d'autres, elle avait cédé à l'appel du type solitaire et mystérieux, de la racaille aventurière qui la dépaysait en lui promettant des escapades à moto. De marque japonaise, évidemment.

Je pris un instant pour contempler mon nouveau corps. Je sentais une force et une vigueur qui ne m'appartenaient pas et dépassaient largement la mienne. Mes bras, mes épaules et mon torse avaient gagné en épaisseur et envergure. Des bottes en cuir marron, un jean, un marcel noir. On ne peut pas dire que le jeune homme misait beaucoup sur sa garde-robe en guise d'atout séduction. Mais il est vrai qu'il n'avait de toute évidence pas besoin de cela. Il faut bien laisser une chance aux maigrichons ingrats, par ailleurs. J'eus juste le temps de maintenir ma sœur à une distance convenable et de ce fait, non-incestueuse.

– Oh là, tout doux ma grande !

Drôle de voix. Rauque, très masculine. En comparaison, je faisais figure de petit chanteur à la Croix de Bois.

– Mais… Tu n'es pas content de me voir ?

– Si. Si si, bien sûr. Je suis hyper heureux, tu te doutes… Le truc, c'est que je pensais pas tellement avoir de tes nouvelles, c'est tout.

– Oui, j'imagine que tu es très pris par les problèmes de santé de ton frère mais… Je dois t'annoncer quelque chose… Ce n'est pas facile…

– Quoi ? Tu veux que je te rende le pognon, c'est ça ? Parce que si c'est ça, faut que tu saches que…

– Non ! Non non ! Je me fiche de l'argent, tu penses bien… Je te l'ai donné, il est à toi ! Je n'en ai absolument pas besoin.

– Bah c'est quoi le souci alors ?

– Je suis enceinte.

C'est à ce moment précis que tout homme un tant soit peu salaud demande « t'es sûr qu'il est de moi ? » et je sentais effectivement que mon passager aurait été le genre de personnage à formuler cette question ô combien délicate et respectueuse. Mais en tant que frère, je me fichais bien de savoir à combien s'élevait le nombre d'amants de Gretchen ou à qui attribuer la punition. Je veux dire : l'heureux évènement. Ce qui m'importait était de découvrir ce qu'elle envisageait de faire désormais. Donc inutile de tergiverser pendant des heures, l'immigré dans lequel j'étais coincé, serbe ou croate, bosniaque peut-être même, bref quelque chose de ce goût-là, n'était pas de nature patiente.

– Bon et tu comptes faire quoi ?

– « Tu » ? C'est ton enfant à toi aussi ! Nous nous aimons ! J'ai les moyens de nous assurer une vie confortable à tous les trois ! Enfin, si mon frère intervient en ma faveur… Il a une influence que je n'ai pas.

– Et si Hansel dit non, on fait quoi, hein ? Tu te vois servir des pizzas dans un bel uniforme orange et avoir le cheveu qui sent l'oignon ?

Hansel ?! Ah. Subtil jeu de mots, vraiment. Je devais reprendre le dessus, même si ce petit échange ne me déplaisait pas. Cet « invité » était particulièrement indocile et difficile à maîtriser. En ce qui concernait Gretchen, j'aurais pu la pousser à se mettre la tête dans le four. Elle qui n'y avait jamais placé une tarte confectionnée de ses blanches mains, c'eut été un ultime clin d'œil. J'aurais aussi pu l'enjoindre à s'ouvrir le ventre avec son coupe-papier puis à retirer l'embryon à l'aide de son recourbe cils. La véritable question s'imposait tout à coup : est-ce que j'aimais suffisamment Gretchen pour l'aider à affronter cette situation ou trop peu pour m'encombrer plus longtemps de sa présence ? Cette grossesse fâcheuse n'était qu'un prétexte de plus pour me débarrasser de celle qui m'irritait depuis si longtemps que j'envisageais sa disparition comme l'ablation d'une énorme tumeur maligne. Soit avec soulagement et reconnaissance.

Essayons de rester un tant soit peu logique et cohérent. On ne tue pas les gens parce qu'ils nous irritent, à moins d'être un fou psychopathe, état duquel je me rapprochais inexorablement de jour en jour. Mais il fallait prendre en considération que Mère en eût été chagrinée et Silke, anéantie. Que faire ? Que dire ? L'encourager à avorter ? C'était là un péché sans nom dans ma religion et Uwe préfèrerait relever sa soutane sur son visage que d'assister à cela. Il apprendrait inévitablement la chose, étant donné le réseau fanatique anti-IVG qu'il avait installé dans tous les dispensaires de soins et hôpitaux de jour de la région, pour ne pas dire du pays. Dans la demi-seconde où ma sœur franchirait le hall d'un de ces établissements, elle serait reconnue et dénoncée. L'envoyer le faire horsfrontières ? La garder à demeure et cacher sa condition ? Garder ce bâtard pour en faire un Von Abbetz digne de ce nom ? Je devais réfléchir calmement, sans ce regard désespéré empêtré dans le mien.

– Ma jolie, allonge-toi un peu par là, tranquillou. Repose-toi et laisse au bonhomme le temps de cogiter. Je vais m'organiser. Tu me fais confiance ?

– Oui. Oui évidemment. C'est vrai que je suis un peu fatiguée…

– Je m'en doutais. Tu vois, j'ai toujours raison. Allez. Ferme les mirettes. Voilà, comme ça. Je reviens rapido.

Ω

En dépit des changements survenus, nos rites familiaux étaient inchangés et nous respections à la lettre le protocole habituel, par réflexe inconscient en toute probabilité. Ainsi, nous soupions toujours dans un silence quasi ininterrompu, entourés de nos gens en faction, debout non loin de nous. J'avoue que cela peut paraître étrange, voire inconfortable, de s'alimenter sous le regard placide d'autrui. Je suppose que cela semblerait insolite, voire réellement inconvenant, pour bon nombre de personnes mais c'était là notre façon de vivre depuis toujours. Savas était perpétuellement dans mon dos, aussi lourd et indispensable qu'une bouteille à oxygène. Armande se tenait derrière Gretchen et Domitille assistait Silke avec douceur et bienveillance. Ils étaient nos ombres, notre garde rapprochée, prêts à poivrer notre plat en cas de besoin urgent d'assaisonnement, en domestiques capables d'anticiper le moindre de nos souhaits. Non seulement ils nous connaissaient par cœur, mais ils avaient bien évidemment été formés aux gestes de premiers secours. Je les soupçonnais d'être las d'attendre qu'un os de poulet coopératif ou une arête de poisson complice veuille bien obstruer nos trachées délicates afin de leur faire expérimenter l'excitante manœuvre de Heimlich.

Je ne me suis jamais leurré quant à nos relations, les uns avec les autres. Je savais que nous n'étions que leur travail et non pas des proches. Il est vrai que la promiscuité engendre la familiarité et que de cette dernière découle parfois une forme d'attachement. Mais nous n'étions pas suffisamment bons et authentiques pour que cela puisse se créer durablement. Je devais passablement agacer Savas par mon humour déplacé, vécu indubitablement comme des humiliations quotidiennes et des tentatives constantes de le rabaisser. Je ne m'en défends qu'à moitié, je ne cherche qu'à me divertir et m'amuser sans avoir peur, pour cela, d'égratigner l'amour-propre de quiconque. Cela faisait partie à mon sens des dommages collatéraux inévitables. Je l'aimais beaucoup, quoique l'on puisse en dire ou en croire. Je le considérais sincèrement comme un ami. Voire un membre à part entière de notre joyeuse tribu décatie. Il m'était honnêtement aussi indispensable que mon Amex, mon iPhone, mon eau minérale en bouteille de verre ou mon papier toilette quatre épaisseurs parfum lavande à motifs de fleurs de lys.

Armande, elle, devait sûrement ronger son frein pour se retenir constamment d'éviscérer Gretchen. J'imagine aisément qu'elle rêvait de lui planter son peigne en ivoire dans le crâne jusqu'à sentir une résistance tandis qu'elle la coiffait ou qu'elle fantasmait sur l'idée de lui glisser des pointes en fer sous les ongles lors de sa manucure quotidienne.

Armande possédait deux doctorats, quatre maîtrises et quelques licences. Elle n'en occupait pas moins un poste de bonne à tout faire traitée en bonne à rien. Pourquoi se soumettre à ces basses tâches serviles et ingrates, est-on en droit de se demander. Un salaire mensuel à cinq zéros justifie bien des petits sacrifices égotiques et l'ajournement de ses projets de domination de l'élite intellectuelle. Domitille, elle, était vraisemblablement attachée à Silke. Elle s'en occupait depuis nos six ans et n'avait trouvé aucun motif à quitter son service, à l'inverse de Gret et moi qui avions usé moult employés avant de nous résigner. Nous nous étions contentés des actuels, fatigués d'avoir à renouveler les formations, préambules et accoutumances.

Til, comme l'appelait affectueusement Silke, (car il se trouve que les germanistes sont volontiers friands de diminutifs mièvres, peut-être pour atténuer l'âpreté de leur accent…) était devenue un ersatz de nourrice, soucieuse de transmettre de belles valeurs et de participer au réel épanouissement de ma sœur. Elle était certainement la plus attachée à l'un des nôtres. Quant aux autres, ils auraient assurément versé une larme s'il nous était arrivé quoique ce soit. L'inquiétude les aurait fait pleurer sur leur avenir professionnel, leur devenir, leur reconversion. La perspective du chômage est pénible, préjudiciable et motif de dépression, comme chacun sait. Celle de la mort d'un Von Abbetz n'est pas aussi douloureuse et ne suffirait à justifier un véritable chagrin. J'en avais fait le constat, lors des disparitions successives de Père et d'Opa. Tout le monde avait, bien entendu, pris la mine endeuillée de circonstance et présenté une tristesse respectueuse de surface. Mais je n'étais pas dupe. Nul ne l'était, je suppose, mais la bienséance de mise exigeait que l'on fasse comme si de rien n'était. Toujours et en toute occasion, feindre la légèreté et simuler l'indolence. Tel est le credo de la distinction.

Une fois n'est pas coutume, ce soir, nous n'étions pas au complet de notre nouveau carré familial.

– Mademoiselle Gretchen vous prie de l'excuser. Elle ne se sent pas très bien et préfère garder le lit.

D'ordinaire, ce n'est pas quelque chose que Mère tolère. Comme déjà mentionné, en dépit de son absence psychique et de son détachement habituel, elle reste étrangement très à cheval sur les principes liés aux moments de partage imposés par la vie en collectivité. Elle y voit certainement une forme de respect mutuel, garant d'une affection de base sur laquelle faire tenir notre équilibre fragile. Bref, elle est quelque peu rigide, voire chiante, avec ce genre de petits manquements aux règles du savoir-vivre.

– Armande, allez tout de suite dire à Gretchen que nous l'attendons…

– … au petit-déjeuner de demain matin. Jusque là, faites-lui porter une collation frugale. Un bouillon, du riz blanc ou ce qu'elle demandera. Vous semble t il néces saire de faire venir notre médecin ?

– Je ne pense pas monsieur Maximilian. Vous avez vu comme moi qu'elle n'est pas si souffrante que cela. Elle est juste saisie d'une grande fatigue et souhaite se reposer à loisir.

– Très bien. Dites-lui donc de notre part à tous que nous souhaitons qu'elle se rétablisse au plus vite et que nous sommes à sa disposition en cas de besoin.

Armande avait cillé, fort surprise de mon ton anormalement empathique et dévoué. Là où d'habitude, je n'aurais hésité à railler la faiblesse de ma sœur et à appuyer Mère pour qu'elle vienne en rampant s'il le fallait, j'avais cette fois préféré user de douceur. Silke souriait en avalant docilement son potage, satisfaite de mon attitude sans en tirer pour autant quelque gloire personnelle. Elle avait tout simplement l'air content que les choses puissent se passer de manière si urbaine.

– Max, j'aimerais que tu m'expliques pourquoi tu as cru bon d'interférer dans ma…

– Mère, Gretchen est gravide. Vous savez que les premiers mois sont connus pour être des plus exténuants : ce ne sont alors qu'hormones, transformations physiques et exacerbation des émotions. Ce n'est pas à vous que je vais l'apprendre, vous qui avez su porter, mettre au monde et éduquer de façon si exemplaire trois enfants. Vous verrez, bientôt, tout ira bien mieux et je gage qu'elle ne désertera plus la table familiale, puisqu'elle aura grand faim !

Certes, mes manières manquaient quelque peu de diplomatie précautionneuse. C'était là une annonce un tantinet sommaire et abrupte mais je ne suis pas particulièrement fanatique des enchaînements laborieux, du maniement de pincettes et autres transitions sucrées. Le mieux était encore de dire les choses clairement, quitte à créer une belle onde de choc dans les assiettes creuses et la nage de homard. Dans tous les cas, l'information serait indigeste en elle-même, inutile donc d'en faire un menu lourd, avec entrée froide, entrée chaude et dessert vomitif. Le plat de résistance suffisait visiblement à retourner l'estomac maternel et à lui donner des haut-le-cœur.

– Enceinte ?! Mais de qui ? Depuis quand ? Et qu'allons-nous faire, mon Dieu ?!

– Enceinte. D'un individu quelconque dont l'identité est tout à fait insignifiante et qui, croyez-moi sur parole, ne souhaite aucunement prendre part à cette affaire. Depuis suffisamment longtemps pour qu'elle se soit attachée et résolue à l'idée de garder cet enfant et… quelle était la dernière question déjà ?… Ah oui, « qu'allons-nous faire ? ». Eh bien, nous préparer gentiment à devenir respectivement grand-mère, tante et oncle.

– Mais… C'est une catastrophe ! Que va dire Uwe ? Sans même parler de toute la bonne société de…

– Mère, enfin, Gretchen n'est pas la première jeune femme à se trouver dans une situation analogue. Nous ne sommes pas en Irlande du nord dans les années soixante, de plus. Les femmes, aujourd'hui, ont heureusement un peu plus d'options que le voile, l'abandon du nourrisson ou la prostitution. Nous ne dirons rien de spécial car nous n'avons aucune explication à fournir. À personne. Quant à Uwe, veuillez croire que s'il s'en déclarait choqué, il serait d'une hypocrisie tout à fait condamnable.

– Que veux-tu dire par là, Max ? Est-ce que tu sais quelque chose à propos de ton oncle que nous devrions entendre ?

Elle me demandait cela avec les yeux de l'amoureuse éconduite et éperdue qui supplie silencieusement qu'on ne lui annonce pas que son doux se marie demain avec une autre. J'étais à la fois touché de son attitude et profondément agacé. Je la trouvais un peu âgée pour ce comportement de gamine sentimentale et frivole. Je la jugeais tout à coup très sotte d'avoir eu foi en un homme qui avait trahi la sienne. Je ne pus donc retenir une pique, lancée de ma voix un peu grinçante et alourdie par mon regard trop inquisiteur.

– Non, Mère. Et vous ? Savez-vous quelque chose à propos de notre oncle que nous devrions entendre ?

– Moi ?... Non ! Non... Je pensais simplement que peut-être... Bref. Oublions cela... Concentrons-nous sur le problème de Gretchen. Enfin, je ne veux pas dire que... je ne qualifie pas l'enfant de problème à proprement parler, c'est juste que... Mon Dieu. Je n'ai plus les idées claires...

Elle se mit à rire confusément, pour dissimuler son embarras aussi maladroitement qu'un fond de teint mal appliqué ne parvient à couvrir efficacement un cocard. Comme souvent, elle prit sa tête entre ses mains, une façon explicite et vaine de tenter de contenir ses idées divergentes.

– Madame souhaite-t-elle que je lui apporte son pilulier ?

– Oui, merci Savas... Vous êtes très aimable...

Trop, pour l'heure, à mon goût. De quoi se mêlait-il tout à coup ? Du temps de Père, Savas n'aurait jamais osé intervenir de la sorte par une prise d'initiative aussi marquée et audacieuse. Cela me déplaisait fortement mais je jugeais préférable de poser temporairement un petit mouchoir sur cet incident. Je réglerai cela plus tard. À ma nouvelle manière. Je regardais Mère déglutir ses gélules colorées et l'effet placebo fut immédiat. Elle poussa un soupir satisfait et repris le cours de son repas, « comme si de rien n'était ». Décidément, c'était notre formule consacrée. Ce soir et toujours.

– Où en étions-nous ?

– À la grossesse de Gretchen.

– Je parlais du repas, mon ange. Qu'y a-t-il pour la suite, Savas ?

– Un navarin d'agneau sur son lit de légumes anciens déglacés au Sauterne, Madame.

– Mmmmh! J'en ai l'eau à la bouche !

Ô délice des anxiolytiques, antidépresseurs et autres inhibiteurs d'expression émotionnelle… Quel triste tableau que voilà : une famille fragmentée désormais composée d'éléments hétéroclites se valant par leur pathétisme. Une mère désinvolte et abandonnique dans l'âme, aux urines aussi claires qu'un coureur cycliste un matin d'étape du tour de France. Une aînée paumée comme une station service de Lorraine avec un polichinelle dans le tiroir. Un fils/cavalier apocalyptique qui se sentait plus menotté à son destin qu'un amateur de plaisirs coquins ne l'était à sa tête de lit. Une benjamine aveugle qui était la seule clairvoyante du lot mais dont on occultait la présence pour ne pas dire l'existence. Il y avait de quoi se réjouir. En ajoutant le chaud de la soutane pour parfaire la liste de symptômes, nous aurions fait une belle brochette de bêtes de foire plébiscitée lors de sa participation à *Une famille en or*.

Le reste du souper se déroula dans un calme un peu glauque imposé par l'étrange humeur maternelle et le trouble palpable que cette nouvelle avait tout de même généré. Lorsque tous se saluèrent poliment pour se souhaiter une nuitée des plus agréables, je sollicitais l'escorte de Savas. Il était grand temps de mesurer ce que mon éternel abonné avait dans le ventre, au cœur et en tête.

J'étais parfaitement résolu à le soumettre à mon scanner psychique sans plus tarder. J'avais pourtant un fond anxieux, semblablement à certaines bouteilles tapissées d'une lie peu ragoûtante. L'on a beau vouloir s'assurer de quelque chose, le projet est toujours sujet à l'éternel dilemme de la perte et du gain. Est-il préférable de vivre d'illusions confortables et structurantes ou de se confronter à une réalité susceptible de nous bouleverser durablement ? En guise de questionnement philosophique, j'allais être servi.

Ω

À peine étions-nous entrés dans mes appartements que je me mis à questionner Savas sur un ton badin. Était-il heureux à mon service ? En tirait-il quelque épanouissement ou à l'inverse, avait-il des doléances à me présenter ? Il m'assurait qu'il était parfaitement satisfait de ses charges et ne trouvait rien à commenter de déplaisant dans ses fonctions. Sourire à l'appui et pupille humide de l'employé du mois plein d'une gratitude filiale face à son chef qui l'épingle au tableau d'honneur. Jolies, jolies apparences, donc. J'aurais pu choisir de me contenter de cela. Après tout, c'était plaisant à l'oreille et touchant à l'œil. Cela caressait mon poil dans le bon sens et flattait mon égo de maître de maison. À n'en pas douter, j'aurais certainement dû m'arrêter juste là, sur le perron de mes soupçons. Mais voilà, ce n'était pas dans ma nature contrariée et contrariante. Je m'attachais à son regard comme un morpion à un poil pubien et plongeais sans précaution supplémentaire dans la pensée de mon plus proche conseiller.

– Gülizar, tu es là ! Ça fait tellement de bien de te voir !

À l'inverse de ce que l'on pourrait croire de prime abord, le sujet d'idolâtrie de Savas n'était pas un Pokémon mais son épouse. Oui, c'est moins drôle et stimulant, mais c'est ainsi. Il se trouve que les prénoms turcs ont ceci de remarquable qu'ils sont esthétiquement subversifs et d'une joliesse discutable. Disons, pour rester politiquement correct, que notre oreille européenne n'est guère coutumière, voire amatrice, de telles sonorités. Et c'est un germanophone qui l'affirme, c'est dire si la chose est compliquée. J'ai toujours trouvé fort divertissante l'exploration de la culture de mon homme de main. En fait, il lui suffisait de m'énoncer les prénoms de membres de sa famille pour que je me réjouisse au plus haut point et que mon humeur s'améliore instantanément. Gülay, Eyüp, Gönul, Lütfü, Tuba, Rüstü, Zümrüt et j'en passe… Non vraiment, allons allons, ce n'est guère sérieux tout cela. Attention, je ne me moque ni ne méprise cette facétie culturelle qui veut que l'on nomme des êtres humains avec les mêmes insouciance et fantaisie qu'un bambin baptiserait sa gerbille ou autre lapin nain. Je m'étonne simplement, dans un esprit anthropologue, de cette spécificité et m'en réjouis, bien sûr. Vive la diversité…

Explorons la personnalité de madame. Comme j'aurais pu le prédire, il n'y avait là aucune trace d'imagination, d'originalité, d'extravagance chez cette personne un peu terne, à demi-effacée déjà. Sa soi-disant beauté prêtait à polémique et je m'attendais à un physique plus affirmé chez quelqu'un portant un prénom digne d'un satellite russe ou d'une potion magique destinée à faire cracher des boules de feu. Non. Gülizar était une femme qui aimait le linge de maison tissé au crochet, les rideaux et les dessus de lit en velours rouge lourds de rubans et petits nœuds. Gülizar était une femme qui aimait grignoter des graines par sachet de quatre kilos, assise sur un banc, en regardant ses enfants manger de la boue, se distribuer des gnons et se décrotter le nez. Gülizar était une femme qui aimait cuisiner des plats à base de saucisse sucuk en ayant un œil sur Powertürk TV tout en prétendant honnir la décadence de ce programme. (Je n'inventais rien, c'était véritablement le nom de la chaîne).

Je me sentais de suite bien moins coupable de ne pas laisser Savas rentrer plus souvent auprès de sa chère et tendre moitié. Après tout, j'étais le sauveur de leur couple : sans moi, il se serait bien plus rapidement lassé de cette compagne qui n'avait assurément rien à dire, rien à penser. Rien à vivre. Et ce n'est pas un jugement hâtif basé sur des faits approximatifs. Non, j'étais à l'intérieur, en véritable immersion au cœur du problème, si je puis parler en ces termes…

– Je rentre bientôt, je te promets ! Ça ne va plus durer longtemps maintenant… *çevir*[1] !

Ah vraiment ? Je ne me souvenais pourtant pas avoir donné congé à Savas pour les mois à venir. Il n'en avait nullement discuté au préalable avec moi ni évoqué ne serait-ce qu'un vague désir allant dans ce sens-ci.

– Les choses vont bien plus vite que prévu, tu sais ! Je pensais en avoir encore pour des mois, voire des années, mais faut croire qu'Allah est de mon côté ! Maintenant que le vieux et le salaud ont crevé, la voie est libre ! C'est pas la

---

[1] *Promis.*

mère qui va me gêner : elle est plus dopée qu'un culturiste, tout le temps dans les vapes ! Et je veille à ce que ça continue comme ça... Et puis ce débile de Max me fait une confiance aveugle, tu peux même pas savoir à quel point il se repose sur moi, ce crétin! Il est incapable de penser à se vider le nez si je lui tends pas le mouchoir ! Je suis pas certain qu'il trouverait son propre cul si je me trouvais pas collé derrière... Sa frangine dévergondée est en cloque, il s'est engueulé avec l'autre pervers, là, le curé ! Je suis tout ce qui lui reste ! À part la petite handicapée... Mais bon, elle, si elle me barre le passage, je lui règlerai son compte aussi... D'ailleurs, j'ai déjà commencé à vider les siens, de comptes, au profit d'un soi-disant investissement immobilier à Bahreïn. Les banquiers ont pas moufté : j'ai procuration partout ! Tous, ils me mangent dans la main en me donnant du « monsieur le premier secrétaire » ! D'ici deux trois semaines, ses poches seront aussi vides que sa tête ! Il devra mendier chez « manman » pour avoir de l'argent de poche ! Saigné le petit tyran ! Et nous, ma chérie, on aura de quoi vivre comme des sultans pendant quelques centaines d'années ! Ce sera bientôt fini, tout ça ! Fi-ni !

Il irradiait littéralement, avec un sourire plus effrayant et mauvais que la pire des grimaces. Le plus frustrant était de devoir admettre qu'il avait en grande partie raison : j'avais été négligent, inconséquent et par trop léger. Je m'étais abandonné momentanément aux affres de la confiance en autrui. Ah, la tentation de l'amitié et du don de soi, on ne le dit pas assez, mais c'est bien cela la première cause de suicide dans le monde... Je ne l'aurais jamais reconnu, surtout pas devant témoins, mais j'avais très mal. Premièrement, parce que ce n'est jamais très agréable de se faire prendre pour un con. Ça picote un peu dans la région de l'amour-propre. Ça irrite et ça démange. Ensuite, parce qu'en dépit de ma personnalité quelque peu revêche et des turpitudes commises par mes tares insurmontables, j'aimais sincèrement Savas, comme l'on peut aimer un ami ou un parent, un alter ego. Je me sentais trahi, évidemment, mais aussi abandonné et renié. J'étais seul, plus que jamais et au moment même où je n'imaginais pas que je puisse l'être encore davantage. De ce fait, mon chagrin se teinta rapidement de colère et j'étais décidé à ne plus correspondre en aucun point au triste portrait qu'il avait fait de moi.

Je reprenais possession de mon corps et de ma personne sous le regard effaré de mon ex-confident. Inutile de décrire en long, en large et en travers sa surprise, son égarement et patati et patata. On peut aisément se représenter le choc que ce fut pour lui.

– Mon… Monsieur Maximilian… Je…

– Que t'arrive-t-il, mon bon Savas ? Désires-tu un peu d'eau ? Dois-je appeler quelqu'un ?

– Je… Non… Enfin, de l'eau, oui, peut-être…

– Tu me sembles bien pâle, tout à coup. Je jurerais que tu viens de voir un revenant. Ou un djinn, si cela te semble plus familier…

– Je ne sais pas ce qui m'arrive, Monsieur Max, je… Je crois que je suis en train de devenir fou…

Il était mort d'inquiétude, cela sautait aux yeux, au nez, au visage tout entier. Je sais que ce n'est pas très catholique mais… je savourais le spectacle avec lenteur, délectation et jouissance.

– J'ai cru que vous étiez ma femme ! Je veux dire : je l'ai

vu, là, devant moi ! Je lui parlais ! Comme je vous parle à vous en ce moment ! J'en suis certain… Je n'ai pas pu rêver…

– Comme tu me parles à moi, vraiment ?

– Mais oui ! Je…

– Et que lui racontais-tu de beau, dis-moi ?

– Je lui disais que…

Il s'interrompit de lui-même mais j'ignore si son élan fut stoppé par la réminiscence de ses propos ou mon regard froid et assassin.

– Monsieur, je… Aurais-je parlé à haute voix ?

– En effet. Nous pouvons dire cela.

– Je vous prie de croire que je ne pensais aucun mot ! C'est une bouffé délirante ! J'ai perdu la raison un instant et j'ai dit des choses folles, incohérentes ! Des choses fausses ! Je…

– Il y a un moyen très simple pour moi de m'assurer que tout cela est effectivement une simple divagation : je vais contacter de ce pas mes financiers et vérifier le solde de mes comptes. Qu'en penses-tu, mon gentil Savas ?

– Les bureaux sont fermés, à cette heure tardive, monsieur. Je me permets de…

– Lorsque l'on a autant d'argent, on ne dérange jamais, tu le sais parfaitement. Je vais téléphoner immédiatement à Monsieur Esnault qui me dira dans la minute quelle est ma situation.

Je me dirigeais vers ma table de travail pour y prendre place. Mon téléphone portable entre les mains, je parcourais déjà mon répertoire à la recherche de mon intransigeant gestionnaire. Savas n'en eut l'air que plus tourmenté encore.

– Non ! Non, non… Je… Laissez-moi me charger de cela pour vous. Dès demain matin, je vous apporterai le bilan de vos dépenses ! Un rapport complet ! Une expertise même !

Je me sentis subitement excessivement las de ce jeu qui ne me divertissait plus du tout. Je m'adossais en soupirant, découragé, triste. Fatigué. Je fis un effort surhumain pour me redresser : il s'agissait de faire belle figure encore quelques minutes. Avec un rictus de patron de moyenne entreprise affligé d'avoir à « dégraisser » ses effectifs, je saisis le combiné de notre ligne interne afin d'entrer en communication avec ma garde personnelle. Une escouade d'hommes qui avaient quasi tout du berger allemand : la fidélité, l'obéissance, l'œil vif et l'oreille fine, l'amour de la viande rouge et le tonus musculaire. Même les prénoms avaient été pensés en ce sens. Souci du détail oblige. Cette dernière initiative me revenait. Comme mentionné précédemment, Père n'autorisa jamais l'entrée d'un animal de compagnie dans cette maison. À quoi bon ? Nous étions déjà les heureux propriétaires d'une pléiade de domestiques que l'on s'appliquait à ne pas traiter en humains. Aussi, dans mes primes années, Wolfgang me laissa m'amuser à loisir avec mes gardes du corps. Je les rebaptisais des noms que j'avais rêvés pour mes labradors et autres pitbulls. Je les montais fièrement, leur ordonnais de faire le beau, de donner la papatte… Ah… ces souvenirs tellement émouvants me procurèrent un début de consolation.

Bref : j'obtins Rex dès la première sonnerie. En moins de vingt-huit secondes, ma meute attitrée avait pris possession de la pièce et la dominait tout à fait. Ce débarquement eut son petit effet : une expression de mouton de panurge un matin de l'Aïd se dessinait sur la face moite de mon ancien bras droit. L'amputation ne serait décidément pas sans douleurs.

– Faute avouée à demi pardonnée, Savas. Ne pourrais-tu pas simplement t'épargner un interrogatoire musclé digne du KGB et jouer cartes sur table ? C'est ce qui se pratique, pourtant, entre hommes du Monde.

– Hommes du Monde ? Parce que vous vous figurez que c'est ce que nous sommes, tous les deux ? Tu es un gamin ! Un sale gamin, en plus ! Tu es qui sans tes molosses, là ? Moi je n'ai pas peur de te le dire : tu n'es rien, tu n'es personne et ça rendrait service à l'Humanité toute entière si tu rejoignais ton père et ton grand-père.

À mon sens, on sait immédiatement qui domine une rixe sans même juger de la perspicacité des arguments ou de la pertinence des récriminations. Tout est fonction des décibels. Plus un homme crie, s'énerve et s'époumone, moins il est détenteur d'une véritable autorité charismatique. C'était malheureusement le travers primaire dans lequel Savas était en train de choir. Il gesticulait et perdait toute prestance acquise difficilement grâce à des années de reconditionnement comportemental au sein de la maison Von A. Je n'avais rien de plus devant moi qu'un vendeur de breloques sur les marchés d'Ankara, ulcéré par le marchandage abusif de touristes aux poches bourrées de fric. Tout ça pour ça.

Tandis qu'il sombrait dans le facile réflexe de l'insulte, je laissais mon esprit vagabonder et mes doigts courir sur mon précieux téléphone. Il commençait à me ruiner les tympans avec tout ce brouhaha inutile et un peu vulgaire, aussi regrettais-je de ne pas l'avoir poussé à se tirer une balle dans la tempe sous l'influence de Bulbizarre. Pardon, Gülzimar.

– Passons, Savas. Parlons peu mais parlons bien. En cet instant précis, tu as tout perdu. Tu es littéralement nu.

– Quoi ? Parce que j'ai perdu ce job minable de larbin, tu t'imagines que ma vie n'a plus de sens ? Contrairement à ce que tu peux croire, tu n'es pas le centre du Monde. Encore moins du mien.

– Voyons voyons, Savas, tu devrais me connaître assez pour savoir que je ne me contente jamais de déposséder quelqu'un de ses biens matériels. J'aime en plus le réduire à une misère plus… affective. Tu sais donc que rien ne me fait plus plaisir que détruire, écraser, anéantir. J'ai dû me brider et me faire violence durant tant de temps, sous ton égide. Je voulais suivre tes bons conseils, j'aspirais à la même exemplarité que la tienne et je me sentais meilleur grâce à toi. Presque bon, même. Mais à présent, je peux enfin libérer toute cette malveillance contenue par tes bons offices et, ironie du sort, elle va s'abattre sur toi.

– Tu ne peux rien faire. Rien du tout.

– Tu sais parfaitement que c'est faux. Volker avait des relations. Tout homme un tant soit peu élevé possède un joli carnet noir dans lequel sont répertoriés des amis d'un genre particulier. Pas vraiment ceux que l'on convie à bruncher le dimanche, autour de clubs sandwichs et thé au citron, si tu vois ce que je veux dire. Des personnes qui se rendent des services réciproques, trouvent des arrangements mutuels pour régler les problèmes des uns, les petits tracas des autres.

– Et alors ?

– Alors, Savas, je te conseille de passer un coup de téléphone. Sans plus attendre. Appelle tes enfants et ta femme, et fais-leur tes adieux.

– Parce que tu comptes ordonner à Rantanplan, Milou et Rintintin de m'apprendre à nager avec une enclume ?

– Non. Je vais simplement « arracher brutalement de ton affection » ton infortunée famille, comme ils disent dans la rubrique nécrologique. C'est tellement plus doux de songer que tu passeras le reste de ta misérable existence à te faire le reproche de leur mort. Bien sûr, de temps en temps, dans un sursaut de suffisance et animé d'un esprit de révolte, tu t'efforceras de te déculpabiliser en m'accablant, en me désignant comme responsable. Mais au fond, tu sauras toujours que si tu ne m'avais trahi, ils auraient eu une chance de poursuivre leurs vies un peu minables et insignifiantes.

– Tu bluffes.

Mon silence tranquille assorti à mon visage impassible eut raison de sa belle assurance. Je piochais une noix de macadamia dans la coupelle en cristal remplie de fruits secs posée juste là, et la croquais avec délectation. Je proposais d'un geste indolent le noble récipient à Rex, qui piocha une cacahuète comme s'il s'était agi d'une récompense. À mesure que les secondes s'égrenaient, Savas perdait contenance et maîtrise de lui-même. À l'inverse, quoique simultanément, je gagnais inexorablement en quiétude et autorité. Je dois même avouer que cette configuration de la situation commençait à me séduire. J'étais affranchi de tout, fier et crédible.

– Si tu n'annules pas immédiatement ton ordre, je te tue de mes mains. Et rien, ni personne, ne pourra se mettre entre toi et moi. Je te le jure, sur ce que j'ai de plus cher.

– Mais tu n'as plus rien, mon brave Savas. De cher ou même bon marché. Toi, me tuer ? Tu présumes grandement de tes forces. Ne sois pas ridicule et cesse de m'irriter avec tes menaces grotesques. Je répugnerais à lâcher mes hommes sur toi. Tu connais mon aversion profonde pour les effusions de sang. Je suis d'une nature aussi sensible et fragile que mes tapis persans et mon costume italien.

– Si tu touches à ma famille, tu seras arrêté. Et condamné.

– Et sur quelles bases, je te prie ? Il n'y a aucun mobile, aucune preuve, aucun témoin. Je te rappelle que la victime, ici, c'est moi. Je pourrais même te mettre à mort, poster sur tweeter une photo de moi faisant le signe de la victoire, le sourire triomphant et mon soulier Testoni délicatement posé sur ton crâne défoncé. Je ne m'exposerais à rien de plus qu'une tape sur les doigts. Ne me provoque pas, Savas : me débarrasser de toi serait à la fois légitime et enfantin. Mets-toi un instant à ma triste place, très cher : je découvre que mon homme de confiance, mon ami, Savas, me vole scrupuleusement depuis des semaines et fomente un complot visant à me dépouiller de tous mes biens. Il est même prêt à attenter à ma vie en cas de nécessité. L'avidité et l'appât du gain poussent les êtres corruptibles aux crimes les plus crapuleux, cela se sait. Démasqué, le voilà qui perd sang-froid et raison, me saute littéralement à la gorge et tente de m'étrangler. En mon for intérieur et dans le secret de mon âme, monsieur le Juge, j'avais déjà fait mes adieux à ma sombre vie de jeune homme fragilisé par le deuil et les épreuves les plus noires. Mais les miracles existent, je peux en attester, puisque par une heureuse intuition, mon cher Rex s'en vint s'enquérir de mon état. Il peut confirmer mes dires, monsieur le Juge, et je gage que c'est un homme de parole !

– J'ai tout vu : Savas étouffait Maître Maximilian. Maître Maximilian avait déjà le visage tout violet, les yeux exorbités, la langue pendante. Je dois dire que je n'ai pas été plus surpris que ça : je me suis toujours méfié de Savas. Je ne le sentais pas. Il était fou et incontrôlable. Il a fallu qu'on s'y mette à quatre pour libérer Maître Maximilian. Hein, Thor ?

– Oui. Il était incontrôlable. Et fou. On ne l'a jamais senti : il fallait s'en méfier. On est arrivé après, avec Odin et Hadès. On a tout vu : Savais étranglait Maître Maximilian et Rex luttait pour neutraliser Savas mais comme il était fou, c'était dur. Il était vraiment incontrôlable… Pas vrai les gars ?

– Vrai.

Ils avaient dit ce petit mot dans une si belle communion, une telle osmose, que j'en fus légèrement ému. Une furtive envie me prit de leur autoriser quelques roulades joyeuses sous mon bureau afin de leur gratouiller le ventre. Je regardais mon élevage avec une fierté de dresseur de chiens de race récompensé lors de quelque concours canin.

– C'est formidable, cette loyauté, qu'en penses-tu mon Savas ? Ah… Si tu avais pu leur ressembler davantage, nous n'en serions pas là. Tu m'en fais faire, des choses, tout de même… Enfin, en réalité, tu le sais bien, je n'aurais même pas besoin d'eux : j'ai dans mes faveurs des juges, des magistrats, des dignitaires qui siègent à la Haute Cour de Justice et au sénat. Je pourrais me faire un manteau de ton cadavre et défiler sur les Champs le matin du 14 juillet sans que cela ne suscite une réaction périlleuse auprès des représentants de l'Ordre. Ils se contenteraient de venir me saluer et de me féliciter pour mon audace stylistique. Crois-moi. Je n'hésiterais pas une seconde. Et toi, tu devrais cesser de gaspiller celles qui peuvent encore être partagées avec les tiens. Elles sont précieuses et fuyantes. Elles s'amenuisent. Tic tac tic tac. Tu entends Savas ? Ce n'est pas la montre du lapin blanc. C'est le temps qui te reste pour parler aux futurs martyrs de ta cupidité.

– Tu es une abomination de la pire espèce. Tu es un…

– Oui. Oui oui oui ! On lui dira. Tic tac Savas. Tic tac.

Tout en me regardant, il avait dégainé son téléphone. Enfin, quand je dis « son », c'est une façon de parler : celui que je lui avais offert à Noël dernier… Le petit personnel est tellement ingrat que c'en devient compliqué de ne pas se résoudre à les employer utilement et au mieux de leurs capacités. C'est-à-dire pour nourrir les cochons ou alimenter un bon vieux poêle à charbon. Ses mains tremblaient tandis qu'il composait laborieusement le numéro qu'il connaissait pourtant par cœur. On aurait presque cru qu'à chaque sonnerie, le pauvre bougre perdait un kilo. Son visage blafard se creusait, tandis que des auréoles malodorantes se formaient sous ses aisselles. Entre souiller un costume Kenzo et perdre sa famille, le véritable drame n'est pas celui que l'on croit. Ses lèvres sèches et blanches articulaient des mots silencieux. Sans doute « décroche, par pitié » ou « je t'en supplie, mon Dieu… ». Bref, rien qui ne vaille effectivement la peine d'être entendu. Lorsqu'il tombait finalement sur la boîte vocale, ses yeux se sont fermés. Il était vaincu et je pouvais donc désormais jouir de mon triomphe en toute légitimité.

– « Bonjour ! Nous ne sommes pas là pour le moment et j'aimerais vous dire que nous vous rappellerons dès notre retour mais je risque d'oublier puisque ma cervelle est actuellement éparpillée sur les murs blanc sale de notre résidence du quartier d'Alsancak ! Vous pouvez toujours nous laisser un message, de condoléances, après le bip sonore! C'est à vous ! Biiiiip ! »

– Tu as dit que je pourrais leur parler une dernière fois… Tu as dit que…

– Eh bien j'ai menti ! Tu ne vas quand même pas me faire une histoire pour un tout petit bobard de rien du tout ! Ce serait légèrement mal venu de ta part.

Savas se tenait là, encore debout grâce à je ne sais quelle ressource physique étonnante. Il fixait son téléphone, incrédule et pétrifié. Vraiment, c'était un triste, triste spectacle pour lequel je ne me passionnerai plus longtemps. Je m'efforçais à certaines pensées, me disant qu'il fallait que je me hâte de lancer immédiatement un appel d'offre pour son poste. Oui, il était question de le remplacer au plus vite. Celui qui a dit que chaque personne est unique et, de ce fait, irremplaçable, n'a pas l'âme d'un DRH ou chargé de recrutement. La vérité était que j'aurais naturellement eu tendance à avoir mal. Je me sentais profondément trahi, blessé et humilié. De surcroît, je me savais irréversiblement monstrueux. Ma conscience ne me pardonnerait jamais ce que je venais d'infliger à quelqu'un qui avait été si cher à mon cœur. Mais voilà, ce dernier, comme tout le reste de ma personne, ne m'appartenait plus tout à fait. Je faisais âme et corps communs avec le Cavalier Noir et lui n'avait visiblement aucune envie de s'encombrer des reliquats de la personnalité de Max. Il voulait se débarrasser de ses restes de scrupules, tourments et autres luttes intérieures. Il était surtout conscient de ne plus avoir de temps à accorder à la clémence, la pitié et le pardon. Et j'étais assez d'accord avec lui, au fond.

– Brutus, Attila, Samson et Hercule : escortez Savas hors de notre demeure, retirez-lui ses passes, accès et clés ainsi que tout document l'autorisant à prolonger son séjour sur le territoire français. Accompagnez-le jusqu'à ses appartements, qu'il puisse faire ses bagages. Qu'il n'emporte avec lui que ce qu'il avait en sa possession à son entrée à mon service. Partagez-vous le reste. Ne le quittez pas un instant des yeux. Veillez à ce qu'il soit reconduit en Turquie, toujours sous étroite surveillance mais dans un vol low-cost. S'il tente de se soustraire à votre garde, abattez-le. S'il essaie de communiquer avec qui que ce soit, abattez-le. S'il a un regard qui vous déplait ou qu'il respire d'une façon propre à vous incommoder, abattez-le. Que chacun d'entre vous prenne bonne note : c'est là le sort de ceux qui se jouent de moi et trompent mon attachement. Est-ce que mes ordres et recommandations vous apparaissent limpides, messieurs ?

– Affirmatif, Maître Maximilian.

– Quel doux chœur à mon oreille… Quant à toi, Savas, n'oublie pas que notre ami commun en séjour à Izmir est toujours en service. Il est désormais en faction près de ta chère maman. Je sais très bien à quel point tu lui es attaché, aussi, je suis persuadé que tu ne feras rien qui puisse mettre ses jours en danger. Néanmoins, dans le cas contraire, souviens-toi de ma promptitude à agir et de mon peu de mansuétude. Je te déconseille fortement de tenter de fuir, t'opposer ou disparaître. Où que tu ailles, je saurai toujours me rappeler à ton bon souvenir, cher ami.

– Sois maudit, Max. Toi et les tiens. Ne crois pas que ce que tu as fait restera impuni. Je te le jure : tu vas souffrir comme personne avant toi.

– Oh mais je n'en doute pas, mon brave. Le bonjour à la famille… du moins ce qu'il t'en reste.

Ω

J'aimerais pouvoir dire que mon esprit fut chagriné, perturbé voire torturé par les récents évènements et, certainement, si l'on m'avait interrogé quant à mes états d'âme, j'aurais tenu ce genre de discours. La version officielle, servie à belle louchée de mensonge à qui s'en souciait, était que Savas avait fauté et s'était vu remercier pour cela. Mon mutisme et mon austérité feinte décourageaient quiconque de pousser plus en avant son questionnement. Non seulement j'étais désormais dépourvu de toute notion de crise de conscience, remords ou atermoiement mais, de plus, j'avais bien d'autres choses à penser. Quelques minutes plus tard, je me devais de recevoir deux centaines de personnes et il me fallait m'assurer, en hôte perfectionniste et maître de maison attentif, que cette soirée resterait inoubliable dans chaque mémoire. Pour cela, je ne m'inquiétais pas outre mesure : j'avais un talent qui saurait faire la différence…

Le manoir grouillait littéralement de monde, ce n'était que bruissements d'étoffes, murmures lascifs et exclamations émerveillées ricochant sur la moindre aspérité de la demeure et se répercutant à l'infini. J'étais plutôt satisfait de la bonne volonté mise par mes convives pour faire honneur à mon invitation. Ils avaient de toute évidence redoublé d'imagination et de créativité dans le choix de leurs tenues et s'étaient employés à personnaliser leur apparence avec un luxe de détails et de soins tout à fait remarquables. Toutes les jeunes femmes en présence rivalisaient de beauté, d'atours et d'attraits. Ce n'était là que démonstration de charmes et étalage de grâces. On ne savait plus où donner de la tête et encore moins des reins. Les tables de banquet étaient lourdes de fruits frais et de pièces montées jusqu'aux lustres, pyramides époustouflantes de délicatesses au miel et autres douceurs sucrées. De véritables cygnes blancs et noirs rendus immortels par les talents taxidermistes de mon chef cuisinier servaient de présentoirs pour les pièces de viande dégoulinantes de sauces épaisses. Dans un esprit de royauté, je voulais que chaque pièce regorge de victuailles, d'alcools nobles, de vins et de bougies par centaines dont la chaleur induirait une atmosphère brûlante. Je désirais que l'on s'étourdisse, s'égare, se perde. Je souhaitais induire le vertige, l'extase, l'ivresse de tous les sens. Car, ne nous y trompons pas, l'abondance de nourriture et le partage convivial d'un instant d'hédonisme n'étaient pas les buts premiers de cette réception.

En parlant de cela, je dois reconnaître qu'un joli spécimen féminin, au corps appétissant, avait su attirer mon attention. Travestie en amazone, sa tunique faite de peaux et de fourrure de faon laissait apparaître un sein blanc et parfait dénudé, ce qui n'ôtait pourtant rien à la pudeur perceptible de la demoiselle. J'aurais juré, par ailleurs, que sans ce loup agrémenté de plumes qui gardait son identité secrète, elle n'aurait osé semblable extravagance.

– Max, Max, Max, je dois m'incliner : tu es résolument le Bacchus de notre siècle ! Cette petite sauterie est au-delà de l'imaginable…

Depuis notre mésaventure quelque peu embarrassante dans les vestiaires, Valère et moi ne nous étions guère adressés la parole. Sa présence ce soir me faisait un plaisir immense, même si je soupçonnais que je la devais en grande partie au désir de Du Campart de croiser Silke. Nous jouions parfaitement, l'un comme l'autre, à ceux qui ne se souvenaient pas de l'épisode malheureux. Tout le monde fait cela, n'est-ce pas ?

– Merci, Du'C. Aurais-tu l'obligeance de me révéler, toi qui est à la jeunesse mondaine ce que Stéphane Bern est au gotha, l'identité de cette créature-ci ?

– Mmmh mmmh… Les cors signalant l'ouverture de la chasse retentissent à mes oreilles ou est-ce une hallucination auditive ?

– Il se pourrait. Alors ? As-tu une idée ?

– Je pense qu'il s'agit, contre toute vraisemblance, de la prude et timorée Héloïse Mont Chalderac.

– Impossible. J'ai récemment croisé le regard de cette fille et elle est aussi épicée, incendiaire et savoureuse qu'un bol de lait froid. Tu dois faire erreur, mignon…

– Absolument pas, Max. Je concède que ce soit difficile à croire, mais c'est bien elle. Observe : à son cou est suspendu un « H » rehaussé de trois perles nacrées en gouttes. Elle le porte chaque jour, invariablement et avec une fidélité de sainte.

– De sainte, dis-tu… Dommage… J'aurais volontiers fait plus ample connaissance avec elle mais je ne crois pas qu'une dévote de son genre se sente prête à me « rencontrer ».

– C'est donc vrai que les principaux intéressés sont toujours les derniers informés… Max, cette fille est amoureuse de toi depuis des temps immémoriaux.

– C'est impossible…

– Quoi ? Qu'une fille à laquelle tu n'as même jamais cherché à plaire puisse t'aimer ? Certes, c'est original. Tiens, j'aperçois quelqu'un que je souhaite absolument saluer. Tu m'excuses ?

– …

– Max : tu m'excuses ?

– Comment ? Ah… euh… oui, oui naturellement. Va.

Une fille à laquelle je n'ai jamais cherché à plaire. Alors, c'était peut-être envisageable, que quelqu'un m'aime en toute sincérité et authenticité pour celui que j'étais vraiment. Il me fallait naturellement m'en assurer, je ne suis pas homme à vivre d'espoirs chimériques ni à me lover dans des incertitudes rassurantes. Je fis signe à ma nouvelle amie de me suivre dans cet endroit si particulier que Gretchen adorait. C'était effectivement un lieu dans lequel tout narcissique pathologique aurait apprécié séjourner. Une pièce octogonale tapissée intégralement de miroirs. Sols et plafonds confondus. Les sièges étaient en plexiglas transparents et offraient l'illusion de l'invisibilité. Seuls les réverbérations des êtres animés se répercutaient et se confondaient dans une multitude de clones parfaits. Son élaboration avait été directement inspirée de ces galeries que l'on trouve parfois dans les parcs d'attractions ou fêtes foraines. Pour ma part, je ne m'y sentais pas particulièrement à mon aise, depuis l'annonce de mon don. Il faut une belle assurance pour oser se regarder ainsi de face et assumer tout ce qui est susceptible d'être vu, perçu et trahi par son reflet.

Mon invitée si spéciale m'avait bien entendu suivi avec une docilité d'enfant grimpant dans la camionnette d'un monsieur bizarre pour avoir un bonbon. Je la laissais passer devant moi et refermais la porte sur nous. Dissimulée par des panneaux de bois, je n'avais nul besoin de la verrouiller pour m'assurer de notre tranquillité. Je lui tirais une chaise et m'apprêtais à faire quelque chose de totalement inédit : tenter de plaire à Héloïse Mont Chalderac. Je n'avais pas envie de préambule verbal, de mise en situation cucul-la-pralinesque ou de prélude sentimentalo-dégoulinant. J'avais appris à aller à l'essentiel et à toujours viser l'efficacité.

Cette fois, pas de transformation digne d'un powerranger. Aucune barbe ne vint chatouiller ma gorge, pas le moindre obus mammaire ne fit sauter ma boutonnière et je ne sentis rien de perceptible changer en moi. Je restais intact, fidèle à moi-même, du moins à l'œil nu. Car en dedans, les choses différaient sensiblement. Je ressentais des émotions inédites qui ne m'appartenaient en rien et percevais des valeurs ou qualités que je n'avais jamais réussi à faire miennes. Je me sentais doux, aimable, patient, mais aussi incroyablement intelligent, subtil et fort. Je décelais en moi une folle envie de devenir père rapidement et un amour démesuré pour… Héloïse. Je dois me rendre à l'idée populaire qui veut que lorsqu'on aime quelqu'un, il en devient plus beau qu'il ne l'est en réalité. Je voyais effectivement l'autre Max, celui créé par l'amoureuse, et chaque reflet semblait plus beau que le modèle. C'étaient toujours mes traits, il est vrai, mais une sorte d'aura, de charisme transcendant venait illuminer mon image de l'intérieur. Je paraissais en paix, serein et épanoui. Très différent de ce que j'étais en vérité.

Je commençais à comprendre comment opérait véritablement mon joli pouvoir magique. Je saisissais même bien au-delà de cela le fonctionnement réel des relations, des interactions sociales, de la psyché humaine. C'était fascinant et décevant à la fois, une source indistincte de soulagement et de tristesse. Bref : un paradoxe complexe.

J'avais lutté contre mon Destin lorsque je croyais qu'à cause de ma condition, personne ne m'aimait réellement pour mon âme, mon cœur ou mon esprit. Pour les bonnes, les belles raisons. Cela m'avait causé tant de douleur et d'affliction que j'en avais été profondément désespéré. Et là, en cet instant, je prenais pleine conscience du ridicule de ma réaction. Tout était très clair. Héloïse ne m'aimait pas pour ce que j'étais. Elle m'aimait pour ce qu'elle croyait que j'étais, ce qu'elle voulait que je sois. Et la tragique réalité est qu'il en est ainsi pour tout le monde. Il n'y a pas un seul être sur cette Terre qui puisse être parfaitement assuré d'être aimé pour ce qu'il est et non ce qu'il montre, apparaît ou symbolise, incarne ou représente.

Deux êtres se rencontrent et perçoivent seulement l'un de l'autre un maigre échantillon de leur intériorité. Ils vont s'efforcer d'y broder un tas de jolies choses cousues de fil blanc, d'y greffer des organes vitaux à leurs yeux et se persuaderont qu'ils ont saisi l'essence de l'autre. Qu'ils ont compris l'autre. Ils l'aimeront ainsi avec force, conviction, et je ne doute pas que cet amour puisse être vrai, même s'il est basé sur une perception erronée de l'être. Et sans doute qu'ils dureront, ces sentiments, jusqu'à ce qu'ils entr'aperçoivent la nature profonde de l'être vénéré. Ils diront alors que l'autre a changé, qu'il n'est plus ce qu'il était, qu'on ne le reconnaît pas. Mais comment reconnaître quelqu'un que l'on n'a pas véritablement connu ? Parce que la personne aimée dont on connaît les habitudes, qui franchit le seuil de notre intimité et brave nos pudeurs, celle qui partage notre couche et nos secrets, celle dont on prévient les questions, désirs et paroles, cette personne-ci restera toujours étrangère à soi-même. Il nous sera à jamais impossible de fouler ses pensées, parcourir ses synapses ou jeter un œil dans ses recoins solitaires.

Je dois avouer que j'étais soulagé, presque heureux. J'étais toujours monstrueux et détestable mais guère plus que n'importe quel être humain lambda errant sur cette planète. J'avais envie de partager ma joie enfantine avec Silke, de lui dire qu'elle ne me connaissait pas, que je la connaissais encore moins et que c'était là une merveilleuse nouvelle. Car y a-t-il plus bel acte de foi que d'aimer quelqu'un que l'on ne connaît pas, sans garantie, certitude ou assurance ? Fort de tout cela, je m'empressais de poser un baiser reconnaissant, sincère mais chaste sur le front de mon professeur de philosophie involontaire. Dans mon enthousiasme, je n'eus pas le moindre égard pour elle, l'abandonnant aussi simplement que je l'avais entraînée. J'avais mes réponses. J'avais mes solutions. Je ne m'inquiétais pas un instant de ce qu'elle pouvait penser ou ressentir, c'est vrai, mais à cet instant, je ne me doutais pas que cela puisse avoir la moindre incidence sur le cours des évènements. Pourtant, il suffit bel et bien d'un grain de sable pour enrayer la mécanique la plus savante. Je l'avais déjà constaté mais c'est bien là la preuve que rien, jamais, ne me servait de leçon.

Dès que je sortais de la pièce, j'eus à subir les assauts désordonnés et euphoriques de Côme. Il était littéralement hystérique, débraillé et radieux. Un régal pour les yeux, il faut bien l'admettre.

– Mon héros, mon demi-dieu, mon maître ! Viens par là, allons ensemble saluer ces dames, veux-tu ?

– Des strip-teaseuses ? Tu as fait venir des professionnelles alors que tu sais que les amatrices se donnent deux fois plus de mal ? C'est un non-sens, Bak !

– Erreur, Maxou ! Là où tu vois strip-teaseuses, je vois pauvres égarées du Couvent des Oiseaux ! Suis-moi : nous les remettrons sur le droit chemin, celui qui mène directement à ta chambre, mon petit poussin !

– Ce serait avec plaisir, je t'assure, mais j'ai plus important à faire dans l'instant !

– Plus important que vérifier si ce ne sont pas des pamplemousses qu'elles dissimulent dans leurs corsages ? Vraiment ?

– Je sais que ça parait invraisemblable mais… oui. Je dois impérativement voir Silke, il faut que…

– Silke ? Mais tu as toute ta vie pour parler à ta frangine ! Allons ! Elle doit être en train de jouer de la harpe pour tous les saints des cieux, avec des angelots aux culs nus qui volettent autour de sa tête et lui lancent des pétales de roses blanches ! Tu ne voudrais pas troubler ces instants oniriques, hein, Von A ! Oublie ça et profite de la fête, nom de Dieu !

Sa main solide entourait ma nuque avec autorité et engouement, aussi, je m'abandonnais à la facilité en le suivant. Je pensais que son raisonnement n'était pas dénué de bon sens : j'avais tout le reste de mon existence à partager avec Silke. Je pouvais bien repousser nos retrouvailles d'une petite demi-heure, non ?

Non. Trente minutes, c'est mille huit cent secondes. Et, je ne le savais pas encore à cet instant, je l'appris bien plus tard, mais en cas de rupture d'une artère, le débit de sang écoulé est fonction de la fraction d'éjection cardiaque, du poids du corps et de la taille du vaisseau perforé. Autrement dit et en termes moins barbares, il faut bien moins de trente minutes pour mourir, parfois. Je sais, cette théorie est en contradiction franche avec les images de vieux corps raidis, pourrissant dans les services de soins palliatifs, qui mettent des années à lâcher la rampe. Il n'en est pas moins vrai qu'en une demi-heure, dix, cent, mille personnes peuvent trépasser. En une demi-heure, l'humanité toute entière peut disparaître. En une demi-heure, une seule personne a le temps de mourir vingt fois.

Côme et moi étions en train de regagner ma chambre, hilares, chacun ayant deux créatures sublimes pendues à chaque bras. Nous riions aux éclats et ne nous doutions pas un instant qu'une porte est une barrière fantastique. Elle peut nous isoler et nous protéger du monde extérieur, dissimuler à nos sens des visions insoutenables et prolonger, le temps d'être ouverte, l'enfance et la joie.

Nos rires s'arrêtèrent net. Tout s'arrêta net. Les respirations, la circulation de l'air, les mouvements de regards, les battements de cils, la capacité à construire une pensée… La vie elle-même se mit sur pause. Je donnerais tout ce que j'ai et j'achèterais ce qui me manque pour pouvoir rembobiner la bande, revenir en arrière et saisir les mille opportunités qui auraient permis que ce qui était derrière cette porte, ma porte, soit différent. Mais je n'avais pas ce pouvoir-là et le mien, aussi puissant ou prodigieux puisse-t-il être, ne m'était d'aucune utilité. J'étais perdu, fini, achevé. Une partie de mon être était sclérosée. La meilleure moitié en vérité.

Silke était à demi étendue sur ma méridienne, dans une posture charmante et suave. Ses yeux, morts depuis des années, étaient grands ouverts, contemplatifs. Elle était très blonde et très pâle, plus que de coutume, avais-je l'impression. Sa merveilleuse robe blanche de vestale romaine lui allait à la perfection, vraiment. Je n'avais pas pris le temps de lui demander ce qu'elle porterait ce soir, ni celui de venir la voir une fois en tenue. Cela aussi ne m'aurait coûté que quelques minutes… J'en pris plusieurs pour la regarder, l'admirer. Tout était tellement immaculé et pur, dans cette image. La seule chose qui tranchait, si je puis m'exprimer en ces termes, était ce drôle de collier ras du cou d'un beau rouge écarlate qui glissait en perles sur ses épaules pour venir alimenter une petite flaque carmin sur le sol. Héloïse était assise, la tête posée tendrement sur la hanche de feu ma sœur. Feu ma sœur. Existe-t-il formule plus cruelle et laide à l'oreille ? Je voulais avancer mais Côme tenait sa main en étau sur mon épaule et une des filles se mit bien sûr à hurler comme une truie qu'on égorge. Qu'on égorge, oui.

– Est-ce qu'elle a crié ?

Héloïse n'eut pas l'air étonné de m'entendre et ses yeux se déplacèrent lentement, en balayant l'espace jusqu'à ce qu'ils trébuchent naturellement sur les miens. Elle était douce et tranquille, quasi belle dans sa folie apaisée.

– Non. Elle a cru que c'était toi, que tu jouais. Elle a dit en riant « Max, je suis aveugle, pas sourde ! ».

En répétant ses mots, elle avait imité l'intonation si personnelle et particulière de ma jumelle. Je pouvais presque l'entendre et je sus que c'était vrai, que c'étaient là ses dernières paroles.

– Je ne le savais pas, qu'elle ne voyait pas, avant qu'elle ne dise ça. Alors j'ai cessé de me cacher et je l'ai regardé de face. Je l'ai contemplé pendant un long moment. Je crois que là, elle a eu peur. Elle a dû sentir que ce n'était pas toi. Que ce n'était pas normal. Mais elle n'a pas cherché à fuir, à aucun moment, non… Au contraire, elle a eu un gentil, un adorable sourire. Désarmant, si je peux me permettre. Alors j'ai su. Oui, à cette seconde j'ai su.

– Quoi ? Tu as su quoi ?

– Pourquoi tu l'aimais. Pourquoi tu l'aimerais toujours, elle plus que moi.

– C'est pour ça que tu as fait ça ? Juste pour ça ?!

– Est-ce que tu vois une meilleure raison de tuer que par amour ? Tu ne vois donc pas à quel point je t'aime ni tout ce que je suis prête à faire pour toi ?!

– Tu es folle… Tu es complètement folle !

– Oui, sûrement ! Mais c'est ta faute, si je le suis ! Tout est ta faute, tu entends Max ? Je n'avais pas le choix : tu ne me voyais pas ! Tu ne me regardais pas ! Maintenant je sais. Je sais que jamais, jamais tu ne pourras m'oublier ! Tu entends ? Jamais !

Elle avait ri et crié en répétant ce mot, « jamais ». Puis le ton s'était fait plus calme, la litanie devenait douce, comme une mélopée tendre qui n'en finit pas de s'éteindre. Elle semblait se bercer elle-même, la tête contre le corps tiède de Silke, le bout de ses doigts jouant dans son sang à l'image d'une petite fille qui découvre la texture d'une gouache et souhaite en faire un joli dessin. Le service d'ordre arrivait et ceinturait Héloïse qui ne résista pas farouchement, juste un peu, pour le symbole. Après, tout est allé très vite, la touche « avance rapide » semblait enfoncée tandis que moi, je n'avais pas bougé d'un cheveu. Les intervenants se succédaient, police, pompiers, ambulanciers. Un va-et-vient incessant, des allers-retours continus. Je captais certains visages, devant le mien, tentant d'établir un contact visuel, d'installer une connexion. J'entendais leurs questions mais elles me parvenaient atténuées, lointaines, dans un écho désagréable. J'étais enlisé, englué sur le sol. Ma langue était bétonnée à mon palais et mes lèvres plus scellées qu'un tombeau égyptien. Même le fait de respirer me demandait une force considérable, comme si je devais à chaque inspiration dégager des tonnes de gravats de ma poitrine. J'étais incapable de faire quoi que ce soit. Je ne parvenais ni à aller étreindre le corps de ma sœur comme j'aurais voulu le faire, comme j'aurais dû le faire, ni à quitter cette pièce. Je ne ressentais pas vraiment de chagrin, de colère ou de désespoir, plutôt un amalgame de tout cela, un alliage d'émotions variées. J'étais simplement, pour l'heure, hébété.

« Je souhaite vous convier à venir perdre vos têtes respectives… », « Venez passer un moment inoubliable, de l'ordre de ceux qui changent le cours d'une vie… »,

« Il n'y a rien que je puisse te refuser, tu le sais.

– Tu noteras que je fais un usage raisonnable de ce pouvoir extraordinaire, cher frère. »

« Max, sois doux avec elle… » « Sois maudis, Max. Toi et les tiens. Ne crois pas que ce que tu as fait restera impuni. Je te le jure : tu vas souffrir comme personne avant toi. » « Tu as toute ta vie pour parler à ta frangine ! » « Tout est ta faute, tu entends Max ? Je n'avais pas le choix : tu ne me voyais pas ! Tu ne me regardais pas ! »

« – Max, tu m'emmèneras, n'est-ce pas ?

– Où ça ?

– Peu importe. Là où tu iras… Tu ne me laisseras pas derrière toi ?

– Bien sûr que non, Silke. Je ne vais nulle part sans toi. Toi et moi sommes arrivés dans ce drôle de monde ensemble. Je ne peux partir seul, où que ce soit. »

Cavalier noir : Maximilian

Ω

PARTIE 5

Cavalier noir : Maximilian

Ron Hubbard
Auteur de Science-fiction et fantasy.
Fondateur de l'Église de Scientologie.
Institution remettant en question la médecine traditionnelle, notamment la psychiatrie et la chirurgie neurologique.
Accusée d'escroquerie, escroquerie en bande organisée, exercice illégal de la médecine, surfacturation de produits vendus, dissimulation de gains, mise en danger d'autrui, menaces et intimidation.

***

Il y eut foule aux obsèques de Silke. Je n'avais guère vu une telle affluence de femmes chapeautées et d'élégants depuis les noces du Prince William avec la très désirable Kate Middleton. J'ignore, en vérité, à quoi cela tenait mais je suppose que la cécité de ma sœur offrait ce paradoxe : elle l'isolait autant qu'elle la rendait immédiatement sympathique à l'âme compatissante du tout-venant. Ayant le sens pratique, je devais admettre qu'il y avait tout intérêt à venir à cette cérémonie. Plus le mort est jeune, plus l'émotion est palpable et le moment, bouleversant. Toute la bonne société se devant d'être représentée, c'était là l'occasion savoureuse de faire des rencontres, de trouver des partenaires professionnels ou des compagnons de cœur, même, pourquoi pas. À défaut de mariage, il faut bien que l'on fasse connaissance quelque part. Et puis, le suspens était entier : allions-nous savoir innover en matière de fleurs, de chants funèbres, de textes liturgiques ? Serions-nous capables de surprendre l'audience, de proposer une animation qui trouve son public et convienne à chacun, un thème cohérent tout le long de la commémoration ? Je comptais beaucoup sur la note d'ambiance. Un enterrement presque parfait.

L'adage semblait dire vrai : jamais deux sans trois. Si nous ne commencions pas très sérieusement à nous surveiller, nous risquions de concurrencer la famille Kennedy en termes d'hécatombe. Après avoir mis le paquet côté émotions, prestige et clinquant, les invités se demandaient peut-être si nous n'étions pas tombés dans le facile réflexe de faire appel au même traiteur, fleuriste ou que sais-je encore. Et, même si ces petits vols-aux-vents étaient succulents aux funérailles de Père et que les bouquets de lys embaumaient particulièrement à l'inhumation de Volker, il ne fallait bouder toute notion d'inventivité. Une cérémonie est exactement comme un cercueil, sous certains aspects. Elle doit être faite sur mesure du roi du jour…

Et puis, c'était encore sans faire mention de ce parfum de scandale, cet effluve de mystère qui embaumait le corps de Silke. Les gens s'agglutinaient en rangs serrés sur les bancs de bois comme d'autres se pressent sur les lieux d'un accident. Surtout, ne pas manquer le spectacle du visage écrasé sur le pare-brise étoilé. Surtout, assister au dernier souffle, s'en délecter en parfait corbeau nauséabond. Je méprisais chacune de ses personnes. J'aurais voulu qu'il y ait mille cercueils dans la nef et leur faire mes adieux, ma main dans celle de ma jumelle. Mais l'histoire ne se termine jamais comme on le souhaite, même lorsqu'on s'acharne à l'écrire soi-même.

Certains seraient sans nul doute tentés de me reprocher mon cynisme macabre, à juste titre, je le concède. Mais que me restait-il d'autre, désormais, que l'apparente superbe dont je parvenais encore un peu à enrober chaque mot, chaque geste, chaque intention. J'étais vide. Ce n'est pas là quelque chose de bien extraordinaire à dire. Toute femme hystérique abandonnée par un homme infidèle a déjà tenu ces propos. Tout homme égocentrique ayant perdu lamentablement un emploi auquel il tenait, tant pour le salaire que pour l'image virile qu'il lui apportait, a dit de même. Toute volaille savamment choisie et méticuleusement éviscérée un matin de Noël a sans doute pensé quelque chose d'approchant. Mais, quel que soit notre degré de génie, les émotions nous rendent terriblement ordinaires. Personnellement, j'ai peur du vide, de cette sensation de néant absolu qui se love dans un poumon pour alourdir chaque respiration, la rendre pénible, impossible bientôt. Cette angoisse muette indélogeable susurre sans cesse que la vie n'a aucun sens ni intérêt, que l'on ne vient de nulle part, qu'on erre pour finalement marcher droit vers le rien. Parfois, cette crainte sourde se transforme en panique totale. Asphyxiante. Assassine.

Ce vide-ci, laissé par ma jumelle, avait la forme d'un trou béant au milieu de ma poitrine. Je me promenais ainsi, en me trimballant avec cette plaie invisible à l'œil et pourtant si réelle pour moi que je me sentais déjà comme un cadavre. Décomposé, répugnant. Enterré. Finalement, où que l'on en soit de notre pathétique existence, nous ne sommes que des vieux bébés ridicules. Ou des futures charognes. Rien de plus, rien de moins. J'assistais à toute cette cérémonie comme s'il s'était agi d'une répétition avant ma propre mise en terre. J'observais les gens, leurs comportements et mimiques, je ne perdais aucun toussotement, reniflement ou autre signe extérieur de chagrin appuyé et prenait bonne note. J'ai lu un jour que tout le monde a au moins une fois le secret fantasme d'assister à son propre enterrement, pour faire une sorte de bilan, d'ultime vérification. Un délire purement mégalomaniaque, évidemment. Se tenir en retrait et pousser des grognements, récriminations ou verser des larmes sur soi-même à défaut de voir les autres le faire. Penser des choses bassement pragmatiques qui prouveraient bien qu'un homme, même mort, reste un homme.

« Ils auraient pu prendre des orchidées plutôt que des œillets, franchement… Je sais que c'est plus cher mais ça a quand même une autre gueule ! On se croirait à un concours de chars fleuris… », « La couleur du cercueil est dégueulasse. Elle le sait pourtant, que j'aime pas le chêne foncé, là, comme ça. On avait ce vieux bahut qui était exactement dans la même teinte et je le détestais. Elle a fait ça pour m'emmerder, c'est sûr… », « Tiens, il est venu lui… J'aurais pas cru… C'est qu'il a l'air sincère, quand il chiale. Je lui devais sûrement du fric, ça doit être pour ça… J'espère que quelqu'un veille à ce qu'il aille pas décapsuler une des poignées du caisson. Ça vaut un œil, ces machins-là. »

Je préférais assurément penser à tout ceci et éviter de regarder directement le petit cercueil étroit qui contenait la dépouille de Silke. J'aurais voulu qu'il soit en verre, comme celui de la bien moins belle et pourtant imaginaire *Schneewittchen*[1]. Parce qu'il aurait été normal qu'on puisse continuer à admirer sa beauté tout à fait inimaginable pour le coup. Et puis, je me surprenais à penser que dans cette boite lourde et fermée, ma sœur devait suffoquer, se sentir effrayée. Cela n'a rien de naturel de vivre en être libre, d'aller et venir partout où cela nous chante pour finir en contenu ridicule et bien ficelé. J'étais resté tandis que Mère et Tille la préparaient. Elles avaient refusé avec force de déléguer cette tâche aux professionnels du genre et s'étaient appliquées, dans la douceur et le chagrin, à rendre ma sœur aussi rayonnante et sereine qu'elle l'avait toujours paru. Avec cette pâleur et cette tranquillité apparente, elle semblait assoupie momentanément et je suis resté longtemps à guetter son réveil. Jusqu'à ce que mes yeux brûlent et que ma nuque soit douloureusement raide. Son corps blanc trop fin et ses longs cheveux dorés n'étaient pas sans rappeler la toile « le serpent d'eau » de Gustav Klimt, un autre autrichien, positivement célèbre cette fois. J'aurais aimé que Silke puisse voir ce tableau, être éblouie par sa lumière, émerveillée par ses détails. J'aurais voulu regarder ses yeux s'accrocher à la pureté des traits et y reconnaître les siens. Il est tant de splendeurs qui ont échappées à sa vue, et tant d'ignominies dont seul son regard a été épargné.

Celui de Mère semblait ne plus me voir. Elle était devenue aveugle elle aussi, comme par magie. Mais sa cécité se déclenchait uniquement en ma présence et ne concernait que mon existence vraisemblablement. Nous n'avions pas échangé une parole réconfortante, un geste

---

[1] *Blanche-Neige.*

tendre ou une étreinte consolatrice. Rien. Il n'y avait plus entre nous que malaise et distance. Je suppose qu'elle m'en voulait, qu'elle me détestait même, dans le secret coupable de son cœur maternel. Je ne lui en aurais jamais tenu rancune, ni fais le moindre reproche. Je comprenais parfaitement ses sentiments puisque je les partageais : je m'honnissais également, avec perfectionnisme et application. J'aurais aimé que Père fusse encore de ce monde pour que je puisse me rendre dans ses appartements et y choisir la ceinture la plus lourde possible. Je n'aurais pas eu à le supplier pour qu'il m'aide à expier mon péché mais, s'il l'avait fallu, j'aurais rampé ventre à terre devant lui pour l'implorer de me rendre ce service.

Uwe m'extirpait de mon apitoiement douillet pour m'enjoindre à prendre la parole. Il est effectivement de rigueur qu'un proche du défunt fasse un petit laïus larmoyant, témoignant de la probité angélique, parfois soudaine, du récent disparu. Pour Silke, je n'aurai pas à chercher beaucoup. Je n'avais pas peur de craquer, geindre ou me donner en spectacle en l'évoquant. Au contraire, parler d'elle me semblait être la chose la plus simple, la plus douce du monde. J'aurais aimé pouvoir répéter son prénom en un écho infini, me saouler de « Silke, Silke, Silke », jusqu'à ce que ce son devienne celui du battement de mon cœur. Je ne pourrais plus jamais parler à ma soeur, je venais de réaliser cette évidence. C'est peut-être ça, le plus terrible, avec la mort. Elle ne s'arrête jamais.

– Silke aimait que je lui parle de mes jours, de ce que je voyais, de qui je connaissais. Elle avait un penchant sévère pour les belles histoires, même celles qui finissent très mal. Depuis l'enfance, en raison de sa différence, je lui faisais la lecture. Et depuis l'enfance, en raison de ma différence, elle faisait celle qui en avait besoin. En dépit des années, de l'évolution de nos goûts, de nos choix plus matures et affirmés, elle était toujours aussi friande de ce conte un peu ridicule écrit par Frank L. Baum. *Le magicien d'Oz.* Elle aimait l'idée qu'il n'y a de plus bel endroit sur terre que son chez-soi. J'avais beau lui répéter qu'en l'occurrence, dans l'histoire, la maison de Dorothée est une ferme pourrie du Kansas où elle subit moult maltraitances, ma soeur s'en fichait. Tout comme elle se fichait que je trouve les personnages minables : l'épouvantail écervelé, le bûcheron sans cœur, le lion couard. Sans parler du faux magicien, cet imposteur… Silke aimait beaucoup de choses et par-dessus toutes, je peux dire qu'elle m'aimait, moi. Même si je suis un épouvantail écervelé, un bûcheron sans cœur, un lion couard. Même si je suis un faux magicien, un imposteur. Elle m'aimait par-dessus tout et je le lui rendais absolument. Silke était, est, ma maison, autant que j'étais, que je suis, la sienne. Je sais qu'un jour prochain, je retrouverai le chemin du retour et que nos pas nous ramèneront l'un à l'autre. En attendant, justement, je ne fais que ça. Je l'attends. Et je m'interroge et je souffre, comme ce bel hidalgo aimé de ma sœur, ce Pablo Neruda qui écrivait un jour pour une autre :

« Où donc es-tu ? N'ai-je pas remarqué
Entre cravate et cœur, en bas, et vers le haut,
Une vague mélancolie intercostale :
C'est que j'avais compris tout à coup ton absence.

La lumière de ton énergie m'a manqué
J'ai regardé tout en dévorant l'espérance,
Regardé la maison et son vide sans toi,
Il ne reste plus que des fenêtres tragiques. [...]

Et ainsi je t'attends comme une maison seule
Et tu dois revenir me voir et m'habiter.
Si tu ne le fais pas, j'ai mal à mes fenêtres. »

Ω

Je devais à présent m'organiser de façon concrète et sérieuse. Plus rien ne justifiant ma présence auprès des miens, je pouvais envisager d'aller « à la rencontre de ma destinée », comme on dit dans les mangas et autres comics passionnants. En réalité, je ressentais une véritable urgence à en finir avec ce Monde qui avait le défaut majeur de compter la perte de Silke. Tant qu'elle était encore vivante, je répugnais à me projeter dans ce rôle d'exécuteur testamentaire de l'Univers. Présentement, j'étais simplement impatient d'en découdre afin de précipiter nos retrouvailles. J'espérais sincèrement que, quelle que soit l'issue finale me concernant, elle aboutirait sur un petit coin de nuage à partager avec ma sœur. Le reste, je m'en moquais éperdument : j'étais uniquement préoccupé par ce rendez-vous avec elle, à ne pas manquer.

Je n'avais pas la moindre idée de la manière dont je devais procéder. Où aller, à qui parler, pour lui dire quoi ? Tout était très flou, vraiment confus. Dans l'impossibilité de faire quoique ce soit, pragmatiquement parlant, je m'astreignais à une sagesse qui ne me ressemblait guère, digne d'un site internet de voyance chinoise quelconque.

Puisque je ne pouvais partir à la recherche de la Vérité, j'attendrais donc que la Vérité vienne à moi. Oui, je suis très amateur des lieux communs, lapalissades, clichés médiocres et autres phrases qu'à peine prononcées, on regrette déjà.

Dans l'idéal, j'aurais spontanément souhaité éloigner Mère et Gretchen. Les envoyer quelque part, à l'autre extrémité du globe, dans une de nos innombrables propriétés. Ce n'est pas comme si nous manquions d'options : Bali, Riyad, Abu Dhabi, Rio de Janeiro, Sydney, Wellington… Peu importait, du moment que ce soit fort loin. Je sais bien que Mère adorait nos résidences européennes et occidentales, mais le but était de mettre le plus de kilomètres entre nous. Eh oui, comme tout franchouillard chauvin, plein de suffisance nationaliste, je me figurais que le Monde entier se limitait à nos frontières hexagonales et que l'Apocalypse se contenterait de laisser un trou gaulois dans la carte. Lorsqu'on est enfant, le Monde est une idée très floue, très vague, quand bien même on nous glisse sous le nez cette boule abstraite gribouillée de lignes et de couleurs. Le Monde se résume d'abord pour nous à notre maison. Puis, progressivement, il s'étend à notre rue, notre quartier, notre ville si nous avons la chance inouïe d'avoir des parents ayant une quelconque vie sociale. Plus tard, si l'on ne verse pas dans la passion des voyages et une certaine conscience philanthrope, on prête une oreille distraite et distante aux actualités tragiques de pays qu'on imagine loin, vraiment très loin. Presque un tout autre Monde…

Six milliards d'individus et des brouettes et j'avais le réflexe stupide de vouloir protéger les miens en les cachant quelque part. On peut se soustraire à une tornade ou un séisme en s'enfermant dans des abris conçus spécialement pour l'occasion, mais rien ne peut nous protéger de la fin du Monde. Rien, ni personne. En classe de sixième, nous avions été contraints et forcés de lire *Le Journal d'Anne Frank*, ce qui, au regard de mon passé familial, était un peu ironique. Je suppose que si j'avais eu la plus petite conscience sujette aux questionnements philosophiques, je me serais senti accusé et coupable à chaque page. Heureusement, j'avais visiblement été amputé de cette partie-là de l'âme dès la naissance et je considérais ce livre avec les mêmes détachement et mépris que j'octroyais à tout ce qui m'entourait, que ce soit minéral, animal ou végétal. Néanmoins, j'avais retenu un passage, enfin, une idée plutôt. Anne et les siens se cachent dans cette annexe secrète, mais, l'Histoire continuant de marcher, une nuit, les bombes pleuvent sur Amsterdam. Tous ont peur et la jeune Anne peut-être plus que les autres. Elle s'agite, remue, crie qu'elle veut fuir. Avant de réaliser tout à coup qu'elle ne peut pas. Elle se sent, ou se sait, condamnée quelle que soit l'issue. Si une bombe tombe sur le bâtiment, elle meurt. Si elle sort de l'annexe, échappe aux explosions, elle sera immanquablement découverte, déportée et finira par… mourir. Voilà, c'était cela qui me terrifiait : l'impossibilité de se dérober à la mort, l'absence de choix, d'options. De chance.

Je devais donc m'avouer que, si je tenais à éloigner Mère et Gretchen, c'était davantage pour mon confort personnel et la quiétude de mon esprit que pour leur sécurité à proprement parler. Commettre un génocide, pourquoi pas, mais le faire sous les yeux de ses proches, c'est une toute autre affaire. Question de pudeur, sans doute.

– Mère, que penseriez-vous d'un petit voyage, pour vous aérer l'esprit, prendre un peu de recul, tout ça tout ça ? Vous pourriez emmener Gretchen ! Le repos est particulièrement recommandé dans son état et…

– Non.

– Puis-je vous demander pourquoi ce refus si catégorique ?

– Je ne suis pas d'humeur à faire bronzette en sirotant des piña colada, Max. Je te rappelle, puisque c'est visiblement nécessaire, qu'en l'espace de quelques semaines, je suis devenue veuve, j'ai perdu mon beau-père et je viens d'enterrer mon enfant. Mon enfant, tu entends ?

J'entendais. Je détournais les yeux rapidement, ce qui est généralement un réflexe chez les êtres dans mon genre, lâches et sans mérite.

– Excusez-moi, j'ai simplement pensé qu'il vous serait peut-être agréable de…

– De m'éloigner de la seule personne que j'aime encore assez pour avoir envie de survivre à tout ça ?

Je l'observais avec tant de curiosité et d'étonnement que ses joues s'empourprèrent instantanément.

– Les. Les seules personnes, je voulais dire, bien sûr.

Bien sûr. Mère ne voulait pas quitter Uwe. J'aurais pu prendre les traits de mon oncle pour la convaincre, lui conter fleurette et lui promettre des lendemains qui chantent sous le soleil artificiel d'un spa quelconque. Seulement voilà, j'étais las. Je m'apprêtais à me retirer lorsque Sergueï, pâle ersatz de Savas, me rappela que la vie est faite majoritairement de contraintes et de moments pénibles.

– Monsieur Uwe Von Abbetz sollicite un entretien avec vous, Monsieur Maximilian.

Ou comment le bonheur et la déception peuvent se succéder en une fraction de seconde sur le visage d'une femme. Désolé, Mère. Aujourd'hui comme hier, Uwe n'a que faire de votre amour.

– J'arrive immédiatement.

Uwe, Uwe, Uwe… Il ne respectait pas les termes de notre accord. Ce n'était guère prudent : je n'avais plus ces barrières affectives qui, hier encore, auraient pu me contenir et limiter ma capacité de nuisance. Il lui fallait être prudent, précautionneux, mielleux même, pour ne pas contrarier le jeune tyran.

– Qu'est-ce que tu veux ?

Il était visiblement animé d'une profonde agitation. Tout, dans son apparence, trahissait un grand trouble intérieur. Une folie, presque même. Il n'avait plus rien de commun avec l'homme tempéré et sage, l'oncle délicat et doux. Ses cheveux étaient gras et mal peignés, sa mâchoire, constamment crispée, était couverte d'une barbe de plusieurs jours et son regard tantôt fixe, tantôt hagard, ne présageait rien de bon.

– J'ai… J'ai bien réfléchi à tout, dans ma tête… Je ne vois aucune autre solution… Trop de mal, Max… Trop de peine et de morts et de sang… Je ne peux pas le supporter tu comprends ? Tu comprends ! La nuit, toutes les nuits, je les entends… Je les entends Max…

– Qui ? Qui entends-tu ?

Il approcha, son visage soudain trop près du mien, dans une attitude d'enfant qui souhaite confier un secret. Son nez touchait presque le mien. Son haleine fatiguée me dégoûtait, ses postillons me révulsaient. Sa proximité entière me donnait des haut-le-cœur.

– Les voix ! Toutes les voix de toutes les personnes qui souffrent par ta faute ! Par ma faute ! J'entends Dieu, Max ! Dieu me dit des choses et…

Je tournais déjà les talons, prêt à le laisser seul. Car personnellement, quand je délire, je préfère que ce soit en toute intimité et à l'abri des regards amusés. Mais Uwe me saisit le bras avec une force enragée.

– Non ! « Et l'Éternel dit à Caïn : 'Pourquoi es-tu irrité, et pourquoi ton visage est-il abattu ? Certainement, si tu agis bien, tu relèveras ton visage, et si tu agis mal, le péché se couche à ta porte, et ses désirs se portent vers toi : mais toi, domine sur lui.' Cependant, Caïn adressa la parole à son frère Abel ; mais, comme ils étaient dans les champs, Caïn se jeta sur son frère Abel, et le tua. L'Éternel dit à Caïn: 'Où est ton frère Abel ?' Il répondit : 'Je ne sais pas ; suis-je le gardien de mon frère ?' Et Dieu dit : 'Qu'as-tu fait ? La voix du sang de ton frère crie de la terre jusqu'à moi. Maintenant, tu seras maudit de la terre qui a ouvert sa bouche pour recevoir de ta main le sang de ton frère. Quand tu cultiveras le sol, il ne te donnera plus sa richesse. Tu seras errant et vagabond sur la terre.' Caïn dit à l'Éternel : 'Mon châtiment est trop grand pour être supporté. Voici, tu me chasses aujourd'hui de cette terre ; je serai caché loin de ta face, je serai errant et vagabond sur la terre, et quiconque me trouvera me tuera.' » Me tuera, Max ! Le sang de tant de personnes crie de la terre jusqu'à moi ! Le sang hurle ! Il hurle dans ma tête, Max !

Il se frappait le crâne, le visage, pleurait. C'était fascinant, effrayant, pitoyable. Dans un sursaut désordonné, il brandit vers moi un joli couteau qu'il avait de toute évidence dissimulé. On ne le dira jamais assez, mais les poches intérieures d'une bonne soutane romaine peut contenir un tas d'accessoires fort utiles au sacerdoce : sucettes, barres chocolatées, préservatifs, armes de poing… Il le tendait vers moi et j'avoue que je le laissais approcher sans opposer aucune forme de résistance. La lame était maintenant contre ma gorge, juste en dessous de ma mandibule gauche. Oui, dans les pires instants, j'aime donner à mes récits une précision anatomique irréprochable. Lorsque je sentais le tranchant faire un peu plus pression sur ma peau, je me décidais tout de même à réagir un minimum et tentais de repousser sa main tremblante. Il s'épouvanta soudain, en fixant la base de mon cou de son regard fou.

– La Marque ! Le sceau de la Fin ! L'Oméga !

Merci, j'avais noté depuis belle lurette ce léger changement esthétique. Ce subtil tatouage que je cachais avec soin à renfort de nœud de cravate et col de chemise fermé était apparu depuis quelques temps déjà. Agacé par sa réaction et pressé de mettre un terme à ce sketch ridicule, je changeais de visage. Le sien se décomposa à ma vue. Évidemment, suis-je tenté d'ajouter.

– Je… Maître, pardon ! Je… Je ne voulais pas en arriver là mais je n'ai d'autre choix ! Je ne trouve plus le repos ! Je suis torturé ! Je…

En dépit de mes progrès face à la maîtrise de mon don et ma capacité habituelle à fouiller l'être qui m'habitait, je ne parvenais toujours pas à le faire avec Uwe. Quelque chose, quelqu'un, bloquait mon accès, me repoussant violemment pour que je ne pénètre pas en conscience la psyché de mon hôte. C'était véritablement une essence d'une rare puissance, la force mentale en présence étant clairement surhumaine. Je captais un déferlement d'énergies irradiantes dans le plus petit de mes muscles. C'était désagréable, douloureux presque même. J'étais plongé dans l'obscurité et le silence. Je sentais du vide autour de moi et pourtant, j'étais comme enfermé, oppressé. Je percevais que mon corps vivait mais mon esprit, lui, en était momentanément extirpé et laissé à l'agonie. Je ne pouvais dire pendant combien de temps, mais cela me parut affreusement long. Quand je reprenais possession de mes sens, je trouvais Uwe au sol. Il convulsait, ses yeux vitreux anormalement tournés vers le haut, une écume épaisse maculant son menton. Mécaniquement, sans être plus surpris ou inquiet que cela et d'une voix parfaitement calme, j'appelais au secours.

Ω

Les médecins conclurent à une attaque cérébrale. Un vaisseau avait apparemment éclaté dans le saint-cerveau. Uwe passait désormais son temps assis dans un fauteuil roulant, à grogner parfois et sourire aux anges souvent. Son visage s'était figé dans un rictus enfantin et aliéné, tandis que son corps partiellement rétracté ne répondait plus aux sollicitations des meilleurs kinésithérapeutes. Autrement dit, mon oncle était désormais relégué au rayon fruits et légumes du supermarché de la Vie. Mère, elle, irradiait littéralement de bonheur. De mémoire, je ne l'avais vu aussi épanouie et resplendissante. C'est donc vrai : la perte peut se muer en gain… J'imagine aisément les fondements de sa joie : elle avait enfin son grand amour, son bel amour, pour elle seule. Elle pouvait le chérir, le protéger, l'étreindre à loisir. Je l'observais le nourrir à la petite cuillère avec une bienveillance de jeune maman. Je la regardais poser la mousse sur ses joues, son menton, dans une caresse affichée, et le raser chaque matin avec mille précautions. Je la contemplais faire toutes ces choses qui sont des charges et des fardeaux, lorsqu'on n'aime pas passionnément, intensément, le malade. Il est vrai que cette image me réconciliait un peu avec la vie en général. Mais lorsque j'étais par trop tenté de m'abandonner à la médiocre émotion qu'elle suscitait, je me souvenais qu'il avait fallu qu'Uwe passe par la case « débilité » pour accepter la tendresse de Mère. Sans l'Apocalypse, les choses auraient pu durer ainsi pendant de longues, très longues années, j'imagine. Quel spectacle pittoresque : Mère baladant Uwe dans sa petite chaise, marchant aux côtés de Gretchen promenant son bâtard dans sa poussette tout-terrain. Il est des visions qu'on regrette de manquer, vraiment.

Pour ma part, je me sentais naturellement plus seul que jamais. L'unique confident qui avait un jour partagé mon secret jappait désormais à ma vue mieux qu'un teckel à poils ras. Et je ne parle même pas de l'absence de Silke. D'ailleurs, je m'adonnais depuis quelques jours à un rituel quelque peu étrange, mais auquel je ne parvenais à me soustraire. Je me sentais poussé, régulièrement, à me rendre au pavillon Kraepelin. C'était là qu'avait été internée Héloïse, quasi immédiatement après l'assassinat de ma sœur. Diagnostiquée schizophrène, elle était jugée pénalement irresponsable de ses actes. Ce verdict n'avait rien produit en moi de particulier. Je n'étais animé d'aucun désir de vengeance et la notion de pardon ne m'effleurait guère non plus. Il n'y avait rien de tout cela, en moi. J'allais lui rendre visite parce que j'étais seul. Et aussi parce qu'elle était la dernière personne à avoir vu Silke en vie, la seule à avoir entendu ses ultimes paroles, à avoir assisté à sa fin. Héloïse était devenue, sans le vouloir ni le mériter particulièrement, le trait d'union entre moi et ma jumelle. Il paraît que cela arrive, parfois, à certaines familles de victimes. Elles ont apparemment besoin de fréquenter le bourreau, de parler au meurtrier, de se rapprocher de l'assassin. Parce que, finalement, cette personne est tout ce qu'il nous reste de l'être aimé et disparu. Il faut bien s'accrocher à quelque chose, à quelqu'un, pour ne pas choir. Non ?

– Bonjour Héloïse… Comment vas-tu ?

– Max ! Max, je suis contente de te voir ! Je t'ai fait un dessin à l'activité peinture ! Regarde : là, c'est toi et là, c'est moi ! On est beaux, tu ne trouves pas ?

– Très. On est très beaux. Merci.

– Tu as l'air triste. C'est à cause de moi, n'est-ce pas ? C'est parce que j'ai ouvert la gorge de ta sœur ? Tout ce rouge… ce beau rouge… Je n'arrive pas à trouver ce rouge dans les gouaches de l'activité peinture. Sinon, je te promets, j'aurais dessiné Silke avec nous sur le papier. Silke est si jolie…

– C'est vrai. Elle l'est… Sinon, comment occupes-tu tes journées ? Qu'as-tu fait hier, tiens, par exemple ?

– Je suis allée me promener dans le jardin. C'était merveilleux ! J'ai eu le droit de cueillir quatre iris. Je les ai ramenés dans ma chambre, même ! Ensuite j'ai un peu rêvé et je me suis souvenue que bientôt, tout serait noir. Noir comme toi, Max ! C'est une merveilleuse nouvelle non ?

Elle avait un sourire de petite fille de six ans complètement folle. Pourtant, il y avait parfois dans ses mots une sorte de bon sens, des traces d'un don prophétique, qui faisaient peur à qui tendait un peu l'oreille. Mais j'aimais sa compagnie, que je trouvais reposante, saine même. Après tout, la folie, c'est juste une autre façon de vivre les mêmes évènements, une perception différente de la réalité. J'aurais tout donné pour être dans celle d'Héloïse, ce monde où on peut parler des morts au présent, avec légèreté et joie. Ce monde où Silke est toujours si jolie. Ce qui effraie généralement, avec les malades mentaux, c'est leur personnalité imprévisible, explosive et inconstante. C'est aussi ce qui peut faire le charme, la rareté, l'extraordinaire attraction d'une personne. D'une certaine façon et aussi tordu que cela puisse paraître, je m'attachais à Héloïse. Syndrome de Stockholm, diraient certains. Et alors ? Nous souffrons tous de quelque chose.

– Maman ! Bonjour Maman ! M'as-tu apporté des Mogador ?

Elle s'était exclamé ceci à la vue d'une femme d'une quarantaine d'années, belle avec son visage tourmenté et ses longs cils fatigués. Puis, juste pour moi, la bouche collée à mon oreille, elle avait chuchoté en riant.

– Ce sont les macarons de Pierre Hermé que je préfère! Au chocolat au lait et au fruit de la passion ! En veux-tu un ? Je t'en donnerai même deux, puisque c'est toi !

Je me levais déjà, prêt à faire place nette à Madame de Mont Chalderac. Je ne voulais pas l'importuner, d'aucune manière que ce soit, et ma présence en ces lieux était plutôt embarrassante pour tout le monde.

– Maximilian, je… je ne m'attendais pas à vous voir ici… Je… Les infirmières m'ont rapporté que vous venez régulièrement mais je ne pensais pas que… Enfin… Je suis confuse… Je ne sais pas si mes excuses seraient convenables, dans des circonstances aussi…

Je voulais tant la soulager un peu, l'aider, la réconforter, qu'involontairement, je cherchais à lui plaire. Tout à coup, ma vue se troublait. Je compris rapidement que mon invité avait sans doute besoin de lunettes. Je me sentais méticuleux, pugnace, obséquieux. Analyste. Extrêmement intelligent mais surtout sombre, calculateur. Cruel et fragile. Meurtri et blessant. Je souffrais atrocement de l'absence de quelqu'un. La perte d'une femme ? Non… d'une sœur. Et j'étais tellement avide de réponses, de vengeance et de vérité, de revanches. J'étais rongé tout entier par cette faim intérieure insatiable. C'était bouleversant.

– Fabrice, mon Dieu, tu es là… Merci. Merci d'être enfin venu nous voir ! Je ne sais plus à quel saint me vouer, je…

– À moi. Voue-toi donc à moi.

– Je te jure que c'est ce que je fais ! Sans arrêt ! Depuis toujours tu le sais… Je t'aime plus que n'importe qui, c'est certain…

– Mais ?

– Pas de mais ! Enfin, je me demande simplement si tout ça, c'était vraiment nécessaire… Je veux dire : Héloïse, regarde-là ! Elle est innocente, si…

– Personne ne l'est.

Moi, enfin ce nouveau moi, ne l'était pas. C'était certain. J'étais médecin mais pas le genre disciple de Schweitzer, altruiste, psalmodiant avec joie le serment d'Hippocrate. Je faisais des recherches. J'avais fait une découverte. Une fille. Dotée d'un pouvoir psychique. Les termes « hypnose verbale », « suggestion », « emprise mentale » apparaissaient dans ma tête. Puis, en chuchotis répétés et nébuleux « Alice ». Je gardais cette personne captive quelque part, dans l'Est, sous bonne garde et j'étais à la recherche d'autres spécimens dans son genre. Son genre… Mais quel genre ? Je voyais les lieux, des visages, des portes. Des dossiers. J'avais collecté des informations sur d'autres êtres hors du commun, perdus parmi les autres mais différents de tous, cherchant leur place dans un monde qui n'est pas fait pour les comprendre ni les contenir. J'avais soigneusement fait le tri : il n'y en avait que trois parmi eux qui étaient réellement extraordinaires. Mon but était de les trouver. Après la fille, des mâles cette fois. L'un pouvait fléchir les cœurs et était doué d'une force physique redoutable. Un autre pouvait influer sur l'évolution naturelle d'éléments vivants et se déplacer sur le fil du temps à sa guise. J'allais bientôt mettre la main sur celui pour lequel j'avais fait le petit sacrifice de la vie de ma nièce, histoire de vérifier les aptitudes et limites du sujet. Celui-là avait la possibilité de prendre les traits et personnalités d'autrui, à la perfection. Il pouvait manipuler, obséder et soumettre. Il me le fallait.

Je frissonnais intérieurement. Il était au courant. Il savait tout, absolument tout et même bien plus de choses que moi. Je pouvais entendre le mot. LE mot ricochait partout dans son cerveau performant et ultra-saturé de données, réseaux sociaux, enquêtes fouillées et stratagèmes alambiqués. « Apocalypse ». Je savais désormais où aller et quoi faire. Je devais retrouver cette Alice, puisque la Vérité avait fait l'effort de venir jusqu'à moi, comme je l'espérais.

– Allons, allons, Edith, reprends-toi ! Qu'est-ce que tu croyais, au juste ? Être un apôtre de l'Infini, ce n'est pas se contenter de faire des petites réunions entre amis d'enfance en portant des toges à capuches ! Tu savais ce que cela exigerait de chacun d'entre nous !

– Oui… Bien sûr… Pardonne ma faiblesse. Je suis désolée…

Je l'attirais à moi pour la serrer, la réconforter et faire couler dans son oreille des mots doux tandis que mon esprit indifférent rêvait déjà à l'exécution de mon plan.

– Ne te fais aucun souci pour Héloïse. Quand tout sera terminé, que nous aurons réglé le problème et empêché ce que tu sais, tout rentrera dans l'ordre. Ce qui a été fait sera défait. Je te le promets.

Héloïse me regardait toujours, en souriant. Je me demandais ce qu'elle voyait en moi. Qui elle voyait en moi.

– Tonton, je ne t'ai pas présenté Max ! Voici Maximilian Von Abbetz, c'est mon ami ! Mon amoureux, même, n'est-ce pas ? Max, je te présente le frère de maman : Fabrice Chazeranne !